新　潮　文　庫

巡査たちに敬礼を

松　嶋　智　左　著

新　潮　社　版

11861

目次

巡査たちに敬礼を

障《さわ》り

十両の荻《おぎ》の風《かぜ》が稽古中に怪我をしたと連絡が入ったのは、講堂での朝礼が終わって自席に戻ったちょうどのタイミングだった。

一日署長をしてもらう予定なのはみなが知ることだから、その場にいた署員は騒《ざわ》めいて、そのまま視線を左端の机の島へと向けた。島の頂点に座る交通総務係長の槇田《まきた》水穂《みずほ》警部補は、電話を受けた署員から詳細を聞くなり後ろを向いて、上司である交通課長の湧井《わくい》に声をかけた。

「すぐに善後策を講じます」

先に蓋《ふた》をしておかないと、湧井は騒ぐだけ騒いで邪魔にしかならない。水穂は体を戻して、部下の係員へと顔を向ける。

一階は警察署の窓口、顔である。広いフロアをカウンターで半分に仕切り、内側に総務課、交通課の交通総務係、車庫証明などを扱う部署を置く。各課の島の端には総務課長、交通課長、副署長が控え、その深奥《しんおう》には署長室があった。

「困りましたね。急にほかの誰かを捜すとなると」と眉根を寄せるのは交通送致担当の沖田《おきた》主任だ。去年異動してきたばかりの三十代の巡査部長。

「追風《おいかぜ》部屋では荻の風が一番の出世頭だから、それ以外はパッとしないですしね」と交通規制担当の福村《ふくむら》主任は言いながら、部下の広田《ひろた》巡査と一緒に標識の確認に出ようと支度を始める。

免許申請担当の相楽晴菜《さがらはるな》巡査は、甲高い声で子どものように手を振る。

「係長、係長、いっそキャラクターにしたらどうですか。うちの市のゆるキャラ、ミッチーくん」

「それ、安全教室に出てもらう予定になってるから」と子どもらを対象にした交通安全教育担当の鴨志田有紀子《かもしだゆきこ》巡査長が、晴菜を見もせず言い捨てる。

水穂はそんな二人から目を逸《そ》らし、沖田と福村の両主任に向かって「午後からの係長会議までに目ぼしい人間を捜しておいて」と言って立ち上がった。

角を曲がって廊下を行く。ここまでくると一般市民はほとんどいない。

奥にはパトカー要員の詰所と食堂、そして交通事故捜査係いわゆる事故係があるだけだ。朝っぱらから賑《にぎ》わう場所ではないが、事故はいつ起きるかわからない。だからさっさと話をしておこうと部屋に急いだ。

水穂は三十六歳の時にこの御津雲《みつくも》署にきて、もう五年になる。昇任して、交通総務係の係長として配属された。ここはいわゆる郊外署で、署員も少ないし事案も大したものは起きない。女性係長が最初に就くにはもってこいのところだ。

ただ、ゆとりがあるというのは、それだけ個々の性格が立ち上がりやすい時間と空間を持つということでもある。人数が少ないから、それぞれの言動が目につきやすく、聴き取りやすくなる。いいも悪いも全てがあっという間に広がる。

赴任したばかりの時、水穂が子持ちのバツイチだということはすぐに知れ渡り、仕事熱心なあまり家庭不和が生じ、そのため夫から離婚を切り出された、などということがまことしやかに流布された。人数の知れた署では、噂《うわさ》話はネット回線より早く伝わる。

開け放たれたままの事故係の部屋に入り、真っすぐ係長席の前に立つ。

「交差点立番の順番を入れ替えましたから、これでお願いします」と言って配置表を差し出した。係長は当直明けで、面白くなさそうに書類を受け取ると、なかを見ずに机の上に放り投げた。

　事故は夜に発生することが多いから、当直員はほとんど眠れない。だから朝は寝不足で機嫌が悪い。昼を過ぎると、その日の当直員が徹夜を見越して今のうち楽しようと手を抜く。その分、他の係員が多く仕事をする羽目になる。よってこの部屋では常に誰かが仏頂面だから、ここだけは女性警官が配されることはほとんどない。

「受け持ちの時間だけはとにかく交差点の側《そば》で立っていてください。なにもしなくていいですから、とにかく立っていてください。そして決して笛は吹かないで。事故の元だから。ああ、あとできれば車にはひかれないように」

　それだけ言ってさっさと回れ右する。

　部屋を出て、二階に上がる前に食堂で水を飲む。ひと息入れてからでないと上には上がれない。

　朝の食堂は誰もおらず、壁にはお勧めのメニュー以外に安全運動のポスターも飾ってある。鴨志田か広田が貼ったのだろう。水穂はコップに浄水器の水を入れ、笑顔で敬礼をしているアイドルを見つめた。あと三日で、秋の全国交通安全運動が始まる。

　交通警察にとっての一大イベントだ。春と秋に行われるものが特に知られていて、この期間だけは、警察署管内は皇居のように平穏無事で、三大祭りのように賑わっていなければならない。そしてお巡《まわ》りさんが制服を着て、あちこちに姿を現していなければならない。

取り仕切るのはもちろん交通課だ。それも交通総務係がメインとなる。

毎度ながら、質より量重視の計画が本部から送られてくる。それを勘案しつつ御津雲署なりの計画に練り直す。

一日署長を立てての開幕宣言。子どもの楽隊を従えて短いパレード。その後、各種協会や団体のメンバーらを加えての街頭宣伝活動をする。他に交通安全教室、広場でのお祭りや商店街のイベント派遣などソフトな面に加えて、当然ながら取締りも強化される。連日、スピード取締り、レッカー移動取締り、夜間飲酒検問など、およそ交通に関することはなんでも全てやる。普段、耕運機とカエルしか通らないような田舎道でも、一時不停止の張り込みをかけたりするのもこの時期だ。そのため交差点に立ったことのない連中、つまり刑事課、生活安全課、警備課などからも人員を引っ張り出す。

若いころ着ていたサイズの合わなくなった制服を無理に着せ、とにかくヘルメットを被せる。当然ながら各部署からは文句しか出ない。これも毎年恒例になっている。

水を一気飲みし、もう一度、ポスターを見る。

安全運動が終わったら娘の淳奈《じゅんな》と旅行にでも行こうかと考える。高校一年になる娘は父親のことを一切言わない代わりに、水穂に対しても距離を置こうとしている気がする。友達と話を合わせるために必要だろうと、ゲーム機もパソコンも流行りの服も買ってやった。ツテを頼って人気アイドルのコンサートチケットも手に入れた。渡した時は喜んでくれたが、そのことを話題にして盛り上がろうとすると、ふいといなくなる。仕事で遅く帰るのが不満なのかと思ったりもしたが、早く戻ると困った顔を見せる。

元夫とは職場結婚だった。ごく普通に結婚したあとも淳奈が生まれたあとも仕事を続けていたが、離婚した途端、まるで家事も子育ても私生活を全て犠牲にして仕事に打ち込んでいるように周囲から思われた。それならもっと早く上に昇っているわと、胸の内で苦笑した。だいたい警察官になったのも強い意思があってのことではない。大学生のとき就活がうまくゆかず、悩んでいるところに警察官をしている従弟《いとこ》が声をかけてくれたのだ。一応、公務員だし、従弟の制服姿の写真を見て格好いいと思った。そんなだから三十半ば過ぎてようやく警部補。特別遅い訳でもないが、早くもない。

家事も育児も仕事もうまくやっているつもりだった。だが、夫はそう思っていなかったのかと、離婚を切り出されたとき唖然《あぜん》としたことを思い出す。

その元夫が一年も経《た》たないうちに若い女と再婚した。しかも同業者。同じ警察組織にいるから、たとえ所属は違っても噂は耳に入る。もしその女性が離婚の本当の理由なら、自分はなんと間抜けなお人好しかと思う。腹は立つけれど、今さらそのことを明らかにしても仕様がないという気もあった。

　コップをカウンターに置くと水穂はお腹に力を入れた。そして廊下に出てすぐの階段を一気に駆け上がる。


　水穂の携帯電話にメールが入り、頼んだことが無事にいけそうだと知って安堵《あんど》する。あとで連絡します、と短く返信して電源をオフにした。

　三階講堂にロの字型に会議用テーブルをセットし、その上に広田と鴨志田が書類を並べている。それを見ながら人数の確認をしていると、湧井が開始までまだ十分以上あるのに上がってきた。どうやら一日署長の代わりを気にしているようだ。

「日盛《にちもり》製麵の役員の知り合いで、タレントをしている女性に打診してもらいました。なんとかいけそうです」と水穂は報告する。湧井はホッとした表情を浮かべ、中央の席に早々に陣取ると「で、日盛の役員って誰？　まさかそいつの彼女とかじゃないだろうね」などと無駄なお喋《しゃべ》りをする。

日盛製麺は管内では一番の規模を持つ企業だ。警察が特定の会社や事業所と親しくなることはない。だが、色々な場面で協力を仰ぐことがある。

今回も街頭で配るティッシュに挟み込む台紙に企業名を小さく入れると言うと、ティッシュ代をそっくり寄付してもらえた。交通安全協会の加入者は激減しているが、会社の従業員らに加入するよう斡旋《あっせん》してくれる。今回の安全運動のイベントにも参加、協賛してくれている企業は少なくない。

会議が始まり、水穂が司会進行をする。三日後に始まる交通安全運動の体制、スケジュールの確認、変更事項の伝達、各係への協力要請を順次行う。

最後に湧井が締めの挨拶《あいさつ》をして会議は終わる。全員がいなくなったのを見届けてから、水穂は先ほどのメールに返事を入れた。

まもなく終業時間というころ、各部署への根回しが終わって自席に戻ろうしたら、窓際に署長が立っているのに出くわした。水穂は慌《あわ》てて姿勢を正し、室内の敬礼をする。返事はなく、そのまま通り過ぎようとしたが、なにを見ているのか気になって視線の先を窺《うかが》った。窓の向こうには署の駐車場があり、倉庫や署長官舎が見える。いつもと変わらない風景だ。水穂の気配に気づいた署長は、はっと意識を戻して振り返ると「今ごろなんだろうな」と苦笑いを浮かべた。意味が分からず戸惑っていると、署長はそのままそそくさと奥の執務室へ入って行った。

そんな姿を追っていた視線を総務課へ移すと、妙に騒《ざわ》ついている。なにごとかと歩を早くしてカウンターのなかに入り、誰かに尋ねようと顔を振っていると、その総務課の係長に呼ばれた。

「当直のあいだにできることはやっておいた方がいいと思ってね」

水穂が今夜当直だから教えてやろうと思ったらしい。まだ他には言っていないんだがと、総務課ならではの情報を流してくれる。

「なんですか？」

「明日、監察がくるよ」

「はっ？」

大概のことに慣れている水穂も、さすがに口を開けたままフリーズする。それを見て係長は満足そうに目を細めた。そうか、と先ほどの署長の言葉はこのことかと合点した。

監察――それは同じ警察内でも、警察官や警察組織そのものを調査対象とする部署だ。

「驚くだろう？　もうすぐ安全運動っていう時にな」

「なんでですか。なにしにくるんですか」

　水穂の動揺振りに気を良くしたのか、係長の口が滑らかになる。

「それが詳細はわからないんだ。書類監査という話らしいんだが、とにかく急で申し訳ないがと、ちょっと前に課長に電話があったんだ」

「うちだけですか？」

「いや、他にも何署か回るらしいって話だが。こっちには何時にくるかも教えてもらえないみたいで困ったもんだ」

　困ったと言いながら他人事のような顔をしている。この係長は来春定年で、どこかに天下りする予定もなく、好きなことをして暮らすと聞いた。今さら、なにか不都合なことが出ようとも大して気にならないのだろう。

　水穂はすぐ係に戻り、帰り仕度をしている主任らを呼んで耳打ちする。両主任とも合わせたように短い引きつけ音を発して、硬直する。

　福村がすぐに広田、鴨志田、相楽を呼び寄せ、直近五年の関係書類を集めるよう指示を出した。沖田は内線を回し、交通指導係と事故係に連絡する。

　その時、署長室のドアが開いた。石のように表情を固めた課長連中が飛び出してきて、そのまま自分の部署へと駆けてゆく。

そんな課長の一人である湧井に水穂は素早く声をかける。「課長、どこですか。どこの部署への監査なんですか？　まさか全部じゃないですよね。三日後に安全運動なんだから、そんな日程組めませんよね」と怒鳴るように訊《たず》ねた。

課長はうんうんと頷《うなず》き、立ったまま「なんでくるんだろうな」と首を傾げる。

「今さら理由なんかどうでもいいです。どこへの監査かは教えてくれましたか？」

「いや、それがはっきりとはわからないんだが、一階を中心にってことみたいだ」

「一階？」

水穂は思わず周囲を見渡す。目の端に不安そうにこちらを窺う福村の顔があった。その表情から水穂は、福村と以前、標識について言い争いをしたことを思い出し、それを気にしているのかと勘繰る。気づかない振りをしてすぐに課長へと視線を戻した。

「一階メインということは、総務とうちでしょうか？」

「うーん。ま、一番怪しいのは会計かな」

「ああ」

会計は当然、お金を扱う。それも警察部内関係だけでなく、免許用の証紙や落とし物など一般と繋《つな》がる金品もある。他にも備品など、ある意味金目と言えるものもある。

警察官以外に一般職員も従事していて、カウンター内でなく鍵《かぎ》の掛かる部屋を持っている。

かつては会計にまつわる不始末は多々あったが、その都度、様々なことが厳格になり最近ではそういった話は聞かない。水穂が赴任してから、署内でお金や物がなくなったとか、在庫の棚卸や書類に不備があったという話はない。係長レベルでは耳に入らないような重大かつ密かな事案でも起きていたのだろうか。

課長はそれにも首を振る。ただ、確率として会計が高いと思ったのに過ぎないようだ。

水穂は福村らに、自分達も対象らしいと伝える。

産後時短で帰宅した相楽以外、残りの係員だけで対策を練ることにする。帰りが遅くなるか、もしくは泊まり込むことになるから、主任らはまず家に連絡だ。水穂もメールをしようと腰を上げかけた時、正面玄関から駆けこんでくる指導係長を見つけてまた座った。外に出ていたらしいが、そのままカウンターから身を乗り出すようにして手招く。慌てて走り寄った。

「今、うちの連中から連絡もらったんだが、本当か」

水穂は重々しく頷いてみせた。

「本当にくるってか。それも明日だと？　なんでだ。監察はとち狂ってんじゃないか」

「わかりません。一応、一階がターゲットらしいという噂ですが」

「一階ねぇ。うちは二階だが、準備しておくに越したことないな。他の連中もそうしてるんだろ？」

　水穂は、先刻血相を変えて階段を上がって行った刑事課長や生活安全課長らの姿を思い出して、首を縦に振った。

「ちぇっ。運動に入る前くらい早く帰ろうって思っていたのにな。これで徹夜か」

がっくり肩を落としながら指導係長が奥の階段に向かう。それを見送りながら、カウンターの上に書類を山積みにしていく係員らに、先に食事にしたらと声をかけた。

　翌朝、朝礼が終わって、食堂横の自販機でコーヒー買ってきますけど、と声をかけた鴨志田に相楽以外全員が手を挙げた時、署の駐車場の門を潜《くぐ》って黒い車が入ってくるのが見えた。

　総務課も気づいたようで、副署長ともども、ぞろぞろ窓際に近寄ってくる。

車はパトカーの横に駐車され、スーツを着た二人の男女が下りてきた。その様子を見て、総務係長や主任らが飛び出して行く。

水穂は窓から一人の女性の姿をずっと見続けた。

年齢は確か、二十八歳だったか。肩までの髪を柔らかくウェーブさせ、濃すぎない程度にくっきりと化粧をし、剣道特練だったというしなやかな肢体を紺色のありふれたタイトスーツで覆《おお》っている。地味な服も似合っていて、むしろスタイルが強調されるようで余計に目を引く。

視線に気づいた訳でもないだろうが、車の横を歩きながら女は視線をこちらへと向けた。

窓から覗く面々のなかに、水穂がいるのを見つけただろうか。たぶん、見つけている。

書類監査は、一階にある相談室と署長室横の休憩室で行われることになった。

男性の方が警部補で監察室に勤めてもう五年になるという。女性の方は、名を槇田《まきた》結衣《ゆい》といい、巡査部長で監査歴はまだ二年だ。分かれて監査する方が効率がいいと、それぞれが部屋にこもり、呼び出された部署は言われた書類を差し出し、監察からの質問に答えていくことになる。

水穂と同じ苗字であることを気にした者は誰もいないようだった。ただ、狭い社会なので、水穂の元夫のことを知る者もいる。ここでは総務課長や交通課長がそうで、恐らくその辺りから水穂と槇田結衣のことは昼食前には全署員に知れ渡るだろう。

水穂の元夫と結婚した結衣が監察にいることは知っていた。本部に籍を置く者が、所轄《しょかつ》の人間と会うことはまずない。異動を繰り返す職務だからいつかはどこかで会うとはわかっていても、それはまだ先のことだと思っていた。

どうして結衣が水穂の署の監査に出向いてきたのだろう。断ることもできたのではないかと埒《らち》もないことを考える。湧井課長がこちらを見ていることに気づいて、一応、肩をすくめて見せるが、全身でため息を吐《つ》いているのは気づかれたかも知れない。

相談室に入った結衣から、車庫証明係へ直近五年の書類を提出するよう指示がきた。五十代の主任は台車をごろごろ押しながらカウンターを回って、玄関横にある小部屋へと向かう。休憩室にいる警部補からは会計課へ声がかかる。

会計の書類監査を一人でするのか。水穂が首を傾げていると、沖田と福村も同じように眉根を寄せて思案顔をしている。会計だけで丸一日は取られる。なら、それ以外の部署の分は結衣が見るのだろうか。

しんと静まり返った一階が、はっと意識を取り戻すまでにゆうに三十秒はかかった。

書類監査だけに構ってはいられない。本来の業務がある。

水穂は携帯に入っているメールに返信するべく、食堂へと足早に向かう。途中、事故係長に呼び止められ、監査が始まったことを知らせると、熊のような唸り声が轟き渡った。


鴨志田有紀子と相楽晴菜が揉めて、相楽がトイレで泣いていち段落ついたころに、これからうちの監査が始まると、沖田が徹夜明けらしい赤い目をして言ってきた。

監査が始まったからといって、係員になにかしらの仕事が増えるということはない。ただ書類の不備や不明な点に対して、監察から問われたら回答しなくてはならない。担当の係員は待機する形になるが、安全運動前の忙しい時期にじっとしている暇はない。


従って、全てを把握している立場の係長が居残ることになる。

さっそく、免許の申請用紙について不明な点があると呼び出された。制服のシャツの襟を直し、ベストの裾を引っ張り、ズボンのファスナーを点検する。そして軽く手で髪を撫でつけ、水穂は小部屋に向かった。

「お疲れさまです。槇田係長」

結衣の第一声は軽やかで、見れば口元に笑みらしきものも浮かんでいる。ベビーピンクの口紅に、差し招く手の先に透明のマニキュアが塗られている。書類で山積みになった机の向かいにパイプ椅子《いす》がひとつ置かれていた。結衣は書類に手を置いたまま、水穂の目を捉える。

「お顔は存じ上げていますが、お会いするのは初めてですね。巡査部長の槇田結衣です。今日はよろしくお願いします。どうぞお掛けください」

「よろしくお願いします。安全運動前でなければ担当の者も同席させられるんですが」

一応、付け加えておく。この部屋に入った人間はみな口にしただろうが、結衣は何度も言い慣れているかのように「お忙しい時にすみません。これも業務ですので」と淡々と返す。

「この申請ですが、視力検査の項目が空欄になっています」

水穂は椅子から体を持ち上げ、結衣の示す書類を覗き込む。日付を見て、相楽の妊娠が発覚したころだと思い出す。

「恐らく記入漏れですね。すみません。担当の係員が妊娠で体調不安定な時期だったので」

「そういうことは理由にならないですよね」

水穂はぐっと口を引き結ぶ。結衣は目も上げず、書類をめくりながらなおも言う。

「むしろ、そういう言質《げんち》はセクハラと取られかねません」

「いえ、そんなつもりは。わたしの対応が疎《おろそ》かになったという意味で、係員の体調管理もわたしの」

「これはなんですか」

結衣は別の書類を差し示す。水穂は再び唇を噛《か》む。

階級で言えば、槇田結衣は警部補である水穂より格下になる。だが所属となると、やはり本部監察の方が格上だから、こちらもため口を使う訳にはいかないし、向こうも敬語でいながら上から目線になる。

最初に挨拶を交わした時を除けば、結局、一度も目を合わすことなく部屋を出る。相楽がなにかありましたかと呑気に訊いてくるのに笑顔で手を振り、沖田と福村が見落としていましたかと申し訳なさそうな顔をするのにも頷いて応える。

昨日の終業後、主任二人は水穂と共に徹夜で書類のチェックをした。鴨志田は途中で帰らせたが、広田は終電まで残ってくれた。

交通総務が抱える書類の類は尋常な量ではない。それはどこの部署でも同じだろうが、業務ひとつこなす度に書類の束が二つにも三つにもなる。上の階の業務ならもっとあるだろう。ひとつの事件ごとに調書やら報告書やらが山になる。今はパソコンに入力しているから修正もしやすいが、チェック漏れも増える。

念入りに見直しているのに、どういう訳か監察が見るとあっちにもこっちにも不備が出てくる。それをいちいち気に病んでいても仕方がない。責任を問われるほどの大きなものさえ出てこなければいいのだ。

そう思ってペットボトルのお茶をひと口飲んだところでまた呼び出された。今度は送致書類のようだ。

ことが交通切符やそれに関連する始末書、報告書のことなので確認が多岐にわたり時間がかかる。沖田が自分も入るというのを断り、とにかく今日の業務を片付けて欲しいと頼む。それが終わればまた安全運動の準備にかからねばならない。道路への看板付けや表示の修正など、署内では処理できないこともある。こんなところでぐずぐずしている暇はない。

「こちらが誤記処理された切符の整理番号ですよね」

水穂は頷く。結衣はプリントアウトされた一覧表を手に、わざとらしく思案顔を見せる。

「ご存じの通り、赤青含めて交通切符は非常に重要かつ厳正に扱われるべき文書です。安易に間違えたからとかで誤記扱いにして、削除すればいいというものではありません」

「ええ。もちろんです。そのため担当の沖田はその都度、切符を処理した係員を呼び出し、きちんと理由を問い質した上で報告書なり始末――」

「その沖田主任は昨年の赴任でしたね」

「え。ええ、それがなにか」

「それ以前のことにはタッチしていない」

「それは」仕方がないだろう、という顔だけして黙る。異動がついて回る仕事なのだから、どこの部署でもそうなる。かといって異動してきた以前のことに責任がないかと言われればそうでもない。担当者としての責任は厳然とある。ぐたぐた弁解しても始まらない。

「なにか不具合でもありましたか」単刀直入に訊《き》く。

結衣はちらりと目だけをこちらに向けた。すぐに書類に視線を落とす。

水穂は座った膝《ひざ》の上に置いた手をそっと握り締めた。

若いし、美人の部類に入る。元夫がこの結衣とどこで知り合ったのか、一度は調べてみようと考えたこともあった。広くもない県内に散らばる署の数も、東京大阪に比べれば知れている。それでもどこかで一緒にならなければ、知り合うことはない。もし夫と出会ったのがまだ水穂と夫婦であった時なら、結衣は警察官になって間がないころ。だとすればどこかの所轄の地域課だが、元夫が地域課にいたのは何年前で、どこの所轄だったかと記憶を手繰《たぐ》っていると声をかけられた。

「淳奈ちゃんの食事のことでも考えてました？」

さも個人的なことまで熟知しているという言い方にかっと目を見開く。睨《にら》みつけながらも乗せられまいと踏ん張り「失礼しました」と答える。それで済むかと思ったが、なぜか結衣は執拗に攻めてくる。

「夫から聞いてます。お料理、お得意なんですよね」

水穂は返事もせず、じっと結衣の顔を見つめる。結衣も黙って見返す。先に結衣が視線を逸らし、この誤記切符の報告書は不十分ですねと言った。

安全教育関係の監査が終わり、規制関係の監査途中、突然相談室の扉が開き、結衣が出てきた。そしてカウンター越しに「確認したい標識表示がありますから、交通総務のパトがあいているようでしたら出してもらえます?」と言ってきた。突拍子もないことで一瞬、係員は固まる。更に催促されて、福村と広田が慌てて立ち上がる。それを水穂は制し、自分が付き添うと言って鍵を取った。結衣はもう廊下へと向かっている。

監察がわざわざ車で現地に向かうことなどまずない。怪しい職員を調べるため、行動確認することはあるが、それはまた監察のなかでも別の部署だ。結衣はあくまで書類監査できている。

駐車場の奥に停めているパトカーの助手席側で、結衣はドアロックが開けられるのを待っていた。

警ら用のパトカー以外に、交通課もミニパトや事故捜査用パトを持っている。交通総務にも安全教室や規制のため、荷物の載せられるハッチバックタイプが与えられている。

水穂の運転で、結衣の示す標識や表示を掲げた地点に次々に向かう。

「この辺りは大きな工場の裏側ということで住宅もないし人通りも少ないようですが、駐車車両は割にありますよね。なのにどうして駐禁の標識を立てていないんです？書類では一昨年まであったようですが」

水穂はフロントガラスの向こうを見ながら、唾《つば》を飲み込む。

『ここに車が停められないと困るんだ』

頭のなかを過《よぎ》った言葉を振り払っていると、結衣が更に言う。

「学校の通学路に近いですね。車両の走行もそれなりにあるようですから、横断歩道を作るのはいいですが、ここと あそことではいくらなんでも距離が短か過ぎるんじゃないですか」

水穂は必死で思考を巡らし、問われたことについてなんとか説明する。昼間の時間帯は労働者が利用するだけで人通りもなく、大通りの方へ駐車されるよりはと試しに外してみたとか、子どもの事故が多発して付近の住民から要望がきたなどと述べた。

結衣は決してそうですか、とは言わず、ただふうん、とだけ答える。そしてまた書類に目を落とし「では次はここへ」と指示を出す。

後部座席でふんぞり返らないだけマシだが、隣で偉そうにしていることには変わりない。ハンドルを握る手に汗が噴き出て、水穂は何度もズボンで拭《ぬぐ》い取る。

信号待ちをしている時、結衣がふいに顔をこちらに向けてきた。

「警部試験、受けないんですか？　係長になってもう五年が過ぎますよね」

水穂は前を睨んだまま「別に。あなたに関係ないですよね」と言うと、結衣は微かに笑った。

「まあ、そうですけど。でも、もう係長で打ち止めなのかなって。係長って中途半端な役職で、気苦労が多い割には自由がきかなくないですか」

「やりがいがあると思ってるわ」

「そうですか。今のままで十分、満足なさっているってことですか。仕事もなにもかも」

信号が変わってアクセルを踏む。次の信号でまた引っかかる。横目で見ると結衣は書類を膝に置いて前を見ている。

「わたしは上にいくつもりです。本当に自分が正しいと思うところを実践するには、ある程度上の立場にならないとできないですから。今は男も女も関係ない。働く限りは、常に上昇志向を持っているべきだと思っています」

「あ、そう。どうぞ頑張ってください」

「もちろん、家庭も大事にします。子どもも欲しいし」

水穂ははっとして思わず横を見る。

「信号変わりましたよ。まだできてないですけどね」

慌てて顔を前に向けて、走り出す。

「仕事をしているから結婚生活が駄目になるなんて、進歩を拒む男連中の妄想です。駄目になるには駄目になるだけの理由があるんです」

「たとえば、若いだけの女にのぼせ上がるとか？」

結衣がカラカラと笑う。水穂も負けずに笑う。並走する車の助手席から、不安そうに見つめてくる顔があった。水穂はアクセルを踏んで、スピードを上げる。

「まさか離婚が心の痛手になって、それで今も独身とかじゃないですよね」

水穂は黙って前を見続ける。なんでこの女は会ったばかりの自分にそんな話をするのか。真面目に仕事に打ち込んでいることがそんなに不審なのだろうか。旧態依然の考え方に縛られているのは案外、こういう若い女なのかも知れない。

「実のところ、こちらに監査に行くよう言われた時、水穂さんにとうとうお目にかかることになるんだ、そう思ってちょっと身構えました」

下の名前で呼ばれてさすがに目を瞬《しばた》かせる。結衣は知らん顔だ。どうせ、離婚しても夫の姓を名乗り続けることに不満でもあるのだろう。旧姓に戻さなかったのは、単に当時小学生だった淳奈のことを慮《おもんぱか》っただけに過ぎない。なんだか段々腹が立ってきた。ひょっとして夫とうまくいってないのだろうか。

「思っていた以上に優秀な方で、お綺麗だし。なのに再婚するでもなく、仕事一途かと思えば昇任もせず、鬱々《うつうつ》と係長の職にとどまっておられるので。なにが原因なのかなぁって」

「鬱々なんかしてません。だいたいあなたに関係ないでしょ。ぜんぜん、関係ない」

「ですよね。スミマセン。わたしってそういうとこ」

「あ」

「え？」

事故が起きるのは一瞬のことだ。

目の前の交差点で信号が変わったのに無理に左折してきた車が、これも無理に横断歩道を渡ろうとした自転車と接触した。

自転車が倒れ、信号待ちしていた人々から声が上がる。

水穂が赤色灯のスイッチを点けた時、事故を起こした車が大きくハンドルを切るのが見えた。逃げる気だ。倒れている自転車に目を向けると、歩道に乗り上げてミニパトがやってくるのが見えた。怪我人は任せることにして、水穂はサイレンを鳴らした。

「ちょ、ちょっと」

アシストグリップを握って結衣が腰を浮かせる。水穂は交差点内に車両がいないのを確認し、サイドターンで方向を替えて走り出した。

前方にひき逃げ車両が見える。青のプリウスだ。

車両ナンバーを読み上げる。「早く書き留めなさいよっ」

「えっ、あ、はい。ってか、あなた、緊急執行の資格あるんですか？」

「持ってるわよ。係長の必須でしょ」

「え、いや別に必須って、わあぁー」

スピードを落とさずサイドを引きながら大きく左に曲がる。タイヤが苦し気な悲鳴を上げる。

「だ、大丈夫なの？　深追いは駄目よ、絶対、駄目」

「いいから、マイクで警告して」

「え。あ、ああ」

結衣はあたふたとインパネにあるマイクを取り、スイッチを入れる。

「前の車両――」

「青のプリウスっ」

「あ、青のプリウス、停まりなさい。今すぐ停まりなさい」

「署に連絡して、応援を呼んで」

「は、はい」

無線のスイッチを入れるが、口を開けたまま固まっている。水穂は結衣の青ざめた顔を見てちょっと笑いかけ、すぐに気持ちを引き締める。「御津雲交通1」

「う、うん。えー、御津雲交通1から御津雲」

『こちら御津雲』

「えー、今、ひき逃げ車両、追跡中、応援願います、どうぞ」

『場所』

「あ、えーっと」

水穂が横から怒鳴る。「県道6号宮須《みやす》交差点西行き綱子《つなこ》方面へ逃走中。車両番号は××―××」

『了解。御津雲交通1って、あれ、槇田係長？』

「現在、緊急執行で追跡中。よろしくどうぞ」

『了解』

今度は、ほっと肩を落としている結衣に向かって怒鳴る。

「安全確認してっ」

結衣がびくんと体を跳ねさせ、きっと睨む。「わかってるって」といってマイクを引っ摑んだ。水穂はサイレンを聞いて止まる車両を避けながら、右へ左へとハンドルを切る。結衣も左右に揺れながら悲鳴のように「緊急車両が通ります」と連呼する。目の前で青のプリウスが思いっきり信号無視をした。

「あぁっ」

「危ない」

二人で叫んだ。横断歩道を渡っていた歩行者があやうくひかれそうになったのだ。かろうじて接触は免れたようで、胸をなで下ろす。すると突然、水穂の隣で大きな怒鳴り声がした。

「こらあっ、なにやってんだ、プリウスっ。危ないだろっ、いい加減にしろぉ、逃げるんじゃないっ。停まれ、停まれ、絶対捕まえるからな、このバカッ」

結局、駆けつけた地域課パトカーや無線を聞いて集まった白バイらと一緒にプリウスを取り囲み、被疑者を確保した。そのまま事故係に連行する。運転手は免許停止中だったらしい。

受付に戻るとカウンターの奥から多くの視線が突き刺さる。

「監査中に一体、なにやってんですか」

福村が呆れたように言うのに水穂は苦笑いするしかない。結衣も、監査どころでなくなり、無線を傍受し続けていた上司から注意を受けているようだ。

課長からもちょっとした嫌味を言われ、副署長には大笑いされ、総務係長からは当直明けなのにねぇと労《ねぎら》われた。

指導係の係長がわざわざ下りてきて「ご苦労さん」と褒めてくれる。事故係の係長は腹をなでながら「とっとと捕まえちまったから、仕事が増えただけで、安全運動の立番をパスする理由がなくなった」と本気半分、冗談半分で唇を曲げた。

水穂は席に着いてペットボトルのお茶を一気飲みしながら、肩を落として相談室に戻ってゆく結衣の姿を目で追った。

監察という立場上、冷静沈着な態度を崩さず、そのくせ、水穂に対しては敵愾心《てきがいしん》を露わにした結衣だが、こういった突発的な事案の際には案外素の部分が垣間見える。市民がまきぞえになりかけたのを見て感情を爆発させた。その姿は、水穂が想像していたものとは違っていた。怜悧《れいり》なイメージはなく、かといって夫を奪った性悪な感じもない。むしろ真面目で実直そうな警官に見えた。この仕事に誇りを持ち、熱い気持ちで取り組んでいる――。それは水穂がかつて持っていたもの、いや、そういうものを自分は本当に持っていたのだろうか、と考えて少しだけ胸の奥がうずいた。ほんの少しだけ。

水穂はもう三十二時間、署に居続けている。二度目の夕食を摂りに食堂に向かう。ぬるいうどんを食べていると結衣が一人で入ってきた。監査は就業時間内に終えなくてはいけない。もう少しで時間になる。

結衣もうどんを頼み、水穂の隣のテーブルに座った。

「監査は終わりましたか？」

結衣はまずそうな顔をしてうどんを啜《すす》りながら、小さく頷く。「係長の方はもう少しかかるけど」

水穂はそんな結衣を見つめ、安全運動のポスターを見上げた。

「ねえ、どうしてあなたがうちの監査にきたの。代わってもらうこともできたでしょ」

「仕事だから。——わたしに弱みを握られるなんて、あなたには我慢ならないことでしょうけど」

「弱み？　なにが」

結衣は食べ終えて水を飲むとカウンターに器を返し、水穂の側へ戻って見下ろした。

「わかっている筈《はず》よ。ゆっくり考えて。次はわたしでない、もっと上の人間がくるわ」

「なんのこと？」

「わたし達は、確認にきただけ」

水穂は結衣の顔を見上げたまま黙る。結衣はなぜか口を強く引き結び、吐き出てしまいそうになるのを堪《こら》えているように見えた。

バカにしたいならすればいい、罵《ののし》りたいなら罵ればいいのに。水穂はそう思いながらも一人で食堂に入ってきた結衣の覚悟を思う。

「そんなこと喋っていいの。——監察対象者に」

結衣は疲労で剝《は》がれた化粧を直すこともしていない。それがむしろ人間味のある温かな美しさを滲《にじ》ませている。元夫はこういうところに惹《ひ》かれたのだろうか。

「駄目に決まってるでしょ。バレたら処罰もんよ。言っておくけど、あなたに対してどんな感情もない。ただの仕事のひとつと思っている、けど」

「けど？」

「……」

体のどこかをねじられているような顔をして結衣は唇を嚙んだ。肩で大きく息を吐くと、そのまま視線を壁へと向ける。

「安全運動、頑張ってください」

十日間の喧騒《けんそう》が終わった。

無事に済んだ。それだけで十分だ。

警察署の窓口であるにも拘《かか》わらず、両主任が机の上で突っ伏している。鴨志田が、運動中は留守番係をしていた相楽と一緒にアイスコーヒーを配ってくれた。一気飲みしたあと、広田が安堵したように笑う。

「一日署長を追風親方にしてもらって正解でしたね。みんなに大受けでしたよ」

「署長は不服そうだったがな」と福村が笑うと沖田が顔を向けてきた。

「係長、よく引き受けてもらえましたね。タレントの女の子でも良かったのに、わざわざ部屋まで頼みに行ったそうですね」

水穂はアイスコーヒーのグラスを頬に当てながら微笑《ほほえ》む。

「元はと言えば親方の管理不行届きよ。部下の怪我も上司の責任。責任取ってってって言ったら、じゃあ序二段のナントカ？　好きなだけ使ってくれって言われたけど、そんなの束にしても面白くもなんともない。親方はどうですって言ったら、最初目を丸くしていたけど案外嬉《うれ》しそうに、制服着られるんですかねって訊いてきたわよ」

どうっと笑いが起きて、一階にいた人間がみな振り返る。湧井が顔をニヤニヤさせながら寄ってきた。お喋りをし出す前に水穂は言う。

「課長、明日、お休みさせてください」

「槇田水穂。四十一歳。拝命は平成××年。階級は警部補、現職は御津雲署交通総務係係長。間違いないですね」

「はい」と頷くと、向かいのテーブルに着く制服と私服の男性が揃《そろ》って顔を上げた。制服の階級章は警部だ。私服の方はわからない。これまで一度も見た覚えがない。

どういう手続きをすればいいのかわからなかったから、本部に入るなり槇田結衣を呼んでもらった。奥のエレベータから跳ねるように出てくる姿を見た時、不思議とほっとした。知らない人間ばかりがいるなかに立つと、これほど不安なものなのかと改めて思う。それとも今の自分は兎《うさぎ》のように怯《おび》えているのだろうか。

水穂が頷くと結衣は少し手前で立ち止まり、睨みつけてきた。

「一日署長、替えたんですね」

そのことか、と水穂は苦笑いする。今さらなにほどのことにもならない。そうとわかっていても悪あがきをしてしまった。

メールでなく直接電話をして、タレントの件はなかったことにして欲しいと頼んだ。相手は諦《あきら》めきれないのか、どうしてと何度も問うのでつい、監察がわたしを調べている、そうなったら二人のこともすぐに知られるだろうと話していた。電話の向こうからは息を吞む気配だけが聞こえた。

「今、上司に連絡しました。六階まで一緒に行きます」と結衣は携帯電話を下ろしながら振り返る。

エレベータには二人だけだった。結衣がインジケータを見ながら呟《つぶや》く。

「槇田係長、ひとつだけ言わせてください。これ以上、大切な人を悲しませないで」

「誰のこと？」

「淳奈ちゃん」

驚きを隠して結衣の横顔を見つめた。結衣は目を合わさないまま言う。

「リーク元は淳奈ちゃんです。正確にはリークでなく、父親に母のおかしな行動について相談をしてきただけなんですけどね」

水穂は、ああと息を吐き、崩れそうになるのを壁に手を突いて堪える。

癒着――。

それはほんの僅か線を踏み越えるだけで犯してしまう、時として越えたことすらわからないほどの得体の知れない罪。

係長として赴任して間もないころは勝手もわからず、戸惑うことも多かった。離婚して、娘と二人で生きていく覚悟もしなくてはならなかった。なにがあっても絶対に仕事を辞める訳にはいかないのだと、自分にいい聞かせていた。

初めての職場と立場で周囲と摩擦を起こさず、それでいて係長としての威厳を保つことに躍起となっていた。時間をかけ、慣れ親しむところから信頼や協調が生まれることに思い至らなかった。

御津雲署管内一の企業である日盛製麵。そこの社長とは地域の貢献者らとの懇親会で知り合った。ちょっとした流れで淳奈の話をしたら、後日、娘さんにどうぞと人気アイドルのコンサートチケットが送られてきた。返しそびれているうち、淳奈が見つけて思いのほか喜んだ。

それから関係が始まった。

軽い食事からお酒の付き合いへ。仕事上の付き合いから、個人的なものへ。やがて会う場所に慎重になり、人目につかないよう用心深くもなっていった。そんな面倒さを抱えることになっても、会って話せば嫌なことを忘れてしまえる心地良さに引き込まれた。娘のことや仕事の悩みを聞いてもらうだけではなかった。女としての胸の内も――いつしか男女の関係になっていた。

　社長からは待ち合わせのことだけでなく、つまらない日常のことまで、トップにありがちのマイペースさでメールが送られてきた。仕事中は困ると思いつつも、その都度、削除すればいいかと自分にいい訳をした。やがてそんな他愛もないメールに、会社での困りごとや個人的な愚痴などが書き込まれ、直接、相談までされるようになった。水穂はいつの間にか男の頼みを拒絶できない、したくない人間になっていた。

　日盛製麺の重役が管内で交通違反をして切符を切られたと言ってきた。水穂は当直の時、送致係の書類庫を開け、渡された切符と納付書を元に戻し、誤記の報告書を作成した。

　日盛の工場裏の駐禁を解除して欲しいと言われた。社員の車を停める場所がなく、このままでは違反切符を切られる度、日当が飛んでしまう。規制担当の福村からはさすがにおかしいと言われたが、駐禁の標識一本くらいと突き放した。

　一日署長の件は、社長の姪でタレントをしている娘《こ》がいるから使ってもらえないかと懇願された。さすがに荻の風の知名度には劣ると断ったが、怪我をしたことで急遽《きゅうきょ》社長に連絡を入れて、どうかと話を進めた。社長はことのほか喜び、水穂も良い気持ちになれた。

淳奈は気づいていたのだ。御津雲にきてから水穂が変わったことに。そして不安を募らせ悩んだ末、父親に相談した。それが結衣の耳に入り、水穂に対する行動確認が始まった。

監察は特殊な部署だ。警察官を尾行する。あらゆる方面から調査を進め、疑いが間違いないものとわかるまで調べ尽くす。そして最後に、これまで図った便宜の証拠を見つけるため、結衣らが監査と称してやってきたのだ。

最初からターゲットは槇田水穂一人だった。

槇田結衣は水穂を六階の監察取調室に案内するとドアをゆっくり閉じた。

これから監察官聴取が始まる。

結衣はドアに耳を当てたい衝動を抑え、反対側の壁に背を寄せた。

夫の元妻を監察対象者として、御津雲に出向くことを自ら申し出た。同僚らは戸惑いながらも、これは女の争いかと面白がる視線を向けてきた。それらを無視し、更に安全運動前の方がプレッシャーをかけられるとまで進言した。

自分が行くしかないと思った。

水穂が監察に目をつけられるようなことをしていると知った時は驚いた。そしてすぐに怯えた。監察の取り調べで、理由を問われた時なんと返答するのだろう。万が一にでも、水穂の夫と結衣が不倫をしたショックでなどというような物言いをされたなら、それが嘘だとしても回り回って自分への評価に影を落とす。今では、借金や賭け事ほどではないにしても、男も女も関係なく不倫行為があればその身上調査票にふせんが付けられ、ずっとついて回る。

結衣は警部補試験の二次を通過している。間もなく面接試験だ。三十代になる前にもうひとつ上がっておきたい。上に昇るほど試験よりその人間性に重きを置く傾向がある。

水穂を追い込み、敵愾心を煽《あお》り、決して離婚や不倫が理由だなどと言わせないよう持っていく必要があった。最終的には淳奈の名を出し情に絡《から》めるつもりだった。御津雲の食堂では結局言えなかったが。

障りは大きいも小さいもない。あるというだけで問題なのだ。

結衣は壁から離れ、背筋を伸ばした。スーツの襟を直し、軽く指先で髪を整える。時計を見て、早足気味に歩く。ヒールのあるパンプスで勢いよく床を叩《たた》くが静かだ。靴音高く歩けば誰かの注意を引く。

いつの間にか、音を立てないよう歩く癖がついていた。

罅《ひび》

「ねっねっ、主任、これどうです？」

朝からテンション高めなのは、赴任二年目の蝦川《えびかわ》マナ巡査だ。午前九時過ぎ、係朝礼を始めようとした上原幸文《うえはらゆきふみ》主任の手と口を止めさせている。

上原は仕方なさそうに、アニメのヒロインを真似《まね》した、振り付きの決めゼリフまでをひと通り聞いた。そしてうーん、イマイチだなとだけ言ってすぐに席を立ち、係員へと顔を向ける。

ここ数日かけて練習した物真似を一刀両断にされ、わざとらしく肩を落としたマナは、そのまま主任のすぐ前で朝礼を受ける。

上原の後ろには交通指導係の係長として赴任したばかりの久保田《くぼた》がいる。四十七歳の父親だが、マナに向かってそっと親指を立ててみせた。子どもの影響でアニメを知っていたのだろう、褒められたマナは破顔し、腰の辺りで小さくガッツポーズを作った。

そんなマナを無視し、上原は淡々と今日の勤務配置を伝える。

係長一名、主任二名、巡査三名の総勢六名が、この御津雲《みつくも》署交通課交通指導係のフルメンバーだ。ただ、先週から佐久津茜《さくつあかね》巡査が産休に入ったので、五名で当分のあいだは回さねばならない。

管内に主要な交差点は二か所。午前と午後、交代で立番をつけるのに少なくとも二名はいる。主任のどちらかは署に残らなければならないから、立番以外の業務が入るともう回らない。そして、今日はその立番以外の取締りが入る日だ。

「じゃあ、北元《きたもと》主任と蝦川はレッカー移動取締りを頼みます」

月に何度か、駐車違反に対する強制移動、いわゆるレッカー移動を行う。レッカー車による移動は専門の業者が担当し、少なくとも二名の警察官が取締りに従事することになる。

そうなると、今年三年目の男性警官である平松《ひらまつ》巡査しか立番につけないのだが、一人では到底無理だから、上原が出ることになる。部屋で違反者対応をするのは久保田係長だ。

「レッカーかぁ。北元主任、ほどほどになぁ」

「はいはい」

北元彩乃《あやの》は不安そうな表情をしているであろう久保田の顔を見ず、反則切符の手持ちの数を数える。他にバインダーやペン、そして手錠や警棒などの装備も確認する。横でマナがやはり同じように仕度をしている。

レッカー移動されると運転者は車をとられているだけに、ほぼ一〇〇％出頭してくる。七割以上がその日のうちにくるし、なかにはレッカー移動した車を契約している月極駐車場に保管する前に、もう署に着いている違反者もある。それらを順次受けて、切符を切り、文句を言われながら駐車場まで連れて行き、車を返還する。それらの工程を久保田一人でさばくことになる。所要時間はすんなりいって二十分。駐車場は警察署のすぐ隣なのだ。

けれど、違反者のだいたいが不貞腐《ふてくさ》れてくる。普通車の駐車違反の反則金が一万五千円で、レッカー移動となると更に移動料金などが加わる。だから、せめて追加料金分だけでも文句や愚痴を言ってやろうという者も少なくない。そういうのに当たると一時間二時間はざらにかかる。

上原か平松が交差点からすぐに戻ってきて対応する手筈《てはず》だが、どうしても久保田が一人きりになる時間の方が長くなる。だから、あんまり数を引かず、できるだけ現場で説諭や切符対応をして欲しいと思っているのだ。

彩乃も交通指導係に配属されて五年は過ぎた。その辺のことは十分承知している。だが、こちらの思惑で取締まる訳にはいかないし、また取締りの件数の多寡《たか》が係長の査定にも繋《つな》がるのだから、満更本気で言っている訳ではないことも知っている。できればそこそこの件数を挙げて、なおかつ穏便に揉《も》めることなく切符処理したい。そういうことになるのだが、まあ、無理な話だ。

マナが窓から署の駐車場を見下ろし「主任、もうきてますよ」と言う。交通指導係の部屋は二階の一番奥にある。北西側の窓の下が、御津雲署の駐車場になる。警ら用パトカーやミニパトに混じって、けん引《いん》装備を付けた白いレッカー車が隅で遠慮がちに停まっていた。

「おはようございまーす」

「おはようございます。よろしくお願いします」

「よろしくお願いします」

今日の担当は、ベテランの降田《ふるた》だ。彩乃は挨拶《あいさつ》をしながら、良かったと思う。

レッカー移動は法で認められた強制執行だが、やはり他人の財物を強引に移動させるのだから細心の注意が必要だ。なかには高級車も混じっているから、傷をつけないよう、事故を起こさないよう、それと同時に、いつ違反者が戻ってくるか知れないので俊敏さも要求される。

降田は五十代前半で小柄だが、筋肉質で力もある。口数少なく穏やかで、仕事も迅速丁寧。指示したことには忠実に従ってくれる。民間のレッカー会社に勤める専門作業員で、警察委託であるこの仕事に従事してもう二十年以上になる。担当の警察官もこれまで入れ代わり立ち代わり、何人も経験していて、やりにくい相手もいただろうに、噂《うわさ》や愚痴を言ったことは一度もない。

「あれ？　新人さん？」

彩乃は後部座席から降りてきた二十代くらいの若い男を見て、降田に顔を向けた。降田が頭を掻《か》きながら「ええ、この月からうちにきまして。まだ色々教えている最中で、当分はわたしと一緒に組むことになるので、よろしく頼みます」と丁寧に頭を下げる。そして隣でぼうっと立っている男に向かって「挨拶して」と言う。

まだ高校生でも通りそうな幼い顔が一瞬紅潮し、「お願いします。あ、正岡流理《まさおかりゅうり》です」とぺこっと頭を下げた。

彩乃とマナは顔を見合わせ、よろしくお願いしますと声を揃《そろ》えた。

助手席に彩乃が座り、降田が運転する。後部座席にマナと正岡が座る。警察が使用するレッカー車もトラックの荷台に当たる部分にクレーンなどが装備されていて、一見普通のけん引作業車と変わらない。ただ、運転席の後ろにも座席があり、ベンチシートなので四人以上が乗車できる。

マナはさっそく正岡に話しかけ、色々訊《き》き出す。本人の興味ももちろんあるのだろうが、この若者がどういった作業をしてくれるのか、どこまで警察官と協調できるのか探る目的もある。

公的な仕事をするのだから、経歴や思想の危なっかしい人物は雇い入れない。ただ仕事に対する構えというのか、真剣度というのか、そういったものは人それぞれで、それが業務の精度に影響してくるから疎《おろそ》かにはできない。

降田のように安心して任せられる専従者は少ない。だから、担当の警察官も色々細かいことを言い、時には上から強く命令することも必要となる。だが、狭い車内に長時間一緒にいて、違反車両の移動には連係プレーで当たらなくてはならないから、人間関係をこじらせると支障が出る。その辺の匙《さじ》加減は重要だ。

マナは正岡とも年齢が近そうだから、話も合うだろう。さっそく、得意の物真似を披露している。正岡は顔を赤くしながらも笑みを見せ「それ、ピコットアークですか。

ブルーレジェンドアークの。似てる似てる」と言う。マナは喜び、新作も披露するが、それは受けなかった。

「降田さん、今日は綱子《つなこ》地区に行ってください。このあいだから苦情がきてるんです」と彩乃がバインダーに挟んだ地図を見ながら言う。

「了解。綱子の辺りは高級住宅街なのに違法駐車が増えましたねぇ」

「あの辺は道幅があるだけに停めやすいんでしょう」

「でもまあ、あそこの住民なら、罰金の支払いを滞納することもないでしょうから」

「そうねえ」

主任、と後ろから声がかかる。振り向くと、マナが目を見開いている。

「なに？」

「正岡君、奥さんも子どももいるんですって。歳、まだ二十三ですよ」

「へえ」

彩乃も思わず正岡の顔を見る。見つめられた正岡は頰を染め、目を伏せるように頷《うなず》いた。

「奥さん、看護師さんなんですって」

もうそこまで聞き出しているのか。正岡のことより、マナの情報収集力に感心する。

「お子さん、いくつ？」と彩乃も話に参加してみる。

「えっと、一歳三か月です。女の子で」

「歩き回るころね。可愛くて目の離せない時期だわ」

正岡の目が垂れる。このあいだは家に帰るなり両手を振りながら、初めてパパァと呼んでくれたと笑う。

「あら、パパのほうを先に言ってくれたの。パパっ子ね」

言葉が早いのか、擬音語をにぎやかに繰り出す毎日らしい。相手をする正岡がくたびれて、喋《しゃべ》るオモチャを与えたら、奥さんに高い物をと叱《しか》られたとか。そのオモチャのことをマナは知っているらしく、さっそく真似て鳴き声だか雑音だかわからない音を発した。正岡が、ああそれそれ、と言って苦笑いする。

いいなぁ、とマナが呟《つぶや》く。彩乃はまたか、と前を向く。隣で降田も苦笑している。マナは二十四歳という若さで、婚活に懸命だ。相手にことかかない職場でもあるのだが、簡単にはいかないらしい。

「お巡《まわ》りさんはNGです。同じ職場なんてもっての外です。どんだけ所属が違ったって、噂は耳に入るし、同期と会うたび夫の昇任の具合とか気にし合うじゃないですか。そんなのダルイ」

そのため、大学時代の友人やサークル仲間と共に合コンに励んでいる。そして、少しでも目立ち、興味を持ってもらえるように色々な特技を身につけているのだ。物真似もそのひとつ。マナの年齢の相手だと、アニメやゲームにはまっている男が多いから、意外に受けるらしい。今のところ結果に結びついてはいないが。

「女性警官も婚活とかするんですね。蝦川さん、凄くモテそうだけど」と正岡も落ち着いてきたのか、会話に参加する。

「あら、それはどーも」とマナ。

「医者、弁護士、ＩＴ狙いですか」

降田も笑顔でバックミラーを見ながら言う。マナは真剣な顔で「ＩＴいいなぁ。でも御津雲にはそんな洒落《しゃれ》た会社ないし。やっぱ都会に行かないと。早く異動したい」

「ははは。やっぱ若い人は都会の方がいいんでしょうな。わしなんかこの御津雲くらいが落ち着いてて、ちょうどいいですけどね」

「うーん、まあ、こういう郊外署の方が平和で事件が少なくて、その分、仕事も忙しくないからいいんですけどねー」

そうですか平和ですか、と降田が目を瞬《しばたた》かせる。彩乃が、うん？　と目を向けると、いや聞いた話ですけど、と断って言う。

「ずい分昔に酷い事件があったって聞いたことがあるから」

「へえ。どんな?」彩乃は聞いたことがなかった。警察官は定期的に異動するから、御津雲の昔を知る人間はいなくなる。降田のように同じ場所に長くいるからこそ、たまたま小耳に挟んだことでも記憶に残せるのかもしれない。ただ、それでも酷い事件なら語り継がれていそうなものだがと、ちょっと不思議に思う。

「いや、古い話なんでよくは知らないですけどね。子どもさんが絡《から》んでね」と後ろの正岡を意識してか言葉を濁した。

「そうなんですか」と彩乃も短く答えるにとどめる。

マナも察して話を戻した。再び都会に異動したいといい、まだ二年では無理よといつも通り彩乃が答える。今回は、そんなやり取りに余計なひと言が加わった。

「あ、でも北元主任は、来春異動かも知れませんね」

「え、そうなの?」と降田がちょっと寂しそうな顔をする。「そうか、御津雲にきてもう五年でしたっけ。そろそろですね」

そこへマナが勢い良くミラーに向かって手を振る。

「違う違う。そうじゃなくて、係長になるんですよ」

「蝦川ぁー、まだなんにも決まってないから」

「だって一次通って、みんなこのまま行くだろうって言ってますよ」

「へえ。そりゃそりゃ。おめでとうございます」

「いえいえ、降田さん、試験なんて水ものですから。結果が出てこそですから」

もう、と彩乃はバインダーを後ろへ振って、マナをぶつ振りをする。正岡も興味を持ったのかマナに顔を向ける。

「じゃあ、蝦川さんも巡査部長になるんですか」

うえっ、とマナは変顔をする。ないない、と手を振って「ぜんぜん興味ない、昇任なんんか。あたしの目標は、早く結婚してお金に苦労しない暮らしを手に入れること。その上で大きな責任を負うことのない、警察組織の末端で淡々と仕事を続けて行くことだから」と、これもいつもの持論を披露する。彩乃と降田はさんざん聞いているから無表情を決め込んだ。

レッカー車は綱子地区へと入った。

「蝦川、始めるよ」

「はーい」

降田が車を停めると、ドアを開けてマナが勢い良く出る。腕時計で時間を確認し、駐車車両のタイヤと道路の接地面にチョークでチェックを入れる。すぐに車に戻って、次へと向かう。

綱子は閑静な住宅街だ。どの家も注文建築で、槙《まき》や柊《ひいらぎ》の生垣で囲われ、なかには小さなプールを持っている家もある。御津雲署管内で一番の高級住宅街と言っていい。昼間などは静か過ぎるほどで、ヒールの靴音が通りの端まで届きそうだが、最近は夜になると若い連中がバイクや車を走らせて迷惑していると聞く。生活安全課や交通課に相談があったとも聞いたが、話はそれきり立ち消えになった。蓋《ふた》を開ければ、乗り回しているのがこの地区の住民だったということだ。

余裕のある暮らしをしているからといって、穏やかで常識のある人間になるとは限らない。それはどこの家庭でも同じだ。周囲の思惑など関係なく、改造した車やバイクに乗って走り回り、親と喧嘩《けんか》しては騒ぎを起こす。この地区でも珍しいことではない。

ただ、世間体を気にするという点では、余所《よそ》よりその感覚は強いかも知れない。表に出るほどの問題はなかなか聞かない。とはいえ、駐車違反は別だ。

綱子地区は道幅にもゆとりがあり、それが災いしてか車がよく並ぶ。

少し先の県道を渡ったところに最近アウトレットができた。そこの駐車場が満杯になると入れない車がやってくるようになった。だから大半が余所者なのだ。

住民は自身のガレージに入れているから、余所からきた人間が道端に停めるのが気に入らない。苦情は大概、自分の家の前に停められ邪魔だというものだ。

だから、降田がレッカー代などの支払いが滞らなくていいと言ったのは当たらない。むしろ、ガソリン代をかけてアウトレットで買い物して、この上、更に反則金やレッカー代など払う余裕はないだろう。文句が多いだろうなぁ、と彩乃は留守番をしている係長を気の毒に思う。思うが仕事は仕事だ。

派手な色のミニバンや軽四、他県ナンバーの車を数台チェックし終わり、猶予《ゆうよ》する時間を取るあいだ他の地区も回る。

「でも北元主任がいなくなったら寂しいですね」

降田が話を蒸し返す。まだ受かると決まった訳でもないのにと思いながらも、面倒で黙っている。降田は降田で、別の担当がきたらまた気を遣い、慣れるまでの時間を緊張と居心地の悪さと共に乗り切らねばならないのだ。その上、今は新人も抱えている。

あっちもこっちもでは気骨が折れるだろう。気持ちはわかるが仕様がない。

「あたしなんか、係長ってしんどいだけだと思うんですよねー」とマナまでもが参加する。正岡との会話も種が尽きたのだろう。

「上にも下にも気を遣う役職じゃないですか。ほら、うちでもあったじゃないですか、例の、なんて名前でしたっけ、交通総務の女性係長が」

「え・び・か・わ」

えへっ、とお喋りが過ぎたのを笑って誤魔化す。

マナがうっかり口を滑らせたお陰で、嫌なことを思い出してしまった。御津雲署交通総務係で初の女性係長だった、槇田《まきた》水穂《みずほ》。年齢は彩乃より上で、階級も上だったが顔を見れば親しく口をきいた。女性同士ということもあったし、子どもがいるという共通項もあったせいだろう。

三年前、その槇田が不祥事を起こし、この御津雲から姿を消した。

初めての女性係長ということで、真面目に熱心に取り組んでいた。少なくとも彩乃にはそう見えたし、そんな事件を起こすようには思えなかった。不祥事については箝《かん》口令《こうれい》が敷かれていて、それきり噂になることもなかった。

だが、会うことのなかったマナが知る程度には語り草になっている。しかも会ったことがない分、無責任な言葉が先走る。それでも、強くマナを叱るだけの意欲が湧《わ》かないのは、やはり信じていた人間に裏切られた憤《いきどお》りや喪失感があるからだ。

「おい、そこでジャッキ上げるの、もう少し丁寧にしてくれ」

「はい」

綱子地区に戻って新人の正岡が、降田の指示の下、駐車車両のけん引作業を始める。教えながら違反を摘発するなど悠長なことはしていられないのだが、新人を育てることもしなければ困るのは結局警察だ。彩乃らは黙って、二人の作業を見つめる。

「わぁー、待って、待ってー」

二十代くらいの茶髪の女性が懸命に駆けてくる。マナが小さく舌打ちした。

レッカー移動はある意味時間との戦いだ。作業をしている最中に違反者が戻ってきたら、強引に移動する訳にもいかない。

「すぐ戻るつもりでちょっと停めただけなんですぅ」

両手にアウトレットのものらしい紙袋を持ちながら言う。

「ここ駐車禁止ですから。免許証見せてください」

マナが相手をしているあいだ、彩乃は降田の側《そば》に行って「下ろしてください」と告げた。

降田は仕方ないという風に肩を落とす。けん引して、移動を少しでもしたのなら、レッカー着手でそれ相当の料金が請求できるが、作業の途中ではできない。

その辺のことはベテランの降田なら承知しているのだが、今日に限ってはなんとなく不服そうな気配が顔に浮かぶ。新人に、少しでもレッカー移動を経験させてやりたいという親心だろう。うまくできるようになるには慣れが必要で、慣れには場数が必要だ。

その次の駐禁車両もジャッキアップの途中に違反者が現れた。

三十代くらいの男性で、こちらも近所の人間ではない風体《ふうてい》だった。荷物もなく、上着も着ておらず、白いシャツに弛《ゆる》めたネクタイだけしている。車内に上着と黒鞄《かばん》と資料が広がっている。営業の途中らしい。アウトレットの並びにパチンコ店もあるから、遊ぼうと出かけたのに駐車場が満杯であぶれたのだろう。

男はイライラした様子で体のあちこちを揺すっている。ずい分負けが込んだのかなと思ったら、案の定、マナの免許証をという言葉に、いきなり怒声を上げた。

降田が手を止め、正岡が驚いたように後ずさった。

「運転している途中に腹が痛くなったんだよっ。ちょっと便所を探して用足ししただけなのに、切符切るってのかぁ」

男は寝不足のような赤い目をして、唇の端を痙攣《けいれん》させている。

「違反は違反です。目の前に駐車禁止の標識があるのが見えませんでしたか」

マナが杓子定規な物言いをするのに、男は更にヒートアップしたようだった。唾《つば》を飛ばしながら「糞が出そうなときに、標識のことなんか気にしてられっか。それともなにか？　具合の悪い人間でも、違反だ法律だって言って容赦なく捕まえて、留置場に入れるってのか」

男の尻のポケットから新しい煙草の箱が見える。トイレ云々は嘘《うそ》だろうと思うが、そこを突っ込む訳にはいかない。マナも踏ん張る顔をして免許証を出せと繰り返す。

「駐禁だって言うんなら、あれもこれもみんなそうだろう。日本国中ぜーんぶレッカーしてくれるんだろうなぁ。俺のだけするなんて不公平な真似するなよなぁ」

とにかく免許証を出せと言うマナに、男は手で払うような素振りを見せて車に近づく。

彩乃はするりとドアの前に立ち塞がった。男が敵意のある眼差しを向ける。

「違反される方々の理由は様々です。それをどう斟酌《しんしゃく》するか、我々には権限がありません。熱を出した赤ん坊を病院に運ぶあいだ車を適当なところに置いた人に対し、切符を切ることもあります。今ここで、お腹を下してトイレに駆け込んだというあなたを容赦すれば、赤ん坊の親はどう思われるでしょう」

「そんなこと知るか」

「あなたは知らなくても、今後も大勢の駐車違反者に対し取締りが続けられる以上、いい加減な対応はできません。そのことはよくおわかりいただいていると思います。またおっしゃる通り、警察はあらゆる駐車違反車について対応すべきでしょう。現時点では人員の問題もあって、すぐにとはいきませんが、今、こうやってあなたに対して切符処理をするというのも、そのひとつであるとわかってもらいたいですね」

「う、うるせえなぁ。ごちゃごちゃと。俺は、ちょっとのあいだだったんだから、別にいいだろうって言ってるだけだろうが。他の車はもっと長く停めてるじゃないか。そっちを先にやれよ」

「長い短いは関係ありませんよ」彩乃は少しトーンを弛める。「ちょっとと思って停めた車のせいで大きな事故に繋がったという話、結構あるんですよ。この道は、近くの保育所から保育士さんが小さな子どもさんを連れてよく通るんですよ。午後のお散歩にね」

責めるばかりでは埒《らち》があかない。こちらは絶対に引かないということを気づかせればいいのだ。そうすれば無駄なやり取りをしているのではという思いも浮かんでくる。パチンコですったのなら、反則金は更に痛いだろう。かと言っていつまでもこんなことはしていられない。男にも仕事が待っている。矛《ほこ》を納めようかどうか逡巡《しゅんじゅん》する気配が漂い始めた。なのに、そのタイミングでマナが反則切符を取り出してしまい、それを見て、男はまた逆上した。

強引に車に乗り込もうとするのを彩乃が車のドアを押さえて止めると、怒声を上げて拳《こぶし》を振り上げた。マナが引きつった顔で硬直する。彩乃は素早く、男の振り上げた腕の方へ一歩踏み込む。そして下から顔をねめつけるように見上げると同時に大声を出した。

「殴れるものなら殴ってみなさいっ」

男が停止する。

「お宅、その手でわたしのどこかに触れたら最後、当分、家には戻れないわよ。ヘタをすればしばらく会社も休んでもらうことになる。そのあいだ車はレッカー移動で預かるから、外に出るころには多額の保管料を払う羽目になる。パチンコで損する程度では収まらないわよっ」

ほとんどがはったりだ。男にだってそれはわかっている。ただ、警察官を本気で怒らせたということが伝わればいい。そのことが、この先どんな事態を招くのか想像できないまでも、碌《ろく》な結果にならないことだけは、気づかせられる。

男は一歩下がって彩乃と距離を取り、拳を何気ない風に下ろして視線を流した。

彩乃は胸のうちで、ほっと息を吐く。マナに目で合図し、処理をするように指示した。

降田がガラガラとジャッキを片付け始める。正岡が慌《あわ》ててそのあとを追って車に乗り込んだ。

こういう日もある。

わかってはいるのだろうが、降田も正岡も落ち着かない様子だ。彩乃は嫌な予感を持ちながらも、どうしていいかわからず言葉少なに指示をする。

昼近くになっていた。

住宅街のなかにある信号のない交差点で、四つの角のそれぞれに大きな屋敷が建っている。そのなかのひとつの屋敷の塀際に、古い型のクラウンが駐車されていた。キーレスにもなっていない角ばったフォルムの車だ。この辺りの住民のものとは思えないから、またアウトレットかパチンコの客のだろう。時間を見ると、さっきチェックを入れてからまだ数分しか経っていない。

車に乗ったまま、クラウンの頭が四つ角のなかに入っていることを確認する。うーん、と迷っていると運転席から降田が「交差点内にかかってますね」と言ってくる。

交差点内であれば駐停車禁止だ。停めているだけでアウト。すぐに反則切符を切れる案件だが、ただレッカー移動となると、躊躇《ちゅうちょ》する。

普通の駐車禁止の反則金以外にレッカー代金も加算されるのだ。先ほどの揉めた違反者もそうだったが、一般には駐車とは、ある程度の時間停めた場合との認識がある。本当は標識のある場所は短時間でも駐車は駄目なのだが、警察もそこまで融通のきかない取締りはしない。

なのに今日の降田は珍しく、普段しない口出しをしてきた。彩乃はちらりと降田の横顔を見たあと、後ろにいるマナに「引こう」と告げた。

降田と正岡はそそくさと作業を始める。

彩乃とマナはガラス越しに車内を点検する。壊れやすい物が載せられていないか確認し、状況を把握しておかないと、いい加減な作業をしたせいで破損したと問題になる場合がある。

「主任、あれ」

マナが指を差すのを見て、彩乃も頷く。

ルームミラーに少しだが罅《ひび》が入っている。

「なんであんなとこに罅が入ったんでしょうね」

「さあ」といって、すぐに降田を呼んで見てもらう。揃って窓に顔をくっつけて確認するが、すぐに降田が、大丈夫でしょうと言った。

「セロテープみたいなので補強しているし、大きな振動さえ与えなければ問題ないです」

彩乃は少し考え、「じゃ、慎重にお願いします」と頼んで続けてもらう。マナと二人で他にも問題がないか車内を窺《うかが》った。

茶色のシートにティッシュケースやタオルが散らばっている。グローブボックスにはアンパンマンのシールが貼ってあり、後部座席にはチャイルドシートが装着されていた。子どもを持つ家庭の車らしい。買い物から戻ってきて車がなかったら、さぞかし驚き、途方に暮れるだろう。

そういうことを考えないようにしているつもりでも、つい思ってしまう。

今年、三十四歳になる彩乃にも、こうしてチャイルドシートに娘の史織《しおり》を乗せて走り回った時期があった。保育所への送り迎えはだいたい時間的に余裕のあった彩乃が引き受けていた。同業の夫は史織が生まれてすぐ刑事課に異動になったから、子育ての協力は頼めないと覚悟した。

そこへ二人目ができた。いくら時間外勤務の少ない交通課とはいえ、小学生と保育所へ通う子ども二人の世話は大変だ。頑張るだけ頑張って、去年、夫と相談の上、一人暮らしをしていた母親に同居してもらうことにした。

彩乃の親なので心安いのだが、その分、言うことなすことに遠慮がなくなる。思ったことはすぐストレートに口にするし、他人には絶対言わないようなキツイ言葉も溢《あふ》れ出る。

夫が宿直の時など、子ども二人を挟んで険悪な時間を過ごすことも少なくない。こんなことなら同居しない方が、と思ったりもするが、母親も同様の気持ちでいることに気づいたのは、洗濯物を畳みながらため息を吐かれた時だろうか。

『警察官じゃなくても公務員なら他にもあったでしょうに』

今さらそんな話をされてもと、彩乃は苛立《いらだ》ちと共に洗濯物を奪い返していた。公務員だから選んだのではない。

高校生のころ友達と繁華街を歩いていたら、酔っ払いに絡まれて怖い思いをした。たまたま巡回をしていた女性警官が見つけて追い払ってくれた。がっちりした体軀《たいく》の人で母親と同じくらいの年齢に見えた。夜遅かったので、てっきりお説教をされるかと首をすくめていたら『大丈夫？　わたしの娘もさっき帰るってメールがきてた。あなた達もしておいたら？』と言われた。それだけだったが、離れてゆく背中を見ているうち、警察官にも普通の暮らしがあって、それが働く意欲になっているのかもしれないと、なんとなく思った。身近な人を案じる気持ちが、多くの人のために働く原動力になる。なんだか素敵な仕事のように思えて、大学を卒業したら警察官になると母親に告げていたのだった。

そんな彩乃に子育てで協力してくれる母親の存在は、確かにありがたい。ただ、疲れた体に、その日の出来事の報告、母の愚痴や持論をくどくどと聞かされるのは正直辛い。まして係長に昇任したなら、それらの密度も量も更に増えることだろう。

少しの我慢だ。子どもは日々成長する。下の娘も来年には四歳だ。このごろは史織がよく面倒を見てくれる。もし試験に通って、来春異動となれば、今よりは街中の署に行けるかも知れない。代々女性が係長を務めている席が勇退でひとつ空くと聞いた。マナが聞いたら喜びそうな都会の所轄《しょかつ》だ。

休日に家族で遊びに行く繁華街にはコマーシャルで有名な店が立ち並ぶ。こういう所轄で働くのはどういうものだろうと、あのとき助けてくれた女性警官のことを思い出しながら考える。

忙しいのは間違いない。警察官の人数もこの御津雲署とは比べ物にならないくらい多い。仕事だけでなく、人間関係でも苦労するだろう。

それでも、一度はそういう活気のある街を管轄する警察署で働いてみたいと思っていた。

クラウンのけん引がセットできた。

「北元さん、行きましょう」

彩乃は降田の声に頷き返し、素早く助手席に座った。降田がエンジンを掛けサイドブレーキを外し、ミラーで後ろや左右を確認する。追ってくる違反者はいないし、なんとか引けそうだ。マナも後部座席で、ようやく一台ゲットと言いながら書類を整理し始めた。

保管場所は、本当なら署の駐車場が望ましい。けれど御津雲のような小さい所轄では充分な敷地は確保できない。レッカー移動は、多い時なら一日で十台近く引くことがある。そのため、署の隣に民間の月極駐車場を借り受け、保管場所としている。

違反者に車を返還するのに、いちいち一緒に歩いて保管場所まで行かないといけないのは、不便だし時間を取られる。それでも、車を勝手に移動されないようチェーンロックを掛けているから、警察官が同行して外しに行かねばならない。

従って、本署で違反者対応を担当する場合、最低でも二人は必要だ。

今日の一台目を引いて、急いで借りている青空駐車場へと向かう。運んでいる最中に、違反者が気づいて先に署に行かれることもあるので焦《あせ》る気持ちがあった。

その時はその時で現場と係で連絡し合って切符対応はできるが、やはり返還処理が難しい。時計を見ると午後零時半になろうとしている。上原主任の立番時間がそろそろ終わるころだ。平松巡査が交代のため、向かっている筈だ。

つまり今、署には久保田係長一人だ。上原主任が戻るまで、違反者には出頭してもらいたくない。今ごろ、係長は戦々恐々としながら、主任が戻ってくるのを待っているだろう。

マナもそうとわかって、まだ取りにきませんように、と小声で祈っている。そしてついでのように、今日は用事があるのでゴネる違反者が現れませんようにと付け足す。

違反者が納得して切符にサインするまでは、説得し続けなくてはならない。それが終業間近だったりすると、六時七時になることもある。

「今日、約束があるの？」

マナはミラー越しに切実な目をして頷く。「今日のはレベル高いんです」合コンかと、苦笑する。新しい物真似をみんなに披露して反応を見ていたのは、今夜のためらしい。

「いいわよ。遅くなるようなら、わたしが対応する。定時で上がって」

「ええー、でもぉ」

一応遠慮しながらも、嬉《うれ》しそうに「次はあたしが残るようにしますね」と言う。

そんな様子を見ながら、正岡は素直に不思議がる。

「警察官の旦那《だんな》さんも格好いいと思うけど。俺なんか刑事さんとか憧《あこが》れるなぁ」

マナはフンと鼻息を吐く。

「まぁ、付き合ってはみたけどね。やっぱ、無理。だってGPSで常に位置確認しようとするんだよ。なんかあったら心配だからって。あんたの方が心配だっつうの」

「ははは」と降田も、一台がようやく引けてホッとしたのか声を上げて笑う。

「そうか、警官とも付き合ってみたんだ。まさかうちの？」と彩乃も笑いながら訊いてみる。

マナは「防犯のボクちゃん」と言ってぺろりと舌を出す。

「えっ。あの子と？　へぇー、知らなかった」

「それもこのあいだの誕生日まででしたけどね。くれたプレゼント見てドン引きしましたから」

「なにもらったの」

「へへへ」と笑うマナの声からすると、どうやら一般人には聞かれたくないものらしい。

彩乃は話題を替え「この一台を下ろしたら、一旦、昼休憩にしましょう」と保管場所を目の前にして、そう告げた。

敷地は広いが、青空駐車場なのでひと目で様子がわかる。契約者以外の出入りはないのだが、不法に停める者もいるから日中は管理人が常駐している。駐車場の出入り口で、年配の管理人に挨拶をしてなかに入る。今は、彩乃らだけで誰もいない。

指定の場所にクラウンを置く作業を始める。彩乃とマナもレッカー車から降り、作業が終わったら車にチェーンロックを掛けるので、側で待つ。鍵《かぎ》は彩乃が持っているひとつと本署の違反者対応用にひとつある。

作業している二人から離れ、さっきのプレゼントをマナにこっそり訊いてみる。

「新式の錠と解錠セット」

思わず噴き出す。生安課の防犯係ならさもあらんだが、解錠セットとは。

サムターンやシリンダー錠は、手慣れた人間ならちょっとした工具を使って開けることができる。防犯係や刑事課盗犯係などは、お守りのようにして持っていると聞く。しかし、それを彼女の誕生日プレゼントにするというのは極端だ。マナでなくとも、引かれるだろう。

「まあ、でも、もし生安や刑事に行くことになれば、それで練習しておけばいつか役に立つわよ」と、慰めにもならない言葉を吐く。

「主任ー、あたしそっち系、興味ないですし。あ、そうだ主任に差し上げますよ。確か、防犯講習行かれましたよね。係長になったらそういう技術も必要になるかも。練習してください」

「いらない」

「えー、そうおっしゃらずに」と言いながらバッグを開けようとする。

目を開いてマナを見る。その辺に捨てる訳にもいかないし、どうしたらいいか主任に訊こうと持ってきているんです、と言う。彩乃はいらない、いらないと逃げるように車の方へ近づいた。

「あ、待てっ、ゆっくりっ、あっ」

降田の叫ぶ声がした。彩乃とマナがぱっと顔を上げる。

ドン、と大きな音がして、クラウンが地面の上で大きく揺れた。

降田が青い顔をして、こちらを見る。彩乃とマナはクラウンの後部際に立っていた。

正岡はジャッキを握ったまま、少し離れたところで茫然としている。

車のけん引作業は、引くときも下ろすときも細心の注意が必要だ。とにかく、車自体に損傷を与えてはいけない。それは車内もしかり。降田も重々承知していて、正岡にもそう指導していた筈だ。だが、焦りがつい油断を呼んだ。降田は慌てて窓越しにルームミラーを確認する。大丈夫だったようで、今度は屈《かが》み込んで車の底部を覗《のぞ》き見た。後部のマフラーやリアバンパーが地面に接着しやすいからだ。

起き上がると手袋をした手でクラウンのフロント面を撫《な》で、ほっと息を吐いた。

「問題はないようです。すみませんでした。おい」と正岡にも促す。正岡は慌てて両手を膝《ひざ》につけ、大きな声で「すみませんでしたっ」と謝った。

だが、リア側に立っていた彩乃は鋭い声で「しっ」と言って人差し指を立てた。その強い口調に正岡が固まる。降田ですら緊張した面持ちで見つめ返してくる。彩乃は無表情のまま、じっと立ち尽くす。

隣にいるマナが声をかけてきた。ほとんど真横になるくらい首を傾げている。

「主任、今のは?」

ゆっくりマナに顔を向ける。微かだったから降田らには聞こえなかったらしい。

「あなたも聞こえた?」と彩乃は訊いた。

そのとき、スマートホンの呼び出し音が鳴った。二人して体を跳ねさせる。すぐに彩乃は取り出して「係長からよ」といって応答する。

「今どこだ？　こっちに戻れそうか」

「駐車場まできてます」

「そうか。じゃあ、クラウンを下ろしているんだな」

「え」

「運転者が出頭してきてる。これから処理をするんだが、詳しい内容を教えてくれ。それと、一旦、こっちに戻ってくれないか」

「どうかしましたか」

「どうやら、上原主任が交差点でタクシードライバーと揉めているようなんだ。そこに平松が加勢していて、すぐには戻れないと連絡があった」

「わかりました。車両番号と違反場所をメッセージで送ります」

「うん、頼む。君らが帰ってきてから返還することにする」

「わかりました」

そう言って通話を切り、メッセージを使って詳しいやり取りをしたあと、マナに内容を知らせる。

「出頭してきたのは三十代くらいの女性らしいわ。あの角の家の住人と言っている」

マナは不安そうな顔で、どうしましょうと言う。彩乃は考えるように足元を見た。砂埃《すなぼこり》で革靴が白く汚れている。ちらりと目を上げると、正岡が落ち着かなげにジャッキを撫でている。

彩乃は目を瞑《つむ》り、ゆっくりと開け、顔を上げた。そして、レッカー車の側で佇《たたず》んでいる降田らに言う。

「ごめんなさい。ちょっと待っててもらえる?」

降田はすぐに頷く。段取良く進めて、一台でも多く引きたいだろうが、そういうことは口にも顔にも出さない。

彩乃は降田から離れたところで、マナをそっと呼んだ。

指導係の部屋に戻るなり係長から「遅かったなぁ。なにかあったのか」と苛立った声で言われた。

「すみません。駐車場を出た途端、信号無視の違反者と遭遇して対応してました」

そう答えながら彩乃は自席に荷物を置き、隅に目をやった。

交通指導係の部屋に特別な調べ室はない。違反者らは、係員らが席を並べる一角で、切符処理などを受ける。

出入り口に近い席で、茶色く染めたボブヘアの女性が咎《とが》めるような目を向けていた。

「お待たせしました」と見つめ返し、机の上にある反則切符と免許証を手に取る。

免許証の写真は五年前の若さを持っていて、大概の女性がそうであるように綺麗に化粧をほどこし、畏《かしこ》まっている。だが今、目の前にある姿は慌てて飛び出したせいなのか、口紅も満足につけておらず、写真よりずっと痩《や》せて様変わりしていた。服装も綱子地区に暮らす奥様とは思えない古びたブランドものだし、取り合わせもイマイチだ。

「お急ぎでしたか」

女性はきっと目を吊《つ》り上げると、癇癪《かんしゃく》を起すのを堪えるような低い声で言う。

「一体、どれだけ待たせるつもり？　慌ててきたのに、なかなか車を返してくれないで、ここで待て、待てって。もういい加減にして。すぐに車がいるんです、すぐに。早くしてください」

彩乃は切符を手に取り、署名欄を確認する。免許証と同じ名だ。

国見志津里《くにみしづり》。生年月日からすれば今は二十九歳。住所はやはりクラウンが停められていた角の家だ。職業欄には無職とある。

係長が車両照会した結果では、車の持ち主は国見恭吾《きょうご》。志津里の夫らしい。

「今日、ご主人は？　ご自宅ですか」

志津里が呆《あき》れたように笑う。「仕事です。決まってるでしょ、平日なんだから」

「ご主人のお仕事は？」

志津里は怪訝《けげん》そうに眉根を寄せる。「そういうの必要？　車を停めたのは間違いなくわたしですから」

「ええ。ですが、車両所有者と違反者が違う場合、色々確認する必要があるので」

「確認？　主人に連絡するんですか？　今、仕事中ですよ」

「いえ、そこまでは。奥様からお伺いできればそれで構わないんです」

彩乃らを待っていたあいだ、係長はほとんど口をきかなかったようだ。再々、文句と共にせかされただろうから、ヘタに世間話などしない方がいいと自席で仕事に没頭していたらしい。

一人で放っておかれて、志津里も大概苛立っている。ただ、ヒステリックな物言いはしても、早く終えたい気持ちがあるからか訊かれたことには答えた。

「歯医者です。県道沿いにある国見デンタルクリニック。今日は歩いて行っています。最近太ってきて、健康のためにもと少しの距離なら歩くようにしているんです」

彩乃が自分と年齢の近い女性ということもあってか、文句以外の言葉もすらすら出始める。そして切符を指差し、声のトーンを上げた。

「出かけようとした時、忘れ物に気づいて家に戻ったんです。だからほんの短い時間よ。ほら、ここにも書いてる。それなのにレッカーだなんて」と言う。切符にある駐車時間は五分。実際はもっと長かったかも知れないが、違反者は言わない。

「なにを？」

「えっ？」

「なにを忘れたのかと思いまして。車を交差点内に置いて戻るほど必要なものだったのですよね」

志津里は彩乃の言葉に歯噛《はが》みし、目を伏せる。「財布です。わたし、ちょっとそそっかしいところがあって。夫にも始終」と言って口を閉じた。

「でも、ちゃんと車のロックを掛けておられましたよ」

志津里はすうっと息を吸うと顔を上げ、彩乃を睨《にら》みつけた。

「もういいから、早く車を返してください。切符に署名もしましたし、指印も押したじゃないですか。これ以上なにが必要なんですか」

彩乃は目を合わせたまま、静かに問う。

「車をここに駐車されたのは、本当にあなたなのですか」

「なっ」志津里はパイプ椅子《いす》の上で大きく体を揺らした。

「たまにあるんです。身代わり出頭というのが」

「そんなことしてません。わたしです。わたしが停めたんです」

志津里の顔が強張る。机の上で握り拳を作りながら、困惑するように目を瞬《また》かせた。

「停めたのは主人だと思っているんですか？　違います。ほら、ちゃんとキーだってわたしが持ってるし」

彩乃は志津里の手にある鍵を見ずに「まあ、スペアもあるでしょうし」と返す。もう、と志津里は顔を白くさせるほど怒りを膨らませる。

「だったら、いいです。クリニックに電話でもして夫に訊いてみてください。どうぞご自由に。電話番号、お教えしましょうか。全く、ほんと警察って、疑うことしかしないんだから。どうぞ、どうぞ、ご勝手に。あとでわたしが叱られる度合いが大きくなるだけのことですから」

「ご主人はよくあなたを叱るのですか」

「もう。言葉のアヤですよ。どこの夫だって、妻が軽率に車を停めて違反切符を切られてレッカー代も支払うことになれば、怒るでしょう？」

志津里がバッグのなかのスマートホンを取り出そうとするのを彩乃は止める。そのとき、部屋にマナが入ってきた。

「お疲れ様でーす」

マナはちらりと志津里を見、そのまま係長の席まで行って二人で話を始めた。

彩乃は青い反則切符と納付書を志津里に渡して、納付期限や異議のある場合の手続き方法などを説明する。

「以上です。お待たせしました。では車を返還します」と告げた。するとマナが振り返り、声をかけてくる。

「主任、わたしが行きます」

「そう? あ、でもわたしも降田さんに用事があるから、一緒に行くわ」

マナが小さく頷き、側にきて手に持っていたバインダーと紙袋を彩乃にそっと差し出す。マナの様子がいつもと違うが気づかぬ振りをする。彩乃はバインダーを手元に引き寄せ、書かれている内容を確認した。

志津里がバッグを握ったまま、苛々とそんな様子を見ている。マナが先に立って案内するように部屋を出た。その後ろ姿を見送ってから彩乃は係長に頷いてみせ、紙袋を持ったまま二人のあとを追った。

三人で署の裏口から出て、駐車場を抜けて左の歩道を行く。すぐに民間駐車場の金網が見えた。

　なかに入って一番奥の一角が警察の借り受けている場所だ。

　クラウンがあった。今は、午前中に引いたその一台だけしかない。頭から突っ込んで停められていて、後ろのナンバープレートで自分の車だと確信したらしく、志津里が足早に寄る。

「降田さん、いないわね。待ちくたびれて帰ったのかしら」

　彩乃は苦笑いしながら、クラウンのリア側に近づく。

　志津里がバッグを開けて、車のキーを探し始めた。本当に急いでいるらしく、さっき入れたものがなかなか取り出せないでいる。全身が苛立ちに覆《おお》われてゆく。

　ようやくキーを握り締めた手をバッグから出し、志津里が顔を上げた瞬間、金属質の音がした。

　ヤギの鳴き声にも聞こえるが、ずっと小さく、生き物の感じがしない。機械を擦《こす》り合わせたような異様な音。

　だが、その音がした途端、志津里の背が跳ね伸びた。そのまま凍ったように固まる。

　彩乃からは後ろ姿しか見えなかったが、その形相は容易に想像がついた。志津里はなんとか立ち直り、肩をいからせるとドアの方へ一歩踏み出した。

その時――。

「ママァー」

志津里の張りつめた心の糸が切れたのだろう、ぱっと体を反転させると、クラウンのトランクに飛びついた。

その上に覆い被さり、悲痛な声を上げる。

「香帆《かほ》っ！　香帆ちゃん、待って待って、今開けてあげる。ごめんね、ごめんね、すぐに、ああっ」

志津里は必死でキーをトランクの鍵穴に差し込もうとした。小さな鍵が滑って入らず、嘆きの言葉と共に、その姿から悲しみと焦りが溢れ出る。自分が泣いているのも気づいていないようだった。

やっと鍵が入った。大きく開けるが、なかを見て唖然《あぜん》とした。だが、諦《あきら》め切れないのか、半身をトランクに突っ込むと、スペアタイヤの下まで確かめる。そしてふらふらとあとずさると、子どものように地面に座り込んで、大声で泣き出した。

「か、香帆はどこ――」

「香帆ちゃんは今、署の裏にある病院にいますよ。あの白い建物です」

彩乃の言葉に振り返り、その手にあるものを見て、志津里は目を見開いた。彩乃は持っていた紙袋から、赤いクマのぬいぐるみを取り出していた。前後に揺らすと小さな音を発する。なかに装着されているグロウラーの音だ。

隣に立つマナが子どもの声で「ママァ」と言った。国見香帆を病院に送り届けた時に声を聞いて、少しは練習したようだった。

志津里は、泣き笑いの声を上げた。「に、似てませんよ」

「香帆ちゃんは、病院で意識を取り戻し、手当を受けています。命に別条はないようですよ」

彩乃がクマを手渡すと志津里は膝の上に抱え、上半身を折るようにして抱きしめ、体を揺すった。

「志津里さん、ご主人の恭吾さんは自宅ですか？」

志津里が頬にクマを当てながら頷く。

彩乃とマナが顔を上げると、周囲に停められている車の陰から男が数人立ち上がった。

刑事課強行犯係の人間が待機していたのだ。そのなかに、立番から戻った上原主任の姿もある。強行の主任が志津里の側にきて、屈んで声をかけた。

「奥さん、自宅を確認しますよ。いいですね」

志津里は再び頷いた。そして座ったまま振り返り、署の裏に見える白い建物を見上げた。

午後七時を過ぎたころ、彩乃が部屋に戻ると、指導係のみなが揃って待っているのを見つけた。

予定のあるマナまでもがいて、昼間とは違うテンションの高い声で「お疲れ様でーす」と叫ぶ。

上原主任がドリップコーヒーを淹《い》れてくれた。見ると他の四人もカップを手にしている。

「蝦川、合コンは？」

「いいんです。またいくらでもチャンスありますもん。それより仕事です。最後まで責任を持つのが仕事っていうもんです」

なんだかなぁーと苦笑いするのは彩乃だけではない。

「係長、国見は今、取り調べが終わって留置されました」

「そうか。長かったな。ご苦労さん」

国見志津里は素直に自供し、今さっき、留置する前に一度だけと病院の香帆の顔を見に行った。彩乃がずっと付き添った。

　夫の国見恭吾の方は、待機していた刑事らが直ちに自宅に突入して、ダイニングルームの床の上に倒れているのを発見した。微かに脈があり、病院に搬送したところ、命だけは取り留めたとのことだった。

　マナから大体の話を聞いたらしく、係長や上原は労《ねぎら》いの言葉をかけてくれた。

「だけど、ホントびっくりしましたよね」

　思いがけない事件に巻き込まれ、なおかつ芝居をしなくてはならず、極度の緊張に陥ったことをマナは一生忘れないと言った。

　クラウンが正岡の不手際で地面に落ちて、反動で揺れた。その揺れが、香帆の手にあったクマのぬいぐるみのグロウラーを鳴らした。

　聞いたのは北元彩乃と蝦川マナの二人だけ。ほんの微かな音だったが、なんの音かわからないだけに、そのまま放置することに不安があった。そうしているうちに、係長からの連絡で違反者がもう出頭してきていると知った。クラウンはすぐに返すことになる。問いただして素直にトランクを開けてくれるとは限らない。

　彩乃とマナは交互にトランクに耳をつけ、なかの音を探った。だが、それきりなにひとつ聞こえなかった。

仕方がない。

彩乃はマナのバッグにある解錠セットを出すように言った。マナは驚いたが、素直に従った。

トランクを開けると、そこには四歳の少女が横たわっていた。

すぐに病院に搬送し、同時に刑事課へ通報、久保田係長にもメッセージを送った。刑事らは車両所有者の自宅に向かったが応答がなく、しかもドアも窓も全て施錠され、なかに入ることができなかった。勤務先であるデンタルクリニックに問い合わせるが、国見恭吾は出勤しておらず、連絡がつかないで困っていると言われた。

久保田係長とはスマートホンで口裏を合わせ、刑事課から連絡が入るまで時間稼ぎをすることになった。香帆の様子を病院で確認し終えたマナから、バインダーに書かれた刑事課の指示を受け取った。

彩乃とマナは志津里を連れ、刑事らが待機するクラウンのある駐車場に向かった。クマを鳴らすことと、マナの声真似は咄嗟《とっさ》の思いつきだったが、刑事課は了承してくれた。

母親なら——子どもを閉じ込めたのでなく、そこから救おうとしている母親なら、きっと持ちこたえられない筈。そう思ったから、進言した。

国見志津里はほっとしたような顔で、聴取に応じた。

刑事課には今、女性警察官がいないので、彩乃が取調室に同席した。隅に座っていると時折、志津里が微笑《ほほえ》みを投げかけてきた。彩乃はそれを黙って見つめ返した。

夫である恭吾は、クリニックの経営が赤字を出すようになってからおかしくなった。ご近所に生活が苦しいのを知られないよう取り繕い、背伸びする暮らしに限界が迫ってくると、癇癪を起しては志津里に暴力を振るうようになった。生まれてからずっと綱子に暮らし、代々歯科医院を受け継いできた、セレブ気取りの苦労知らずの男は、加減を知らない怒りを持て余し、どんどん常軌を逸していった。

医師だから手を傷つける訳にはいかないと、足で志津里の腹や背を蹴る。それを見て香帆が泣き出すと、うるさく泣くのが耐えられない、近所迷惑になるといって香帆の口を押さえたり、睡眠剤を飲ませたり、挙句、静脈麻酔まで打つようになった。志津里が激しく抵抗すると暴力でなぎ払い、夫から逃げようとしていると察知すると香帆を人質に取った。

眠らせた香帆を車のトランクに入れ、クリニックを行き来し始めたのだ。

その日の朝も同じだった。恭吾にはいつもしていることは必ずしないと気の済まない神経質さがある。クマのぬいぐるみは香帆の側にあるものと決めているから、一緒に入れて車を出した。それが一分もせずに、恭吾だけが車を置いて戻ってきたのだ。忘れ物をしたと笑いながら取ってきたのは、お気に入りの口臭スプレーだった。クリニックにあるのは安物で合わないと言う。そんなもののために、香帆をトランクに入れっぱなしに——と思った瞬間、志津里のなかの細かな罅割れが大きく弾け散った。キッチンの包丁を握るとそのまま覆いかぶさるように恭吾の背を刺していた。完全に動かなくなるのを確認して、ようやく包丁を捨てた。とにかく香帆を連れて逃げるしかないと考え、すぐに車のところへ行こうとしたが、服に血が付いているのに気づいた。

急いで着替え、金目のものをバッグに詰めて外に出たら、クラウンが消えていた。

いつもの係朝礼が終わって、主任の上原が今日の勤務配置を淡々と伝える。

午前の立番にはマナが就き、途中の交代に彩乃が出る。

今夜こそはと合コンに張り切るマナを見送り、自席で書類整理をしていると久保田係長が声をかけてきた。

妙な顔つきに首を傾げながら、言われるまま廊下に出る。

廊下の端の窓際に立つと、係長は署の駐車場を見下ろしながら言う。

「北元主任、昇任試験なんだが」

彩乃は黙って待つ。久保田が「悪いが、今回は諦めてくれ」と小さく息を吐いた。

視線を係長から窓の外へと向けた。

二人組の警官が警ら用パトカーの側で笑っている。交番勤務の交代にバイクが出て行った。宿直明けの警官が、駐車場で体操をしている。

「主任がしたことは本部長賞にも値する。だが、その過程で」

彩乃は頷くしかなかった。

たとえ緊急性を感じたとしても、所有者の許可なく不当にトランクを開けた。違法な解錠セットを使って。

彩乃自身、強引に開けることに抵抗がなかった訳ではない。あれがグロウラーの音でなく、子どもの声ならば躊躇しなかっただろうし、緊急対応として認められたかも知れない。だが、聞こえたのは、たった一度、微かな異音。

実際には、幼い子どもが閉じ込められていて、命の危険にさらされていたのだが、それはあくまで結果論だ。規則は規則。組織に属する警察官である限り、法は守らねばならない。建前だと一蹴するのは容易《たやす》い。だが、そうすれば組織の存続に小さな綻が入る。鋳はいつか堅固な土台を揺るがすことに繋がる。些細なミスや規則違反にこそ、常から目くじらを立てる傾向があった。

彩乃にもそれはわかっているつもりだ。だが、それでもあの時、トランクのなかを確認しなかった場合の畏れの方が大きかった。万が一、という懸念が彩乃を決断させた。

係長が言う。

「なんとかできないかと思ったんだが、開けるところをレッカー業者が見ていただろ。降田さんは黙っててくれたかも知れないが、あの正岡って若いのがいた。そのままにしておくのは無理だと判断し、昇任させる訳にはいかなくなった。――北元主任、気休めを言っていいか」

「はい？」

「来年もある」

久保田は右手の拳を振るように上げて、部屋に戻って行った。

窓の外に慌ただしい気配を感じて、彩乃は目を向けた。制服の警官二人が足早にパトカーに乗り込み、赤色灯だけ点けて駐車場を出て行く。バイクもばらばらと飛び出して行った。

それらを見送ってから窓の側で伸びをした。

腕時計を見て、交代の時間を確認する。あと少ししたら、自転車に乗って交差点で待っているマナの元へ行こう。いつもの一日が始まるだけのことだ。

髪を軽く直して部屋に向かう。廊下を行く顔見知りに挨拶をする。いくつもの足音が床を鳴らすが、それもサイレンの音にかき消され、すぐに聞こえなくなった。

拝命

陣内真天《じんないまそら》は、合格通知書に同封されていた地図を片手にバスに乗り込んだ。

市内から西に十五分ほども走っただろうか。たちまち窓の両側は田畑ばかりとなり、それもなだらかな勾配《こうばい》を辿《たど》るころにはまばらにあった家屋も消えて、鬱蒼《うっそう》と繁る樹々がガラスに触れんばかりに迫ってきた。

ここまでくると、乗客はもう真天と似たような年齢、服装の者だけだ。体に馴染《なじ》まないスーツに散髪したての頭、大きなスポーツバッグ、そして手には一枚の地図。

指示されたバス停で降り、更に坂を上る。同乗の者らが一列になって新緑を重ねた山道を黙々と進んだ。林が途切れ、明るい陽がまともに射《さ》し込んだと思ったら、眼前に広大な敷地が現れた。

整備されたグラウンドと、その向こうには四角いだけのありふれたコンクリート造りの建物が二棟。鉄製の正門の奥には桜並木が続き、薄紅の花の隙間から日章旗が翻《ひるがえ》っているのが見える。それだけ見ればこの時季、あちこちの校区で見かける景色だろう。

ただ、それらと少しだけ違うのは、門前には鋭い目つきの歩哨《ほしょう》が立っていること、敷地の周囲を頑丈な鉄柵やブロック壁が囲っていること、そして生徒がみな公務員であることだ。

受付を済ませた真天は、新しいスーツの袖口《そでぐち》を引き、背筋をぐいと伸ばし、示された講堂へと歩き出した。

本日、四月七日、この地で警察学校入校式が執り行われる。

今期は、男子学生が大卒、高卒など合わせて五十五名、女子学生が十二名。全員が、県の北東部に位置する警察学校で半年から十か月の教養及び訓練を受ける。

そして生徒は男女共全て、入校と同時に敷地内にある寮に入るから、正に二十四時間警察官としての生活が始まることになる。

クラスは大卒枠である警察官Aが一クラス、それ以外のBが一クラスで男女一緒に授業を受ける。もっとも座学以外の教練や体育などは、男子と女子は分かれて行われる。

朝九時から午後の五時まで教養や鍛錬《たんれん》の授業がびっしりと組まれていた。それが終わったからといってゆっくりできる訳ではない。放課後は校内における雑多な作業をこなし、寮に戻っても様々な分担があって、時間通りに終わらせねばならないからだ。風呂やトイレ、廊下の掃除、点呼・消灯の係、庭の芝刈りまで全て寮生が行う。洗濯機の数もしれているから順番で使う。寮監は勇退した警察官で、寮規則が順守されるよう常に目を光らせていた。

勝手気ままに動くことができないから、学生らが真に自由になれるのは眠っているあいだと土日祝の休みだけともいえる。

真天は男子警察官のB枠で合格し、高校卒業と同時に入校した。これから一月の卒業まで十か月間をここで過ごす。

寮で同室となった井園颯《いそのはやて》は真天と同じ十八歳で、偶然にも実家が近いことがわかった。お陰で会話も弾み、互いに故郷を初めて離れた心細さも手伝ってか、瞬《また》く間に幼いころからの友人のように親しくなった。

そんな息の合った二人でも、もちろん違いはある。

真天はどちらかといえば文系タイプで、本を読んだり、映画を見るのが好きだ。だから座学の授業も苦にならないし、初めて手に取る法律の本や鑑識のテキストなど面白くて仕方がない。一方、颯は体育会系で、習ったこともないのに柔道や逮捕術などをあっという間に覚え、教官が本当に初心者なのかと疑うほどに熟達していった。

そんな二人が疲れた体で寮の部屋に戻れば、同じ授業を受けていたくせに、あのときああだった、あの教官はこうだとか、話すネタにこと欠かずいつまでも喋《しゃべ》っていられた。笑い合うことで気を晴らさねば、この窮屈な毎日をやり過ごすことができないとわかっているのだ。真天と颯は、そうして警察学校でのひと日ひと日を着実にこなしていった。

入校から五か月、短い夏休みを経て八月の最終週、真天と颯は国旗掲揚の当番となった。

誰よりも早く起きて身支度を整え、教官室に行って国旗を受け取り、グラウンドの際《きわ》にある掲揚台に掲げる。

国旗は広げるにも畳むにも、掲揚するにも手順がある。二人一組で向き合いながら、畳まれた日の丸の旗を広げ、ポールに付けて、ゆっくり重々しく引き上げる。

抜けるような青空の下で羽を広げるようになびく日の丸に向かって、颯が大きなかけ声を放ち、揃《そろ》って敬礼を送る。

「よし、飯だ。行こう」

真天は制帽の鍔《つば》を持ち上げ、一気に掲揚台を駆け下りた。颯もそれに続く。

真面目な顔で国旗の紐《ひも》を引いているあいだ腹の虫が鳴り続け、互いに笑いをかみ殺すのに懸命だった。儀式は粛々と行われねばならない。早朝だから誰も見ていないと思ってふざけようものなら酷い目に遭う。

最初に掲揚係に当たった者らが、うっかり敬礼するのを忘れた。そうしたら、その日、朝ご飯を食べ終わるやいなや副教官の一人がやってきて、敬礼をしなかった罰としてグラウンド三十周を命じた。一周、三百メートルあるから九キロだ。二人は誰もいないグラウンドを黙々と走り続けた。

学校には大勢の職員がいる。クラスを受け持つ担当教官が一人、副担当教官と指導係も一人ずつで、一クラスに三人がつく。それが二クラスあるので計六名。それ以外に学科ごとの教官、事務方、裏方、総勢五十人前後はいるらしい。

教官はともかく、まだ本官になって二、三年程度の指導係など、いわゆる監視係といっていい。国旗掲揚時のことも、懲罰の対象になると事前に教えてもらっていれば忘れるなんてことはなかっただろうに、わざと言わなかった節がある。あとで聞《ま》くと毎年のことらしい。誰かをスケープゴートにすることで、指示命令の重大さを目の当たりにさせる。言葉より、体で覚えさせることが効果的だと考えられているのが、この学校なのだ。

指導係の先輩は、自分らのときも走らされたと悪戯《いたずら》っぽい目を向けた。そして油断するなよ、誰も見ていないなんて思わない方がいいと笑ったのだ。

夕飯は寮で食べるが、朝食と昼食は、学校のほぼ中央に位置する食堂で摂《と》ることになっている。

真天と颯が駆け込むと、他の寮生は既に食事を始めていた。挨拶《あいさつ》もそこそこにカウンターに行き、出された皿をトレイに載せていく。

「お早うございます」

食堂のおじさん、おばさんにも挨拶する。学校内で挨拶をしなくていいのは、息をしていないものだけだ。昔は、飼っていた鶏にも挨拶したという笑い話がある。

「お早う。旗係だったな、ご苦労さん」

二人揃って「はいっ」と返事をする。

広々とした食堂に長机が整然と並べられ、学生は一角に固まって食べる。反対の隅には教官がちらほら食事をしにやってきていた。だいたいが当直員だが、近くの職員住宅から通っている者、敷地内にある職員寮に単身で暮らす者もここで食事を摂ったりする。遠方からの通勤組は始業の九時までには入って、食堂隣のサロンで自販機のコーヒーなどを飲んでまずひと息吐《つ》く。

女子学生は朝食も寮で出されるので、会うのは授業が始まってからだ。時どき、自主練習で早朝のグラウンドを走る女子を何人か見かける。なかにはそんな女子を目当てにランニングを始めるのもいたが、大概が途中で挫折する。

女子学生は人数が少ないだけあって精鋭ばかりで、自主的にランニングをするということは、その道を本格的にやっている人間の場合が多い。にわか仕込みの修練では追いつけない相手ということだ。

真天も颯も、高校時代の彼女が故郷にいるから、そういう魂胆は微塵《みじん》も湧《わ》かない。だが、遠距離恋愛はそのうち消滅するのではないかという不安はあるから落ち着かない。スマートホンのLINEで、スタンプひとつない愛想のない返事だけだったりすると、一日中気になってしまう。悩みは尽きない。

だが、国旗掲揚の係を始めて四日目。真天はそんな悩みなど一瞬で吹き飛ぶ事態に出くわした。

その日もいつも通り、真天は旗を抱えて颯と一緒にグラウンドへ駆け足で向かった。国旗掲揚台に近づくと、階段横で誰かが座っているのが見えた。へたりこんでいるように足を投げ出した格好だったので真天はぎょっとしたが、もしかして酔っ払って眠り込んだ教職員の一人かもと思い直した。

学生が寮に帰れば教官らもお役御免となり、なかには羽目を外すのもいると聞く。指導係が教えてくれた笑い話によると、以前、ある職員が外で飲酒して家に戻らず、学校の廊下で半裸になって眠りこけていたことがあったそうだ。学校の正門には深夜零時まで警備担当が就く。その後は鍵《かぎ》を掛け、セキュリティシステムをセットする。以降、朝まで巡回監視が数時間置きに校内を回ることになっていた。

酔っ払った職員は身分証を出し、零時以前に門を潜《くぐ》った。職員寮に向かったのか、忘れ物を取りに戻ると言ったのか、ともかく自力で歩いていたので、問題ないと思われたのだろう。だが既に意識は朦朧《もうろう》としており、たちまち歩くこともできなくなったようだ。ただ、朝になるまで発見されなかったのが未だに不思議だと思われている。

巡視もあるし、廊下なら誰かの目に触れてもよさそうなのに訳がわからない。当の本人は記憶がないから知りようもないし、恐らく、どこかの施設か教室のなかに潜《もぐ》り込んでいて、朝方、トイレに行くためにフラフラ出てきたのだろうということで納まった。以来、巡視は細かに時間をかけて回るようになり、各部屋のなかもいちいち確認することになった。

掲揚台にもたれて眠る男も、そんな職員の誰かか、ひょっとして大卒組の学生かもと疑った。颯もそう思ったらしく、最初の驚きが落ち着くと、やれやれという風に制帽を持ち上げ近づいて行った。ところがいきなり悲鳴を上げるから、真天の方が飛び上がった。

「し、死んでる」

「えっ」

真天は颯の背中越しにおずおずと覗《のぞ》き込む。

掲揚台の壁に背をもたせかけて座る男は、顔を俯《うつむ》けていた。そのせいで表情はわからないし、息をしているのかどうかも判然としなかった。ただ、胸に刺さっているナイフの柄とその周囲が赤褐色に染まっているのがはっきりと見てとれた。ナイフは胸のほぼ真ん中、恐らく心臓をひと突きにしている。

男は白の半袖Tシャツに紺のジャージ姿で、白いズックを履いていた。頭には運動帽、両手には軍手を嵌《は》めて、まるで作業中のような格好だ。その割に両腕や首は日に焼けておらず、俯く横顔も若くない。着ているものがみな学校備品だから関係者には間違いない。

ともかく誰かを呼ばねばと、よろけながらも掲揚台を離れる。真天は一旦足を止めて颯に声をかけた。

「は、颯が行ってくれ。お前、足速いだろ。ぼ、僕はここで見張っているから」

「そ、そうか、そうだな。じゃあ、頼む。すぐに戻るから」

「うん」

颯のダッシュする後ろ姿を見送りながら、真天は手にある国旗を胸元に引き寄せ、激しく響く心音を抑えようと強く握り締めた。

前代未聞の大騒ぎになった。

指導係の先輩が興奮した顔で右往左往している。学生らは全員、講堂と呼ばれている舞台と座席が設置されたホールに集められ、指示があるまで一歩も出るなと厳命された。

数人の教官と指導係だけが生徒の側にいる。他の職員は全て現場にいるか、教官室で顔を突き合わせているのだろう。

伝令のように講堂と外を行き来している指導係が、今、本部捜査一課がきた、鑑識活動を始めた、マスコミがきた、と逐一教えてくれる。

やがて教養部長が入ってきて、簡単な説明と間もなく各人に聴き取りを行うことになると告げた。

真天と颯は第一発見者として、教官室でいち早く聴取を受けることになった。

真天らのクラスの担当教官は渡部《わたべ》守通《もりみち》といい、警部補で柔道三段、前任地では刑事課強行犯係の刑事をしていた恰幅のいい四十八歳だ。教官には大概一線を離れ、内勤に移ろうかという年齢の人間が赴任する。渡部はまだ若く、捜査刑事として活躍していたが、残念なことに被疑者を追跡している最中に事故を起こし、右足を引きずる後遺症を負った。刑事課で培《つちか》われた知識を後進に伝えるにはこれ以上の人物はいない、ぜひ教官にと引っ張られてから、五年になるそうだ。

「井園、陣内」

「はいっ」真天らは声を合わせて直立する。

渡部が口元を弛《ゆる》め、こっちにこいと手招きした。窓際の机の側に事務椅子《いす》を二つ引き寄せ、座れと言われる。

「朝飯まだだろう」

机の上には菓子パンが四つ、紙パックの牛乳が二つ置かれていた。教官が自ら売店に出向いて買ってきてくれたらしい。

「聴取を受ける前に食っとけ」

　真天は颯と顔を見合わせたあと、ちらりと机に尻を乗せている県警捜査一課の捜査員の顔を窺《うかが》う。捜査員は苦笑いし、食べろというように顎《あご》を振った。ビニールを破ってパンを取り出す。柔らかなパンの感触が人の肌触りを想起させ、それがナイフの刺さった血塗《ちまみ》れのシャツの記憶へと繋《つな》がっていった。途端、胸のむかつきを覚えて真天は慌《あわ》てて口を閉じる。隣を見ると、颯も同じようにパンを握ったまま唇を一文字に引き結んでいた。

　亡くなった人を見たことがない訳ではないが、事件性のある遺体は生まれて初めてだ。これから警察官としてやって行くのなら乗り越えなければならない光景だが、今はまだ戸惑いの方が大きい。真天と颯は、吐くなよと互いに目で励まし合う。

「食えないか」渡部が穏やかな声をかけてきた。「だが、食った方がいい。この先の予定が立たない以上、食えるときに食う。これも仕事と思え」

　颯が真天に小さく頷《うなず》いて見せると目を瞑《つむ》るようにして口を大きく開け、パンに齧《かじ》りついた。真天もすぐに倣《なら》って口に入れるが、味などぜんぜんわからない。

　渡部は目を真天達から捜査員へと向け、事件のことを話し始める。二人は古い知り合いのようだった。

「死亡推定時刻が出たら教えてくれ」

一課の捜査員が頷くのを見て、更に渡部は言う。

「あんな場所で人目につかないとなると犯行時間は絞られるだろう。遺体が動かされた形跡はないんだろう?」

「ええ。鑑識の報告はまだですが、現場もあそこで間違いないだろうと。渡部さん、ここの巡視は何時間置きですか?」

「今は二時間だ。あとでシフト表を渡す。グラウンドに照明灯はあるが、普段は点けないから夜は真っ暗と言っていい。掲揚台の横の通りには街灯があるし、防犯カメラもあるが、グラウンド側からこられたらカメラには入らないだろう」

「そのことを知っていた可能性はありますね」

「おまけにグラウンドの土を踏み均《なら》せば足跡なんか簡単に消えるしな。そこまで考えていたとしたら、やはりなかの人間か」

捜査員はそれには答えず「一応、学校周辺のカメラも当たっています」とだけ言う。それ以上のことは学生の前で話しにくいらしく、二人は押し黙った。渡部が真天らを見、そのまま視線を窓の外に向けた。

「来年だったのにな」

捜査員が渡部の視線を追って外へ目をやる。真天も窓の向こうの白い建物を見つめた。

教官室の隣にあるのは、慰霊碑だ。

職務中に殉死した職員らを慰霊している。二メートル以上はある白い大きな御影石が建ち、周囲を白い玉砂利が囲む。常に花と水を欠かさず、学生らの日々の作業のひとつにこの慰霊碑の清掃も入っていた。隣にはコンクリート造りの小さな建物がある。これは資料館で、これまで県警が関わった大きな事案や命を落とした職員らの功績の記録を保管している。

渡部が呟《つぶや》いた来年という言葉に捜査員も残念そうに返した。「勇退後の行き先は決まっていたんですかね」

「恐らくな。あまり詳しく聞いたことはないが」

渡部が真天と颯に顔を向けた。「事情聴取が終ったら、お前らも講堂に行け。言うまでもないが、スマホとかで外部と連絡は取るな。口外絶対禁止だ、いいな」と釘を刺すのに、二人揃って頷く。

「おいおい、教官の指示だぞ。起立して返事だろ」

捜査員が笑いつつも半ば本気で言うのに、真天と颯はむせ返りながら慌てて直立する。大声で返事をするとパン屑《くず》が飛び散り、渡部に手で払われた。

講堂では、学生が落ち着かなげに聴取の順番を待っていた。

真天と颯は先に済んでいたので、同期から興味津々《しんしん》の顔で問い詰められる。

「ほんとかよ、なかの人間って」

「このなかに犯人がいるってか。マジか」

「死んだのが教官ってほんとか？」

真天はここで首を傾げる。帽子の庇《ひさし》に隠れていて顔はよく見えなかったが、見覚えのある感じでもなかった。

学生の一人が小耳に挟んだと言う。

「亡くなったのは教官でなくて事務方。装備課の桑川《くわかわ》という係長らしい」

「装備課？」

「ほら、俺らの制服やら柔剣道の防具やらを管理する」

「あと、手錠や警棒、射撃訓練用の拳銃とかもだろう」

拳銃という言葉が出て、一瞬、その場が鎮《しず》まる。

学校敷地内の一番奥、山際に射撃訓練場がある。当然、教科のなかには拳銃の取り扱いもあって、最終的には何度か実弾演習も行う。そのための拳銃が装備課では保管され、厳重に管理されていた。

　そこの部署の人間が殺害されたということで、一気に不穏な空気が湧き上がる。

「でも妙だよ」

　颯の言葉に、その場のみなが目を向けた。だってさ、と身振り手振り混じりで続ける。

「体操着だったんだぞ。半袖の白Tシャツに紺ジャージ、運動帽に軍手にズック。これって作業する時の格好だろう？」

「そうなのか？　装備課って制服じゃなかったか」

「そりゃ、勤務中は制服だろう。だけど、夜は勤務外だし」

「それにしても体操着ってのは変じゃないか」

　真天もこくこくと頷いた。

　学生は座学を受ける際は、きちんと警察官の制服を着る。教官も同じだ。体育や術科授業などは当然、ジャージや柔剣道着だが、それ以外の作業、いわゆる施設掃除や芝刈り、さっき見た慰霊碑清掃などの際も、動きやすいよう体操着を着て行う。基本、白いTシャツに紺のジャージズボン、外で無帽は禁止なので、運動帽に軍手は必須だ。寮内で国旗掲揚だけは、神聖な作業でもあるのできちんと制服制帽を着用して行う。

許されている格好もTシャツジャージだ。

「装備課の係長が作業着になる必要なんかないよな。勤務時間外は私服でいいんだから」

実際、職員寮に暮らす教官らは勤務後はトレーナーやポロシャツ姿で歩いている。学生にしてみれば普段、制服姿の教官しか目にしないので、一瞬、誰だかわからず挨拶をしそこないそうになることがある。大概の教官は大目に見てくれるが、なかには軽々しい挨拶だったと叱責《しっせき》されることもある。制服を身に着けていないと階級がわからないが、学生が学校では末端に違いないのだから、誰もがみな上司だと思っておけと指導係から注意を受けた。以来、学生はみな、校内ではどんな汚い格好をされていようとも、丁寧な敬礼を送ることにしている。

ふいに席に着けと大声で指示が飛んだ。

指導係や副教官にせかされ、慌ててシートを下ろして座り、そのまま姿勢を正す。正面舞台の袖に立つ指導係から号令がかかり、全員起立し、一糸乱れぬ動きで室内の敬礼を送る。

やがて舞台上に学校長が現れ、マイクを握って説明を始めた。

今日の授業は取りあえず中止となること、捜査一課からの聴取を順次受け、終わった者から教室に戻り、教官らの指示に従うこと、そして決して外部に口外してはならないことなどが、ぼそぼそと語られた。

翌日から授業は平常通りに戻った。

ただし、掲揚台の周辺は黄色いキープアウトのテープで囲われ、立入禁止となっている。当然、国旗の掲揚もできず、旗は教官室の棚の上に置いたままだ。真天が教場の窓から覗くと、グラウンドや掲揚台周辺で鑑識課員や私服捜査員がうろうろしているのが見えた。

移動の際に正門近くを通ると、なかを窺うマスコミ関係者が屯《たむろ》していて、知った放送局のカメラがいくつも見えた。うっかりそちらを見ようものなら、すぐにカメラを向けられ、シャッターを切る音がするので、学生らは遠回りして近づかないことにした。

昼の食事は食堂で全員揃って摂る。女子学生も昼休憩にはいつもお喋りでかしましくなるのだが、昨日の今日のせいか静かだった。見渡すと普段隅にいる筈の教官らの姿が一人も見えない。

「一応、本官だからな。捜査協力してんのかも」

誰かが呟くのに、なるほど確かに教官も現職なのだと改めて思う。教官の姿が見えないせいで気が弛むのは、学生らだけではない。食堂のおじさん、おばさんも興味津々のようで訊《き》いてくる。

真天と颯が第一発見者だと知るとカレーライスを大盛にしてくれ、サラダも二つおまけしてくれた。

「ナイフだって？　心臓をひと突きって聞いたが、曲がりなりにも本官だろ。抵抗の跡もなかったのかい？」

二人は顔を見合わせる。確かに。遺体しか見ていなかったが、周囲に争った跡があっただろうか。思い出そうとしたがわからない。真天は颯が連絡に走っているあいだ遺体の側に一人でいたが、近づくどころかまともに目を向けることすらできず、応援がくるのをひたすら待っていた。そんな自分の臆病さに歯噛《はが》みする。

「しかし初任科生時代に刺殺体に遭遇するなんてのは、あとにも先にも君らだけだろうな」

「はあ」

「警察官になるべくしてなったのかもな。これから現場に出たとき、人より戸惑う度合いが少なくて済むだろう。経験をひとつ多くしたんだ。警察官には大事なことだよ」

おばさんがおじさんの横から、そんな桑川さんをダシにするような酷いこと言って、と苦い顔をする。

「だいたい、警官になっただけでも親御さんには心配なのに。学校でこんなことが起きたと知って、きっと案じておられるよ」

そうだなあ、とおじさんは申し訳なさそうに見返す。真天も、親からの電話は受けていたが、事情を説明する訳にはいかないから適当にあしらって早々に切っていた。親なりの憂慮《ゆうりょ》もあったのかと気づく。

「おじさん達のお子さんは会社勤めですか」

年齢も自分の親よりは上だと思ったので、つい気安く聞いてしまった。同じ警察官ならこういう話題にはならなかっただろう。

おじさんもおばさんも妙な笑みを浮かべた。

「事故で亡くしてね。生きてれば、もう子どもを持ってもおかしくない年齢なんだが」

真天は顔色を変え、すぐに謝る。そしてトレイを持って席に向かった。

午後の術科を終えて、終礼を済ませると解散となった。

そのあと清掃をするため作業着に着替える。軍手を嵌めながら教場棟とグラウンドのあいだの道を駆け足で抜けるのだが、掲揚台に差しかかった時、真天は思わず足を止めた。すぐに颯も気づいたようで立ち止まる。

捜査員らしき姿はない。聞き込みなどに出ているのだろうか。

真天はキープアウトのテープぎりぎりまで近づく。颯もなにも言わず、周囲を見回しながら同じように寄ってきた。あのときの記憶を蘇《よみがえ》らせる。

掲揚台にもたれるように座り、白いTシャツの中心を赤褐色に染めて俯く男の姿。

掲揚台はグラウンドに向いて置かれている。前には一周三百メートルある楕円《だえん》形の運動場が広がる。周囲は背の高い鉄柵で囲まれ、その向こうには手入れのされていない林や草地が続く。学校は街から離れた山の中腹にあるのだ。付近に人家もないから、誰にも見られずやってきて、柵を乗り越えてここまで近づくことはそれほど難しくないだろう。

掲揚台のところまでなら、明かりに照らされることもない。真天はあちこち視線を巡らせているうち、このグラウンド周辺ほど襲撃に相応《ふさわ》しい場所はないのではと思い始めた。

校内では巡回もあるし、防犯カメラもある。午前零時までは正門に見張りも立っている。職員寮や教官室からでも、見ようと思えば学校内のあちこちを見渡すことができる。どんな時間であれ、誰かが見ているかもしれない。

教場や作業室など校内の部屋数は確かに多いが、現在は、各部屋も巡回するようになっている。第一、教場に入ろうと思えば必ずどこかの防犯カメラに映り込んでしまう。だったら、カメラも灯りもないグラウンドは人を襲うにはうってつけだ。

ただ、そうなると、被害者にここまできてもらわないといけない。それはつまり、犯人が顔見知りであることを意味する。

「そこでなにをしてるっ」

いきなり大声が飛んできて、真天と颯は一緒に跳ねた。

振り向くと通りの真ん中から、渡部教官が腕を組んでこちらを睨んでいた。真天と颯は転がるように駆け寄り、気をつけの姿勢を取って、とにかく頭を下げる。

渡部は二人の顔をじっと見つめ、にやりと笑った。真天は目をパチパチさせる。

「今、現場を見てなにを考えた？」

躊躇《ためら》う二人を催促するように、渡部が言葉を続ける。「いいから。どんなくだらんことでも構わんから言ってみろ」

真天はおずおず、さっきまで頭に浮かんでいたことを述べた。渡部があの柵をそう簡単に超えられるかな、と呟くように言うのに、今度は颯が、二メートル以上はあるけれど、勢いをつければ上ること自体それほど難しくなかったと、したことがあるかのように答えた。真天が隣から突っつくと、颯は慌てて首をすくめる。渡部はそんな様子に気づかぬ振りで「だが、正門からでなく、柵を乗り越えねば入ることのできないような人物と待ち合わせするだろうか」と言った。

真天と颯はそれもそうかと肩を落とす。

「お前達、事件のことが気になるか？　第一発見者だしな」

渡部は眩しそうに目を細めた。「今日の作業はなんだ」

「はいっ。射撃訓練場周囲の雑草抜きです」

「そうか。なら、訓練場まで一緒に行こう。走らんでいい」

「はいっ」

五歩以上の距離を行く時は駆け足と決まっている。だが、教官のお墨付きがあれば、咎《とが》められることはない。

「井園と陣内は、亡くなった桑川さんとは面識があったか」

二人は顔を見合わせ、渡部に向かって真天が答えた。

「いえ、装備課の係長であることは存じ上げていますが、直接お話ししたことは、ありませんでした」

「装備課では、だいたい児島《こじま》係員が対応してくださっているので」と颯が付け足す。

「そうか」

　渡部は言葉を切り、歩く速度を弛めると制帽を被ったまま空を仰ぐ。

「桑川雄介《ゆうすけ》警部補は、警察官のなかの警察官だった。真摯《しんし》に職務を遂行され、警察官としての矜持《きょうじ》と義務を片時もおろそかにされたことがない人だった」

　どう返事していいかわからず、真天が黙って後ろ姿を見つめていると、その先で言葉は続いた。

「ここにくる前は所轄《しょかつ》の生安課におられ、少年係では半グレ集団の検挙や非行少年の更生に尽力され、何度も署長賞や生安部長賞を受けられたことがある。そういう経歴を買われ、警察官の卵のいるここにこられた。もう八年にもなるが、ずっと教官をされていて、去年の春、装備課に移られた」

　渡部は足を止めると鍔を持って制帽を持ち上げた。額に張りついた髪をかき上げながら、二人を振り返る。

「犯人は必ず検挙しなくてはならん。お前らは、まだ学生だ。だが、ここに入校したと同時に警察官に任命され、バッジも貸与されている。捜査をしろと言っているのではもちろんない。だが、疑念や疑惑を持ち、推測や憶測を巡らすことは構わない。もし、なにか気づいたことがあるなら、どんな些細《ささい》なことでもいいから、俺でも副担でも、指導係にでも遠慮せず言え」

渡部は制帽をきっちり被り直す。そして元刑事らしい目を向けてきて、

「いいな。躊躇《ちゅうちょ》することで、犯人を取り逃す場合がある。警察官は正義の前で怯《ひる》むことは許されん」

と言ったあと、ふっと頬の筋肉を弛めた。「お前らが掲揚台に近づくのを見て、事件に関心を持っていると知った。それまで、幾人もの学生が近くを通ったが、そんな真似《まね》をするのはお前らの他にはいなかった。それがいいと言っているんじゃないぞ。関わるなと厳命している以上、従うのが本来の任務で、ましてや学生にとってはそれが本分でもある。お前らはむしろそれに背いた。だが、俺は、そういうのも時として必要だろうと思うんだ」

そして片方の口角を引き上げた。「これは誰にも言うなよ。いいな、命令だぞ」

真天と颯は気をつけの姿勢を取り、敬礼をしながら大きく返事をした。すぐに二人は目を合わせ、口元をほころばせた。

グラウンドでの自主練習はしばらく禁止となった。

お陰で女子学生と逢瀬を楽しもうとしていた学生がむくれている。しかもどこへ行く場合でも、二名以上で連れだって移動するよう指示されたから、なおのこと接触するチャンスが失われた。

校内にいる人間が疑われているという噂《うわさ》が事件後、ずっと飛び交っている。

「そりゃ、やっぱり一番怪しいだろう」

夕食を終えたあと、寮の休憩室に学生が寄り集まっていた。ここ数日、集まれば同じ話が持ち出される。そして誰かが無責任な言葉を放てば、それに追随する者も出て、話はどんどん盛り上がる。

「そうなると、全員を調べなきゃならないから大変な捜査になるよな」

「だよな。まさか俺達学生も疑われているのかな」

「さすがにそれは考えにくいんじゃないか。やっぱり桑川さんと接点があって、仕事上のトラブルや個人的な恨みを持つ者に限られるだろうし。だいたいこの学校だけでも五十人以上の職員がいるんだから、まずそっちだろう」

「いや、学校内の人間だけに限らないぞ」

「所轄とかか？　となれば長く勤めてこられたんだから、同じ職場で一緒になった人間を数えても相当なものになる」

「そうだよな」

うんうん、と何人かの学生が頷く。

「だけど、外部の人間がわざわざ学校にきてまで襲うか？」

何人かが、うーん、と首を傾げる。

「動機は恨みなのかな？」と一人が言う。「真面目で堅い人だって聞いたけどな」

誰から聞いた？　と颯が問うのに、装備課の児島係員だとその学生は言った。児島は学生と年が近い上に同郷なので親しく口をきく機会があるらしい。

地方から出てきている学生は少なくない。真天と颯も郷《さと》が近いから仲良くなったようなところがある。同じ訛《なま》りを持って、同じ環境で暮らしてきたという共通項は大きい。同郷というだけで、もうなにかの仲間のような気がしてしまう。

「児島先輩が時どきぼやいてたんだよ。桑川さんはきっちりし過ぎて肩が凝《こ》るって。柔道着のほつれひとつにもヘルメットの傷ひとつにも咎め立てするから、気を抜けないって」

「ふうん。まあ、悪いことではないけどな」

「ひょっとして、その児島係員がなにか失態をやらかしたのを桑川係長に酷く叱責され、それで恨んでたとか。それとも備品を誤魔化したのを見つかって口封じした」

同郷の学生が目を吊《つ》り上げて怒る。「児島先輩はそんな人じゃないっ」

真天は笑いながら、顔を赤くする学生の肩を宥《なだ》めるように抱く。

「だから、本官とは限らないだろう。ここには一般人も働いているんだし」

「たとえば？」

「ほら、食堂のおじさん、おばさんとか。あと、定期的に機器や設備の点検にくる人とか」

「おい、食堂のおじさんらのこと知ってるか？」

なんだなんだと、声をひそめる学生へとみなが視線を寄せる。

「鑑識担当の教官から聞いたんだ。教官、ここで一番古いだろう。それで知ってるんだと思うけど」

「だからなんだよ。早く言えよ」

もう、いっぱしの捜査会議のようになっている。誰もが目の当たりにした殺人事件に興奮状態なのだ。そんななかで、真天は自分と颯だけに渡部教官が励ましの言葉をかけてくれたことに、内心ではこれ以上ないくらい胸を反《そ》り返らせていた。喋りたくなる気持ちを必死で堪え、他の学生に混じって何食わぬ顔を作る。

「おじさん達の息子、警察で働いていたらしいよ」

えーっ、と思いがけない情報に声が上がる。

「本官なのか？」

学生は首を傾げながら、詳しくは聞いてないと中途半端なことを言う。それを引き取るように別の学生が「俺の知り合いで、兄貴が警官のやつに聞いたんだけど。そいつの兄貴とおじさんの息子さんが同じ所轄だったんだ」

「それで？」

「自殺だってよ。なんか、苛《いじ》めみたいなのがあったらしいって」

「へぇー」

「いや、それあり得ないっしょ」

「そうだよ、自分の息子が同じ警官に苛め殺されて、学校の食堂で働く？　ないない。それは無理だって」

みなが今度は、うーん、と唸る。

確かに、それなら息子の同僚や上司らだけでなく、警察そのものを恨んでいてもおかしくない。その上、警察官を作り出す学校で、栄養を考えた食事の世話などするだだろうか。

「いや、わからんぞ。息子のような目に遭うことのないよう、見守りたいとか、頑丈な人間にしたいとか、そう志してだな」

「で、食堂のおじさんおばさんになったってか。ないだろー」

「それか、ほらここには慰霊碑があるじゃないか。あれはいわば警察官の墓なんだから、毎日拝みたいからとか」

ああ、というため息が聞こえたと思ったら、すぐに横から違うだろと声が入る。

「自殺だろ？　そういう場合、警察官はあそこには入れないんじゃないのか。あくまでも職務遂行中に命を落とした警官の慰霊なんだから」

あ、そっかと、話はまた振り出しに。

それでも真天には興味のあることばかりだった。三人寄ればではないが、話が次々と広がり、それなりの道筋を見つけては進んで行く。これが、いわゆる捜査というものなのかもしれない。誰もが同じことを感じたらしい。

「まるで捜査本部の会議場みたいだな」と言葉にした者がいた。

「狭くて古くて汚い寮の休憩室で、風呂の順番を待ちながらだけどな」

笑い声が上がる。真天も口元を弛め、訳もなく気分が高揚してくるのを感じた。

「おい」

休憩室の戸口から、寮監が顔を出した。「なにしてんだ。早く順番に風呂に入れ」

笑い顔をフリーズさせ、学生達が慌てふためきながら立ち上がる。はいっ、と次々に返事を口にし、散らばるタオルや着替えを引き寄せた。

事件が起きてから二週間後、ようやく黄色のテープが外され、掲揚台への立ち入りが許されるようになった。

毎朝の国旗掲揚も元々の担当に戻して再開することになった。つまり、井園颯と陣内真天組だ。

九月も半ばになろうかというのに、事件解決の一報はまだ届かない。桑川係長の葬儀はとっくに終わり、学生らも参列したがその際の弔辞で、犯人検挙の報告をできないことに忸怩《じくじ》たる思いがあり、発憤忘食で一日も早い解決を目指すと言ったのは、県警本部長だった。

本部長だけでなく、知事や県公安委員らも参列したのは、警察に長く奉職し来年には定年を迎えるということが考慮されたらしい。桑川係長も警察官B枠、つまり高卒で拝命し、四十余年勤めたのだ。ただ、家族には恵まれなかったようで、参列者のなかに警察関係者以外の姿はなかった。あとから聞いたところによると、早くに奥さんに先立たれ、子どもはおらず、故郷にも近しい親戚《しんせき》はいないということだった。独りが長く、ずっと社宅か職員寮暮らしだった。

掲げられた国旗を見上げ、敬礼を行う。

この役目も今日までで、来週からは慰霊碑清掃担当になる。駆け足で食堂に向かいながら、真天と颯は正式な警察葬は一体いつになるのだろうと話す。

本当なら、殉職扱いで二階級特進、警察葬を行った上で慰霊碑に名前が納められる筈なのだ。恐らく犯人逮捕を待ってのことという思惑なのだろうが、このまま捕まらないようであればどうなるのか。万が一、迷宮入りにでもなれば係長の御霊は浮かばれないだろう。

「犯人逮捕が長引くとしても、慰霊碑での式典だけはするだろう」と真天は言った。

「そうかな。俺らがいるうちに行われるといいな」

「ああ。卒業まであと四か月だもんな」

走りながらの会話だが、苦にならない。走るのも作業するのも、すぐに返事するのも敬礼するのも慣れた。体に染みついたというのだろうか。考えるより先に、自然と体が動く。毎日毎晩繰り返し行うということの強みを知った。

真天が指導係である先輩にそんなことを漏らすと笑われた。だから学校ってのがあるんだ、と。

「なんでも続けろよ。ひとつひとつが大変だとしても、毎日やってたら、段々楽になる。それだけは間違いない」

制服が夏物から合服へと替わり、それもあとひと月で冬服になろうかという十月の末、思いがけないことを知らされた。

食堂のおじさん、おばさんが今期限りで退職するというのだ。

警察組織でも年々改革や改善がなされ、そのひとつとして食堂といえどやはり専門の業者を使うということに決まった。二人にはもちろん事前に知らせてあり、真天達の期が卒業すると同時にここを去ることになるらしい。

一時は、二人を無責任に疑った学生だが、いざ辞めるとなると世話になったという感慨しか湧かないようだ。

惜しむ気持ちからいつも以上に言葉を交わす。そんな気持ちが通じたのか、おじさんらも進んで色んなことを話してくれた。聞けば、やはりおじさん達の一人息子は自殺だったという。

だが、仕事は事務職で、警察官に憧《あこが》れは抱いていたが、元々精神に不安定なところがあったため、本官にはなれなかった。それでも警察組織のなかで、自分も一員として働くことには充分意義を見出《みいだ》せていたようだった。ただ、やはり心の弱さを克服することができず、長く患《わずら》ったのち自ら命を絶った。

おじさんは調理師免許を持っていたことから、どこかの所轄署の食堂で働くことを希望した。息子が憧れていた警察官の身近で、今度は自分が替わって役に立とうと思ったのだと。

思いがけず、学校の食堂で空きがあった。おじさんが働くと告げると、おばさんも行きたいと言い、夫婦揃って勤めることになった。慣れない仕事で苦労もあったが、気づけば十三年が過ぎようとしていた。多くの警察官の卵を迎え入れ、腹いっぱい食べさせて、元気な姿を見送った。楽しい十三年だったよと、話の最後にそう言って、夫婦は互いに笑みを交したのだった。

学生のあいだで誰からともなく、年内に食堂で送別会を行おうという話が持ち上がった。伺いを立てると教官からはすんなりと許可が出、しかも自分達も出席しようと言ってもらえた。また、そのことを知った現職の警察官、おじさん達の食事で育った多くの卒業生が参加してくれることになった。

食堂では全ての作業が終わった後、質素だが心温まる宴《うたげ》が始まった。

学生らは気楽な体操着で、外部からやってきた本官達も私服で、酒こそ出ないが大いに盛り上がる。現役の人と話をする機会もでき、普段と違う景色に興奮した。

自分らの期のときはこんなだった、こんな失敗をやらかしてグラウンドを走らされた、術科で酷い目に遭ったなどなど。話はあとからあとから尽きることがなかった。

そんななかで真天の耳に飛び込んできたものがあった。

ウーロン茶を注ぎに行った先輩警官は、桑川係長の昔を知っている人だった。

所轄の生安に桑川がいて、当時はまだ巡査部長だったという。少年係で優秀だったそうだが、仕事熱心なのが高じて素行の悪い少年らに対し、厳し過ぎるところがあった。なかには恨んでいるのもいて、一度など桑川の車に酷い悪戯をされたこともあったらしい。だが桑川は、犯人を捜そうと動き出した地域課や少年係を宥め、そんなことはしなくていい、大したことではないと気にもとめなかったそうだ。

そこまでなら、なるほどやっぱり立派な人だったんだなで終わったのだが、その続きがあった。

「それでも、地域課では一応目を光らせていたんだ。またやられるかもしれないだろう？　俺も当時は交番の巡査だったからな。そうしたら、見つけたんだよ」

「えっ。その悪戯をした犯人をですか」

「ああ。すぐに桑川さんに言って捕まえようとしたんだけど、桑川さんが自分で説諭するからもういいと止めたんだ。そのときはそれで終わったんだけど、な」そう言いながら、先輩警官は首を傾げた。「それが、さっきここにくる途中、見かけた気がするんだよなー」

「誰をですか。まさか、その少年?」

「あのころとはすっかり様子が変わっていたし、なにせ十年以上前のことだから絶対とは言い切れないが。半グレみたいな仲間と一緒にいたな」

先輩がおじさん達に挨拶をしに立ったあとも、真天はウーロン茶の小瓶を握ったまま、その場を動かず考える。

どういうことだろう。桑川係長に恨みを持つ少年が今、半グレの一員となってこの近くにいる? それはただの偶然なのか。それともこの学校に係長がいると知って、それで?

「おい、真天、どうした」と颯が側にやってきた。そこで聞いた話を伝えると、ひゅっと口笛を吹く真似をして目を開いた。

「おい、マジか。それ当たりじゃないか。半グレならあんな柵、訳なく上がれるだろうし」

「だけど、そんな人物と桑川係長が会うだろうか。渡部教官も言ってたじゃないか」

「そうだなぁ」だけど、と颯が思案顔して言う。「桑川係長の人の好《よ》さに付け入って、困っているので相談したいとかなんとか言えばもしかすると」

「うーん、どうだろう」

「いや、ありだと思う。真天、それ、ありだぜ。昔世話になった警官を頼ってきたって言えば、桑川係長だってむげには断れないって。そういう人なんだろう?」

首を傾げる真天の肩を何度も叩《たた》き、事件解決の端緒を握ったのではないかと、颯が興奮で顔を赤くする。そんな様子を見ていると、急に事件そのものが生々しく現実味を帯びてくるのを感じた。

殺害された被害者がいて、殺害した犯人がいる。学生同士で捜査会議だといって噂話に興じていたのが、愚かしく子どもじみたものに思えた。これは、現実の事件なのだ。

真天は顔を強張らせたまま、食堂の向こうに広がるグラウンドの暗がりへ、そっと視線を向けた。

「真天はなんで警官になろうと思った？」

狭い寮の部屋の床で、間もなく消灯というのに腕立て伏せをしていた颯が、いきなり訊いた。真天は二段ベッドの上で、休憩室から持ち出した古びたマンガ本を広げていた。

「なんだよ、急に」

「そういうの、ちゃんと聞いたことなかったなぁって」

「そりゃ、そうかもだけど……だったら、颯はどうなんだよ。自分から言えよ」

え。その戸惑う声で、なにも考えずに口をついて出た言葉というのがわかる。真天が半身を起こしてベッドから床を見下ろすと、両腕を床に突っ張らせたまま固まっていた。颯はいかにも体育会系らしく、考えるより口でもなんでも動くことの方が先だ。

「ま、公務員だし。田舎から出られると思ったし」

再び、腕立て伏せが始まる。

学校にいるあいだは全寮制で、卒業しても独身寮がある。一般の仕事を選んだなら、大概は自分で住居を探さなくてはならないだろう。そういう手間がないのは、ある意味至れりつくせりだ。

ふいにくぐもった声で「俺さ、苦手なんだよな」と呟くのが聞こえた。見下ろすと颯が腕立てを止めて、床に突っ伏し大の字になっている。

「なにが」

「その、人に親切にするっていうか。席譲ったり、目の悪い人の手を引いたりすんの」

「ああ」

男子高校生なら、そういうことをするべきだとわかっていても恥ずかしさが先に立つ。運動部でごつい連中と見栄を張り合っていたなら、なおさらかもしれない。だが、井園颯はそれが悔しいのだ。そんな自分を情けないと思うのだ。颯はそういう質《たち》なのだ。

「だからお巡《まわ》りさんか」

真天はマンガ本を閉じて仰向けになると、すぐ目の前にある天井を見つめる。

わかる気がする。

警察官になったら、それを仕事にできる。仕事だからやるのが当たり前。親切も人助けもやって当然のこと、恥ずかしいだのなんだの言っていられない。やるのが義務であり、探してでもしなくてはならない。そんなようなことを下に向かって言うと、颯が床に額を付けたまま、こくこく頷いているのが見えた。そしてさっと身軽く仰向けに返ると、汗の滲《にじ》んだ額を拭《ぬぐ》いながら真天に目を向けてきた。

「学校に入って、さあこれからーっていうのにさ。なんか、このまんま卒業って嫌じゃないか」

「ん？」

「だって、俺ら第一発見者だぜ。警察官になって初めて遭遇した事件だぜ」

食堂のおじさんが言った言葉を気にしているのか。

『警察官になるべくしてなったのかもな』

警察官を志した動機が、人に親切にしたいなどという他愛ないもので、それだから他愛もなく折れてしまうのではという不安が付きまとうのだろう。働き続けていけば、じょじょに頑丈さやしたたかさが身につくだろうが、学生の身ではまだまだ心もとない。だからこそ警察官としての第一歩、そのしょっぱなが迷宮入り事件だなんてことになって欲しくないのだ。

ベッドの上で、真天は天井に頭をぶつけないよう半身を起こした。

自分とて、警察官を志した動機は颯とそう変わらない。進学するには、家の経済事情が許さなかった。弟妹もいて、まずは自分が働くのが第一だと考え、それには安定した公務員が最適と選んだ。役所勤めよりも警察官をと思ったのは、制服への憧れと刑事もののテレビの影響が大きい。颯より余程単純だ。それでも、学校生活を続けていくなかで次第に、そんな軽々しさが消えていくのを感じた。制服が身に馴染んでくる気がした。いや、自分自身が、紺の制服へと寄り添い始めたのだ。

「やらないか」と颯が声をかける。

　下を見ると、真天を見上げていた。「なにを？」わかっていて訊いている。颯はちぇっという顔をしながら、決まってるだろう、と答えた。

　十日前の夜、食堂のおじさんおばさんのお別れ会で、思いがけず聞いた疑わしい人物の存在。すぐに指導係に言い、直接渡部教官にも会って報告した。教官からはわかったとだけ返事をもらったが、それからなんの音沙汰もない。

　学生に教えることではないのだろうと思いつつも、せめてその男が捜査の対象者リストに入っているのか、捜査一課は男を見つけたのか、それだけでも知りたいのに、なにひとつ聞かされないまま放っておかれている。

　そろそろ颯が業《ごう》を煮やすころかなと思ったら、やはりだった。

「僕らで捜せると思うのか？」

　床から起き上がった颯が頷く。「やってみなきゃわかんないだろう」

　学校にいるからといって、一歩も外に出られない訳ではない。金曜の夜から日曜の夜まで外出はもちろん外泊も許される。それ以外の平日となると余程の理由が必要になり、門限は九時と決められていた。

「見つかったら処罰もんだな」と真天は念を押すように口にした。

「だから？」

このままなにもせずに待っているだけなのが歯がゆい。容疑者の男の存在を知らなかったなら、これほどまでは思わなかっただろう。だが学校の近くに、係長を殺害した男が歩いているかもしれないとわかった以上、どうして大人しく淡々と授業を受けていられるだろう。自分達は警察官なのだ、そう思う気持ちは真天にもある。だけど。

「僕らはまだ学生なんだ。現場も知らないし、実務経験もない。なにか起きたとき、どう対処していいかわかんないだろ」

「それはそうだけどさ」

「捜査は本部の刑事がしているよ」

「でも、まだその半グレを見つけられていなかったら？」

「だからって」

「ちぇっ、わかったよ、真天はもういい。お前はどうせ頭で考える優等生タイプだからな。自分の分を弁《わきま》えていればいいよ。でも俺は違う、俺一人でもやる」

「なんだよ、それ。ちょっと術科が得意だからって嫌味なこと言うなよ。素人の僕らが闇雲に動いても見つからないだろうって言っているだけだろ」

「闇雲でもいいじゃないか。じっと待っているよりは。だいたい警察官ってのは街に出てナンボのもんだ。寮や教場のなかにいちゃ、なにもできない」

「うーん、それはそうだけど、ただ僕らはまだ学生で」

「学生だけど、本官だ。入校した四月七日から、俺らはもう警察官なんだ。違うか?」

上と下で、真天と颯は睨み合う。そして息を大きく吐いたのは真天の方が先だった。

学校から出るにはその都度、届けを出さなくてはならない。

元来、授業や術科のあとには、清掃、雑用作業に自主練習、寮での役割などすることが山積みで、土日以外で外出する者はほとんどいないのだ。そんななか、真天と颯がしょっちゅう外出届を出せば目立つ。すぐに怪しまれ、寮監や指導先輩、挙句、副担、教官へと注進され咎められるだろう。

それでも実行してみるべきだと思った。やるだけはやってみよう。

金土日の夜は外出できるから重点的に聞き込みをかける。平日の夜は田舎から出てきた家族との面会などを理由にして申請してみる。一度か二度くらいは通るかもしれないと真天は知恵を絞った。怪しまれないことを祈るばかりだ。

先輩から桑川係長を恨んでいたらしい少年の名前は聞き出していた。怪訝な顔をされたが、教官に報告しておきたいと言ったら重々しく頷いて教えてくれたのだ。

夜の繁華街や駅前を歩き回り、ゲーセンやコンビニ前で屯し、徘徊する少年らを見つけて声をかける。いきなり半グレ連中に近づくのは危険極まりないから、その手前の夜遊びしている中高生らを狙った。名前を出して知らないかと尋ねるだけなのだが、最初はなかなかうまくいかなかった。露骨に無視され、胡散《うさん》臭いと追い払われ、挙句、どう見ても中学生にしか見えない少年から喧嘩を吹っかけられそうになる。これは意外と難しいなと弱気になった。

それでも続けられたのは、どんな大変なことでも続けることで楽になる、という指導先輩の言葉があったからかもしれない。やがてあてどなく歩き回ることにも慣れ、真天はそれなりの要領と手ごたえも感じ始めた。

目当ての男は、今はもちろん少年という年齢ではなく、ゲーセンやコンビニ前で座り込むようなことはしない。だが、名前を知っている人間が一人でも見つけられたなら、この近辺を縄張りにしていることが証明される。その情報を持って渡部教官に会いに行きたいと思っていた。

そして真天と颯の素人捜査が始まって三週間経《た》った時、とうとう有力な情報を得ることができた。

駅前で笑いこけていた高校生グループが、真天らの捜している男を知っていると言ったのだ。桑川係長が少年係の時に世話をし、今は半グレになっている男。数人の仲間と共にグループを作っていて、この界隈《かいわい》ではそれなりに名前の知られた人物らしい。

「とにかく、これでそいつが学校の近くにいるということがはっきりした」と颯。

「ああ、もしかすると桑川係長が学校にいるのを知って、なにかを企《たくら》んでいたのかもしれない」

「そうだな。係長は真面目で親切な人柄であったらしいから、昔みたいに更生させようとわざと男の誘いに乗ったのかも」

「だが、相手は今も係長のことを恨んでいた——」

真天と颯は頷き合い、学校への道を戻り始めた。

学校は街の外れで人が安易に近寄らないような場所にある。繁華街を抜けて住宅街を通り過ぎたら、あとはバスに乗って行くしかないのだが、学生は大抵、走って戻る。ずっと上り道だからいい鍛錬にもなる。真天と颯も、いつもと同じように人気《ひとけ》のない坂道を走り出した。

学校まであと少しというところで、前方の草むらが激しく揺れたのに真天は気づいた。

うん？　と思って足を止めかけ、颯に注意を促そうとした途端、なかからなにかが飛び出してきた。周囲の暗闇がいっせいに動いた。驚いて立ち止まるとその影はすぐに数を増やし、ぞろぞろと真天らを囲むように広がった。

道は舗装されているが街灯の数も少なく、薄暗い。明かりの届くところに一人が進み出て、じっと真天と颯を睨みつける。金色の髪を短く刈り込んだ若い男のようだった。ようだったというのは、マスクをしていて顔の下半分がわからなかったからだ。青いコンタクトを入れた両目が死んだ魚のように虚《うつ》ろに揺れている。

金色の髪の男が細かに体をゆすりながら「お宅らなに？」と訊く。マスクでくぐもった声だったが、その口調は苛立ちに塗《まみ》れていた。

「俺のこと、嗅《か》ぎ回っているヤツがいるって、お前らだろ」

真天は、うっと息を呑み込む。すぐに自分達がいかに軽率なことをしていたのか気づいた。だが今さら反省しても遅い。

よく見ると何人かが棒のような得物を持っている。ただ、拳銃やナイフのようなものは見えない。痛めつけることだけが目的のように思え、ひとまずは最悪の事態は免れるかと微かな望みにすがる。それでもこの人数だ。一方的に殴られ、蹴られることになる。真天は懸命に怖さを堪えた。その怖さを気取られないよう必死で足を踏ん張る。

隣の颯を窺うと、全身を硬直させているのがわかった。どれほど術科が得意だといっても、所詮は教官の指導の元、畳の上での練習だ。本気の喧嘩とは全く違う。

真天は歯を食いしばり、己を鼓舞した。多勢に無勢などとは考えない。颯が真天へ身を寄せてきた。察して互いの背をくっ付け合う。そうして取り囲む相手に対峙する。

「真天、怯むなよ。たとえ教練でも、俺達は柔剣道や逮捕術の鍛錬を半年以上受けてきたんだ。やられっぱなしのような無様なことにはならない」

「よ、よし、わかった」

真天は一人でなかったことを心強く思った。酷い目に遭うにしても自分だけでないということで怖さが僅かでも減る気がしたし、颯だけでもなんとか逃がしたいと思えれば、ひょっとしたら打開の道も開けるかもしれない。

金色の髪の男が動く。視線を振るようにして配下に指示を送った。男らが、ずいっと足を踏み出す。真天と颯は形だけでもと、両腕を胸の前に掲げて拳《こぶし》を作った。

「おい」

びくんと二人は体を震わせた。だが、驚いたのは真天と颯だけではなかった。周囲にいる男らもいっせいに体を強張らせ、何人かが振り返る。金色の髪の男も、後ろを見ていた。

「うちの若いのに妙な真似はしてくれるなよ」

男らの輪がぱっと散った。その千切れた輪の向こうに見知った姿が見えた。

渡部教官は、私服のジャケットのポケットから警察バッジを出し、男らに見せる。金髪の男に向かって、話を訊きたいのできてくれと言った。男は舌打ちし、肩を落として諦《あきら》めたように近づく。近づいたと見せかけて、いきなり腕を伸ばして渡部に突っ込んで行った。

あっと真天が声を上げる暇もなかった。

渡部は体を返し、男の腕を摑《つか》まえると腰に乗せて地面に落とした。いてぇ、と叫ぶ声と同時に他の男らも攻撃に入った。

「よっしゃあ、かかってこい」

怒声が轟《とどろ》き、渡部の後ろから縦横共に倍ほどに思える体軀《たいく》の男が現れた。両腕を振って体をしばきながら、腰を落として構えを取る。あれは柔道担当の教官だ。他にも剣道五段の教官、逮捕術の教官、去年まで本部捜査一課にいたという教官もいた。一人きちんとスーツを着た細身の教官がいて、携帯電話で連絡をしている。颯が、あの人は確か、オリンピックの代表候補にも挙がった射撃担当の教官だと言った。人に教えるくらいだから、その道の猛者《もさ》であるのは間違いない。真天と颯がぼうっとしているあいだに、どんどん男らが地に伏していく。

サイレンの音が聞こえたのは、それから五分も経たないうちだった。

懲罰として卒業までの毎日、授業が終わったらグラウンドを三十周走ることになった。更に加えて国旗掲揚と寮周辺の草むしりを、これもまた卒業までの毎日行うことに決められた。

卒業式は一月末。

春から始まった十か月の初任教養を終えて、警察官B枠の三十一名が所轄へと配属される日が近づく。A枠の大卒組は秋に卒業しているから、ここに残っているのは同じ年ごろの学生ばかりだ。

年が明け、卒業式まで残り数週間になったころ、桑川係長の事件がようやく解決をみた。

そのことを聞いたのは、懲罰ランニングを終え、グラウンドから寮へと戻りかけたときだった。掲揚台の横に渡部教官が立っているのが見えた。

驚いた真天らは、汗を拭うのを止めて駆け寄る。

気をつけの姿勢を取り、運動帽で敬礼する。渡部は頷き、まず汗を拭けと言った。

「いずれわかるだろうが、お前らには直接言っておこうと思ってな」

「はいっ」

とにかく返事をする癖がついていた。渡部は苦笑しながら、制帽を取る。そして掲揚台を振り返った。桑川係長が最後の刻《とき》を迎えた場所だ。

「桑川係長は慰霊碑には入られないだろう」

「えっ」と返事を忘れ絶句する。そんな真天と颯の二人を見て、渡部は寂しそうな目をした。「係長は自死だという結論に達したからだ」

今度は驚きの声さえ出なかった。

「あの方は、最後まで警察官であることに拘《こだわ》られたんだ」渡部は顔を歪めて呟いた。

本人が亡くなっているから確認のしようもないが、恐らく間違いない筈と捜査本部は事件に終止符を打ったのだ。

「これまで捜査に時間がかかったのは、桑川警部補の身辺を調べていたからだ」と渡部は言った。その過程で、装備課にある帳簿のなかに数を改ざんした跡が見つかった。同じ装備課の児島係員や他の同僚に確認したところ、それは桑川係長が故意になしたものと判明した。

桑川雄介係長は装備課の責任者として精勤していた。

そんなある時、拳銃の弾の数が合わないことに気づいた。射撃の訓練で使用するから、拳銃はもちろん弾薬も厳重に管理されている。訓練に使ったらその都度、係長がチェックし、在庫と照合し一個のミスもないようにしていた。だから数が合わないなどあり得ないし、あってはならないことだった。係長は独自で調べ、なんとかなくった弾を見つけ出そうとした。だが見つからなかった。

事件後、実弾ケースの形状が変ったことで単純な計算ミスが起きていたことがわかった。本部からの変更についての事務連絡が、手違いで遅れたことも要因の一つとなったのだろう。

桑川は自分だけの責任では済まず、装備課の係員全員が責めを負うことに胸を痛めた。そして、ほんのでき心から帳尻合わせに数字を書き換えたのだ。

ところが——。

「抜き打ちで特別監査がなされることになった。めったにあることではないが、たまたまそれがこの警察学校に当たった。そのことを知らされたのは事件の直前だった」

特別監査が行なわれると聞いて動顚《どうてん》したのだろう。

通常の点検程度でなら見過ごされることでも、特別監査となると備品の数から書類や帳簿類、ゴミ箱のなかまで細かに調べられ、照らし合わされる。そうなれば帳簿の改ざんが知られ、弾数が合わなくなっていることが発覚する——。

警察に奉職して四十余年。

桑川雄介警部補は翌春には定年となり、無事その任を終える筈だった。職務を全うしたこと、特別な手柄こそ立てなかったが一片の負い目も間違いもなくやり遂げた自負は、誰にも劣らない強いものだったろう。それが最後の最後にとんでもない失態をした係長と言われて終わることになる。

ここは学校だ。恐らく、拳銃の弾を失くした装備課の担当として、更にはそれを隠《いん》蔽《ぺい》するために帳簿を改ざんした係長として、長く記憶に残ることになる。なにより、そのことを教訓にして、次からは拳銃弾薬の管理体制が変わるに違いない。変わった理由として、自分の汚点は語り草となるのだ。あの、酔っ払って校内で寝そべっていた職員のように。

そんなことは耐えられないと思ったのだろう。

「加えてもうひとつ、彼には秘密があった」

そう言った渡部の顔を真天と颯は黙って見つめる。

「桑川さんは重篤な病を抱えていた。今すぐどうこうというのではないが、長くはもたないと宣告されていたらしい。来春、警察を離れたあとは病院で過ごすことになり、いずれ死を迎える。たった一人で」

真天は、桑川が家族に恵まれなかったという話を思い出した。葬儀の際にも、警察関係者以外の参列者の姿がなかったことも。

「誰にも看取られず、人に知られることもなく消えてゆく。そのことを寂しく思われたのかもしれないな。もし、警察官でいるあいだに殉職すれば、その名は慰霊碑に刻まれ、永遠に多くの警察官の記憶に残ることになる。決して、不祥事を起こしたある警察官という名ではなく、公僕として奉職し、長く精勤した、優秀で熱心な警察官。そして命を賭《と》して職務を全うした、桑川雄介警視という名で」

桑川警部補は充分、働いてきた。矜持を持って働き続けた人なのだ。

「だからこそ余計に、最後に不祥事なんかで名を晒《さら》したくない、誇り高く警察官人生を終えたのだと思われたかった、思いたかったのかもしれない」

だが、自死では慰霊碑に祀《まつ》られることはない。

「で、では、あのナイフは自分で?」

渡部は頷き、鑑識が精査した結果、ナイフの柄尻に傷があり、それは掲揚台に付いていた傷と一致したと言う。ナイフを自分の胸に当て、そのまま掲揚台の壁に押し当てた。そしてかろうじて反転し、その場にくずおれた。

「では、あの桑川係長を恨んでいた元非行少年は」

渡部がようやく、頰を弛めた。

「俺らもあの男を追っていた」

教官は腕に覚えのある有志を募って独自で探索していたと言う。事情聴取以降、捜査一課から情報らしいものはなにひとつもたらされない。向こうにしてみれば、学生を含め学校内にいる全員が容疑者でもあるから、それは仕方ないのだが、教官といえども現役の警察官なのだ。自分のテリトリーで事件が起きて、指をくわえて待っているのも落ち着かない。それで校内での調べはもちろん、桑川についてもあらゆるツテを使って調査をし始めた。

そんななか、以前、桑川に嫌がらせをしていた人物が近くにいるらしいという情報を得た。真天が送別会の折に先輩警官から聞き及んだことは、とうの昔に捜査本部で明らかにされていたことだった。真天は物凄い情報を得たかのように嬉々として報告したことを思い出し、顔を赤くする。

「もしかすると装備課の桑川さん相手に、拳銃の横流しのようなことを画策したのかもしれないと疑い、所轄と協力して捜していた。そうしたら、俺らの目の先でお前らがちょろちょろ動き回っているのに気づいた」

真天は目をパチクリさせる。それって、つまり、ずっと気づかれていたってこと？　だから頻繁に出す外出届も咎められることがなかったのだ。真天はいっそう顔を赤くし、颯と共に「申し訳ありませんでしたっ」と、腰から勢い良く体を折る。

「いや、まあ、お前らを焚《た》きつけるようなことを言った俺にも責任がある。だから、様子を見ようということで尾《つ》けていたら、あの晩、連中がお前らを取り囲んだ。ま、それならそれで引っ張る理由ができるんで都合良かったんだ」

そうだったのか、と真天は力が抜けたように肩を落とした。ランニングの疲れが今になってどうっと全身を襲う。結局、あの半グレにもなっていない金髪の男はなんの関係もなく、桑川のことも覚えていなかったらしい。

「でも、教官」と真天は一点浮かんだ疑問を口にした。

なぜ、桑川はあんな妙な格好で死んだのだろう。それほど警察に拘り、立派な警察官でありたいと望んだ人が、なぜあんな白いTシャツとジャージ、運動帽のような体操着姿で最期を遂げようとしたのか。

「それは、恐らく、恐らくだが」

渡部は制帽をきちんと被り直す。

「自死を殉職扱いにしてもらう、それは桑川さんにとって最後の最後になす不正だ。そんな自分が制服を汚す訳にはいかないと考えたのじゃないだろうか。なら、私服でと思うだろうが、私服だと公務中と扱われない可能性がある。だから、作業中と取れる姿で。俺はそう思う」

渡部は自身の胸の辺りの埃《ほこり》を払い、掲揚台をつかの間見つめ、片手を挙げて敬礼した。そして真天らに目を向けると「早く風呂に入って汗を流せ。風邪を引くなよ。もうすぐ卒業式だからな」と微笑《ほほえ》んだ。

真天は素早く姿勢を正し、返事と共に敬礼をした。

式典は粛々と行われた。

講堂では、新品の制服に普段付けない礼肩章をぶら下げた学生が、緊張した面持ちで座っている。学校長に名を呼ばれて、ロボットのように腕を振りながら登壇する。

外は落ち葉すら風で飛び散り、寒々とした景色ばかりが広がる。けれど講堂のなかは熱気と興奮でむせかえっていた。同じく正装した教官や指導係が、頻繁に汗を拭っている。

配属先を記した辞令を受け取った後は、全員起立の上、校歌斉唱、国歌斉唱する。横を見ると目を赤くしている者もいるし、鼻水を盛大に垂らしている大男さえいる。同期らとの別れ。学校や教官との別れ。

講堂を出ると、最後の集合がかけられた。笑い泣きした指導係が言う。

「現場に出たら、ここがいかに楽だったか思い知るぞ。覚悟しとけ」

教官らからもこの日ばかりは温かい言葉をふんだんにかけてもらえ、それを聞いてまた泣き出す者がいる。三々五々に散らばり、卒業式典を見にきていた家族と合流したりする。真天も、目を赤くした両親が写真を撮ろうと言うのを聞きながら、彼女はきていないのかと忙しなく目を配った。

そんな時間はあっという間で、卒業式だからといって故郷に帰れる訳でもない。このまま配属された所轄へと向かうことになる。そのため、校内には各署からの迎えの車が続々と集まってきていた。

真天と颯は辞令の紙を持ったまま、揃って教場のある建物を見つめた。

「戻ってくるなよ」

驚いて振り返ると式典用に正装した渡部教官が気をつけの姿勢をとっていた。慌てて二人も向き合い、敬礼する。

「配属先はどこだったかな」

井園颯は辞令を両手で差し出し「自分は楠見《くすみ》北署地域課です」

渡部は頷きながら「あそこは繁華な街で地域課は忙しい。当務で休めることはほとんどないだろう。体に気をつけろ」と言い、颯が大声で返事をした。

そして陣内真天が「自分は御津雲《みつくも》署地域課です」と声を上げると、渡部は小さく微笑んだ。

「俺の最初の赴任地も御津雲だった。小さな郊外署だが、存外に不穏な事件が起きたりする、気を抜くな」

そう言えば去年、同期の久保田《くぼた》が交通課に赴任した筈だ。よろしく言ってくれと付け足した。

「はいっ」

渡部が真天達の顔をしばらく見つめたあと、もう一度だけ言う、と口を開いた。

「ここには戻ってくるな」

真天はきょとんとした表情のまま、渡部の言葉を待つ。渡部はすいと視線を流し、教場の隣の教官室を睨んだ。

その向かいには慰霊碑がある。

ここに帰るということは、あそこに入ることも意味する。

「慰霊碑のすぐ側に教官室があるのはなぜだかわかるか。偶然ではない、あえてそうしている」

「え？」

「俺らは警察学校の教官だ。教養、術科を仕込んで一人前の警察官を作る。だが、それだけが仕事ではない。いや、むしろそんなのは二の次だ。俺たちがここでなしていることは」

渡部の目は一心に慰霊碑へと注がれている。

「お前達に呪縛を植えつけることだ」

「呪縛？」

「制服を着たお前達は、この先、どんな恐ろしい相手を前にしても逃げることも背を向けることもできなくなるだろう。たとえ強く立ち向かって行くことはできなくても、その場にとどまって相対しなくてはならない。心が怯えて震え上がっていても、その体は逃げるためには動くことができない。俺らは、そのため何度も何度も言い聞かせ、警察官の使命を埋め込み、洗脳する。決して逃げてはならないと」

制服の呪縛。

だから、俺達は常にあの慰霊碑を眺めながら仕事をするんだ。自分のしていることが、若いお前らをここに近づけることになる、そんな仕事をしているのだという戒めとして。だから。

「だから、決してここには戻ってくるな。あの碑に名を刻まれることはもちろん、教官としてもここにくることはするな」

いいなっ。

玄関前に居並ぶ車から大声で呼ばわる声がした。迎えの所轄員が連呼している。

「――っ」

「楠見北署っ、井園巡査ぁー」

「××署、○○巡査ー」

「御津雲署、陣内巡査ーっ」

真天と颯は渡部に向かって最後の敬礼をする。

そしてお互いの右手を挙げてハイタッチすると、辞令を片手に、迎えにきた署員の方へと駆け出した。

その背に向かって、渡部守通が敬礼を送り続けているのを見ることはなかった。

南天

「おい、起きろ。出るぞ」

戸の開く音と同時に、低い声が聞こえた。

古《こ》安知也《やすともや》は、頭だけ起こして片目をうっすら開く。戸口の向こうの灯りの下にグレーの事務机が並んでいるのを認めて、ここが職場の宿直室であることを思い出した。布団をはがしてはね起きる。枕元のシャツやズボンを引き寄せ、着替えながら部屋を飛び出した。

執務室に入ると、既に係長は身仕度を整え、キーボックスを開けて車のキーを手に取ろうとしていた。

「あ、僕が運転します」

椅子《いす》の背にかけていた冬用のジャンパーを手に取りながら言う。

御津雲《みつくも》署交通事故捜査係の戸板《といた》係長は、知也を一瞥《いちべつ》すると「蛍光チョッキ」と言い、更に「滑り止めの付いた靴あるか？」と訊《き》いてきた。ロッカーからチョッキを取り出す手を止め、知也はさっと振り返る。

「雪、降ってるんですか？」

「雪じゃねぇ。アイスリンクになってる」

「あー」

年が明けてようやく正月気分も抜けた二月。暖冬と思われていたが、一月の末頃から例年以上の冷え込みが続いていた。

知也はがっくりと肩を落とし、机の下に放り込んでいる長靴やらズックのなかからそれらしいのを一足引っ張り出す。前任者から譲られたものだが、もう何年も放っておいたらしいスノースパイクに強引に足を突っ込んでいると、署員が二人、顔を覗《のぞ》かせた。今夜の交通課当直担当員だ。

交通課の当直には、三つある係からそれぞれ一名が当たる。事故係だけは戸板係長と知也の二名が就いているが、これは人員に余裕があるためではなく、知也が係にきてまだ半年にもならないからだ。係長の補佐という立場で、仕事を教わりながらという体《てい》だから、戦力にはならない。

夜間に起きる交通関係の事案といえば、概ね事故だ。事故係が主導することになり、他の係の当直員は応援として臨場《りんじょう》する。そんな責任を担《にな》う事故係の係員として、一人で当直できるようになるのが、今の知也にとっての急務だ。

応援に出てきた係員の一人、規制係の巡査長が暗い顔つきで、「戸板係長、怪我人は五名。全員、慶応会《けいおうかい》病院へ搬送されたみたいです」と報告する。

人身事故が起きたのだ。知也はスパイクの紐《ひも》を結ぶ手を強めた。当直で、人身事故に当たるのは初めてだ。物損事故と違って、人身は刑事罰になるケースが多い。裁判になることもあるから、実況見分も疎明《そめい》資料も厳密に、漏れのないようにしなくてはならない。係長と交代で仮眠をとっていた知也は、出遅れた分を取り戻すためにも、出動の準備をしに署の裏口に向かった。

古安知也は、昨年の四月に他署から異動して御津雲署の交通課交通指導係に配属となった、まだ二十五歳の巡査だ。ところが、半年もしないうちに交通事故係に欠員が出た。そこでやってきたばかりの知也に白羽の矢が立ち、横滑りのような形で秋から事故係へ内部異動し、一員となった。

警察学校卒業後は地域課において交番のお巡《まわ》りさんとして働く。その後、二年もすれば別の署や他の係へと移ったりもするが、知也は特に希望を出していた訳でもないのにこの御津雲署に異動が決まった。住んでいる独身寮が御津雲の近くにあったせいかもしれないが、正味のところ異動の理由など誰にもわからない。ただ、同期からは楽なところにいけて良かったじゃないかと、嫌味とも羨望《せんぼう》ともつかない言葉をかけられた。

警察組織内においてはどこの部署もそれぞれに大変だ。それでも、やはり機動隊や刑事部門が、体は元より精神的な丈夫さを強く求められるだろう。交通課はそんななかでも比較的定時に終われる、勤めやすい部署であるかもしれない。

知也が警察官になったのは、人の役に立つ生き方をしたいというシンプルな信念からだ。

そう思って選んで、やっと就けた仕事だから、気負いもある。どんな部署であれ、警察官であればその望みに叶うものと思ってはいるが、正直、交通課の指導係と聞いて、なんだ、と思った。その後、事故係に遷《うつ》され、更にその気持ちは強くなった。

交通課にある係では、他に交通総務係がある。これも内勤業務だが、受付カウンターの隣にあって人目につき、一般人との接触も多い。また、二階に執務室を持つ交通指導係は、交通違反の取締りをメインにする外勤業務だ。

知也のいる交通事故捜査係は、部屋こそ一階だが廊下の奥の裏口の横、事故を起こした人間しか近づかないエリアにある。業務も、事故の申告を受け付け、書類にしてゆくことで、外に出るのは事故現場の見分をするときくらいだ。あとは部屋のなかで当事者相手に調書を巻いたり、地図を作成したりする。もちろん、轢《ひ》き逃げなどがあれば捜査をして被疑者を追いつめるということもするが、そういうのはめったにない。あっても当て逃げ程度で、死亡轢き逃げなどの重大事案は、本部の交通部が出張ってくる。

どうして自分が事故係に、という気持ちが真っ先に湧《わ》いた。だが、先輩や上司に訊いても肩をすくめられるだけだった。知也は高校生のときラグビーで全国大会に出た経験がある。その頑丈さが見込まれたのかもしれないと思ったりもした。というのも交通課のなかでは、この事故係が一番の激務部署といわれているからだ。事案がひっきりなしに入って休む暇がない。

御津雲署管内は、高速道路こそ走ってはいないものの、県道沿いに大きなアウトレットがあり、週末ともなれば余所の市町村から家族連れが大挙してやってくる。そのせいで、事故件数に限っていえば県内で常時ワースト5に入っている。繁華街を持つ署や人口の多い所轄《しょかつ》が件数のトップを争うなか、郊外署である御津雲がそれに追従するというのは、ある意味特異だ。御津雲署の交通課長はいつも眉間《みけん》に皺《しわ》を寄せていた。

「スリップ事故ですか」

　知也はワンボックスタイプの車に機材を積みながら、怪我人の報告をした巡査長に詳細を尋ねてみた。負傷者が五人と、この時間帯に走行する普通車にしては多いことから、自損でなく二台以上の事故と考えられた。口を開けると息が白くもやって視界をさえぎる。外は想像以上に冷えていた。

「そうみたいだ。ブレーキ操作を誤って路面を滑り、分離帯を越えて反対車線に突っ込んだ」

「え。対向車と衝突ですか」

　係長が車の前部へ歩いて行くのを見て、慌《あわ》てて運転席へと走った。事故係専用の車両だが、白黒の車体に赤色灯も付いている。係長は乗り込もうとする知也を押さえ「古安はアイスバーンに慣れてねぇだろう」と言って、巡査長に向かって顎《あご》を振った。

「了解」

　巡査長が返事をして、運転席に入る。知也は仕方なく後部座席へと移った。

　助手席に座った係長が赤色灯を点け、サイレンを鳴らす。知也は指導係の主任と並んで座り、シートベルトを締めながら話しかける。

「朝方には冷えるって話でしたけど、いきなり気温が下がったみたいですね」

「夕方ごろから嫌な風が吹いていたからな」

「風ですか」

そういえば、山の方から冷気が下りていたな、と知也は思う。助手席から係長が顔だけ向けた。

「うちの管内じゃたまにあるんだ。山が近いだろ、雪が降るより前に山おろしが一気に下りて、道を凍らせる。住んでる連中は慣れているから早めにスタッドレスとかに替えるが、余所からやってきた連中や配送のトラックなんかは通り過ぎるだけだからと甘く考える。それが事故に繋《つな》がる」

「市役所が凍結防止剤を撒《ま》く予定だったんでしょうが、間に合わなかったみたいですね」と、ハンドルを握る巡査長も肩を落とした。

現場は管内の中心を貫く県道で、二車線対向だが深夜のため交通量はさほどではなかった。ただ、真っすぐ通り抜ければ、隣接署の管轄内にある高速道路の出入り口に続く道だから、荷物を運ぶトラックなどが行き交う。

最初に駆けつけた地域課の警官が既にカラーコーンを並べ、交通整理をしていた。事故車両の横をすり抜ける車も、反対車線を走る車も事故の現状をつぶさに目にし、スピードを落とす。そのせいで、県道に渋滞が始まりかけていた。

警官の一人が知也らの車に気づき、赤い誘導棒を振って指示してくれる。交番勤務の地域課員で、名を陣内《じんない》と言ったか。歳は四つ下だが、向こうは高卒のB枠だから警察学校はほぼ同時期になる。学校時代に大きな事件があったせいで、口をきけばその話になりそうで、あまり親しくはしていなかった。外に出たときなど、道案内をしたり、不自由な人に手を貸したりする姿を見かけて挨拶《あいさつ》する程度だ。窓越しに頭を下げて通り過ぎる。

救急車はなく、係長は車が停まると同時にドアを開け、顔見知りのパトカーの乗務員に怪我人の様子を訊きに駆けて行った。そのあいだに知也らは後部荷台から投光器や鉄柵、目印用のラバーコーンなどを取り出す。セッティングが終わると、係長の指示で主任がハンディライトと番号札を持って車の轍《わだち》を追い始めた。巡査長はカメラを抱え、撮影に専念する。知也は書類を挟んだバインダーとウォーキングメジャーを持ち、主任らに続いた。

歩行者はさすがに少なかったが、道沿いに並ぶコンビニやファミレスの奥から、様子を窺《うかが》う顔がちらちら見えた。冬の夜気に覆《おお》われた道が、事故の熱量のせいで白い湯気を立てている。周囲は雑音に満ちているのに、凍りつくような静けさも漂う。

パトカーの赤色灯と事故現場用のライトを浴び、二台の車がひと塊になっているのが浮かび上がった。LEDライトの白い光のなか、それはまるで大きな獣が蹲《うずくま》っている姿にも見えた。

係長について事故車両の側に行く。

黒の国産のスポーツカーと赤い軽四乗用車。スポーツカーの方は、若い人のあいだで人気の車種だ。確かFR車ですぐに加速する反面、悪道でスピードを出すとスピンしやすいと聞いたことがある。軽四乗用車は四ドアタイプで、年配者からファミリーまで幅広く使われているものだ。

スポーツカーは、東行き車線を走行していた。凍った路面にタイヤが滑り、ハンドルを取られて中央分離帯の植え込みを乗り越え、反対車線に突っ込んだ。西行き車線には、運悪く軽四車が走ってきていてまともにぶつかった、というところだろう。後続車がなかったのが幸いだった。

目の前に突然黒い車が、恐らく宙を飛ぶようにして襲いかかってきたのだ。避けることはおろか、驚く間さえなかった筈《はず》だ。西行きの歩道用ガードレールが激しく歪み、二台がそれに押しつけられるように停まっている。

スポーツカーは、道路に対してほとんど真横を向いて停まっており、助手席側に著しい損傷が見られる。運転席側はフロントバンパーがガードレールに当たってひしゃげているくらいで、なかはそれほどでもないようだった。

一方、そのスポーツカーと衝突した軽四車は、見るも無残な有様だった。黒い車と比べるとあまりにも小さくひ弱だ。実際、フロントは形がわからなくなるほど潰れており、ガラスが飛び散ってあちこちに血痕《けっこん》が見えた。運転席も助手席も隙間がないほど圧《お》し潰されている。白いエアバッグの残骸はあるが、大して役には立たなかったようだ。

タイヤはどちらもスタッドレスではなかった。

係長に指示されながら、知也が車の位置や分離帯からの距離などの計測をしていると、主任がライトで地面を照らしながら近づいてきた。

「スポーツカーはともかく、軽四ヤバイですね。係長、ホントに怪我だけで済んだんですか」

ヘルメットの縁を握った係長は口を引き結ぶ。

「スポーツカーの運転者は頭を打った程度だが、助手席の女が重傷だ。軽四は父親が運転して、助手席に母親と子どもがいたらしいが」と言葉を切った。

「子ども？」

知也は思わず声に出した。

「一歳くらいで、ベビーシートがあるのに、座らせていなかったようだ。恐らくぐずったんで、母親が膝《ひざ》に抱いてあやしていたんだろう。両親は重傷、子どもは重篤でICUに入ったが――もたないかもしれん」

知也は、軽四車の助手席に近づき、波打つ窓枠から奥を覗いた。後部座席にあるベビーシートは、歪んではいたが潰れているというほどではない。そこにいたなら、まともに衝撃を受けずに済んだのではないか。思っても詮《せん》無いこととわかっていながらも、唇を嚙《か》まずにはおれない。

ふと、助手席の足下に赤い小さなものが見えて目を凝《こ》らす。ウサギのぬいぐるみのようだった。赤いウサギではなく、白かったのが血によって赤く染まっているのだと気づいて、知也は黙って目を背けた。


「どうなんだ」

朝一番に交通課長が事故係の部屋に顔を出した。

若い知也は席で起立をし、朝の挨拶をする。他の事故係の面々は、視線を向けることもなく自席で事故処理を続けている。課長は太い腹をゆすりながら、部屋の突き当たりにある係長席へと近づいた。

もう一度、どうなんだ、と訊く。

係長は顔を上げ、簡潔に答えた。

「全員、もってます」

「そうか」

それを聞くなり課長は踵《きびす》を返し、のしのしと部屋を出て行った。見送って知也は椅子に腰を下ろす。

事故係にきた当初、係員が課長も含め署員の誰に対しても室内敬礼はおろか、挨拶すらしないことに大層驚いた。またそのことを咎《とが》めだてる者がいないのにも戸惑ったが、最近、ようやく腑《ふ》に落ちるようになった。

事故係では基本、ひとつの事故を一人の係員が受け持つ。そのあいだ当事者を目の前に置いている。余程のことがない限り、聴取を中断したりしない。相手を待たせるだけでなく、時間を置くことで記憶が変容する虞《おそれ》があるからだ。結果、不具合が生じれば、それは担当した係員の不始末ともなる。言い方を換えれば、それだけの責務を負う覚悟を持つ職人気質の仕事で、周囲の人間もそうと認識しているということだ。それゆえだろうが、庁舎の隅にある事故係の部屋には、同じ交通課の他係の人間すら、気楽には入ってこられない雰囲気があった。

朝礼が終わると、いつものように各課それぞれの仕事が始まる。廊下や玄関口に人の気配がし、ざわめきも聞こえてくる。

出勤してきた同僚の一人がブラインドを開け、朝の陽射《ひざ》しを入れた。知也は机に向かったまま、大きく深呼吸をした。やっと息らしい息が吐けた気がする。

深夜の事故処理から一睡もしていない。現場の見分を済ませると、病院に出向いてスポーツカーの運転者の回復状況を待って話を訊いた。部屋に戻ってそれらをパソコンで書類にする。実況見分の図面を取り込み、写真を選ぶ。応援の当直員二人に手伝ってもらいながら仕上げ、できたものを係長に渡し、助言を得てまた修正する。それを繰り返しているうち、いつの間にか朝がきていたらしい。

対向車による正面衝突。第一当事者は追い越し車線を走行していたスポーツカーに間違いない。東行き道路に残っていたブレーキ痕、蛇行するタイヤの跡、壊れた分離帯の小さな柵などから明らかだ。路面の凍結に気づかず、ブレーキを踏み込み、タイヤが滑ったため慌ててハンドルを切り、更に制御不能に陥った。挙句、中央分離帯を越えて、対向車線の軽四車と衝突。

負傷者は五名。うち一人は一歳の幼児。

死者は現時点ではゼロ。

知也は助手席に落ちていた赤いウサギのぬいぐるみを思い出し、掌《てのひら》で強く顔を拭《ぬぐ》った。

事故係にきてまだ五か月弱だ。扱った事故件数などたかが知れているが、それでも一応、自損・他損事故、物損事故、人身事故、あらゆる事故を取り扱った。作業手順や聴取の仕方にはだんだん慣れていくが、事故そのものにはなかなか慣れなかった。特に死傷者の出た事故に初めて当たったときは、数日気持ちが沈んだ。

呼ばれて駆けつけた家族は、すぐには現実を受け入れられず、きょとんとした表情のまま立ち尽くした。やがてもう二度と目を覚まさないことがわかると慟哭《どうこく》し、パニック状態でどうしてなのかと知也らに迫ってきた。雨天の自損事故だったが、まるで警察や道そのものに問題があるかのように泣き叫んだ。その剣幕に押されて、ついハンドル操作を誤ったようだと言うと、主任に慌てて口を塞《ふさ》がれた。はっきりしないうちはめったなことを言うなと、どやしつけられた。

家族と同じように動揺してはいけないとわかっていても、理由もなく突然大切な人を奪われた人々の衝撃を目《ま》の当たりにして、冷静ではいられない。

ラグビーをしていたとき、自分の倍ほどの体重のある選手にタックルをかけられた。右からくるか左からくるかもわからず、初めは呆気《あっけ》なく転がされたが、そのうち自然と逃れる術《すべ》も踏ん張るやり方も身についていった。だが、怒りや悲しみの負の圧力は凄まじく、どれほど堅牢に構えていてもたやすく身心が揺さぶられる。それに耐え得る胆力はこの先、到底養えそうにない気がした。

『ひとつひとつの事故にいちいち感情移入していては、こちらの身がもたないぞ』

事故係で指導をしてくれた浜主任《はま》から、最初に教えられたことだった。浜は余所の署でも事故係を経験していて、御津雲にきて五年になる。

初めて人身事故を扱い、想像以上に動揺した知也を見て、声をかけずにいられなかったのだろう。浜は更に言葉を足した。

『事故では誰もが被害者の顔をする。怪我をしたらなおさらだ。痛みに顔を歪めているからと必要以上に気を遣うな』

どういう意味なのかよくわからなかった。警察官という職業に就いている限りは、市民と共にあるべきと教えられたが、これが人の役に立つ仕事なのかという揺らぎが湧いた。

うまく自分自身に決着をつけられないまま、仕事は次から次となだれ込むようにやってきた。

やがて仕事に追われ、型通りの手続きをこなしていくうち、個人的な思いをひとまず遠い場所へ置いておくことを覚えた。繰り返す事故処理作業と蓄積するばかりの疲労とで、個人的な感傷は表出することなく、胸の奥に抑え込まれていった。

「――やす、古安っ」

　名を呼ばれてはっと目を見開く。瞼《まぶた》を下ろしてはいなかったが、意識は遠のいていた。浜主任が小さく息を吐くのを見て、慌てて謝る。ぼうっとするなと言われるかと思ったが、耳に寄せてきた声は穏やかだった。

「いいから、ちょっと休憩取ってこい。今日は道が凍ったせいで事故の数が半端ない。当直明けの早帰りはおろか、定時での終業も無理かもしれんから、せめて今のうちにコーヒーでも飲んでこい」

「え、でも」

「当直の案件か？　いい、あとは俺が引き継ぐ。係長もさっき用務員室で仮眠していたぞ。いいから、行け」

　最後は椅子の足を蹴られて、追い立てられるように立ち上がった。ちらりと部屋を見渡すと、六名いる係員は係長も含め、みなパソコンの画面を見ているか、机を挟んだ向かい側に座る事故当事者の話を聞いている。知也が立ち上がったのがわかっている筈なのに、誰も目を向けない。

　それを好意だと受け取り、知也は軽く頭を下げると足音を消して執務室を出た。

食堂に行き、自販機でホットコーヒーのボタンを押す。

それを持って、隅のテーブルの丸椅子に腰を下ろした。昼にはまだ時間があるから利用する者はおらず、厨房《ちゅうぼう》の奥にだけ人の気配がする。

後ろで自販機の音がした。ちらりと見返ると戸板係長で、知也を見つけると隣のテーブルの丸椅子を引き出し、よっこらしょ、と座る。

「続々とくるなぁ」と、事故係の部屋の方に目を向けた。

「はい」

熱いコーヒーが喉《のど》を通り過ぎる。一瞬、上半身が温まった気がしたが、すぐにまた足元から冷えがせり上がってくる。

「この冬は暖かくなったり寒くなったりだったから、みんな装備がまちまちなんだ。雪の方がまだマシだろうなぁ。視界が悪くなるからスピードも加減するだろ。路面が凍っただけだと、見た目は通常の道と変わらねぇから、周囲もはっきり見えてるし、運転している人間は過信するんだ」

「はい」

「事故だから仕方ねぇって話じゃないんだ。走るのは車っていう装置だが、操作するのは人だ。事故を起こさないように最善最大の努力をする義務がある」

　ごくり。コーヒーを飲み干した知也は、紙コップの底を覗いた。そんな知也を見て係長が笑いをこぼしているのに気づいた。喋《しゃべ》るのを諦《あきら》めたように口を閉じ、足を組み替え、窓を向く。返事をしなかったことで気を悪くされたかと思い、慌ててスミマセンと声に出した。

　だが係長は、廊下の奥へと顎を振った。

「用務員室でちょっと横になったらどうだ？　用務員のおっさんとは、ちょくちょく飲みにいく仲でなぁ、ときどき内緒で使わせてもらっている。わしから頼んでやる」

「い、いえっ。大丈夫です。これ飲んだら目、覚めました」

「覚めたって顔じゃないがなぁ。飯は食ったか？」

「はい。現場から戻ってカップ麺を一個」

「現場から戻ってって。四時過ぎだろうが。もう十時回ってるぞ。もう一回食え」

おーい、おばちゃん、と厨房に向かって声をかけ、手を挙げようとしたのを押さえる。

「いえ、大丈夫です。今食べると余計に眠くなりますから、もうちょっとしてから食べます」

コーヒーをぐびりと飲み干した係長が、鼻から息を出す。

「そうか。じゃ、ま、わしは戻るが、お前はもうちょっといろ」

「あ、いえ……はい。すみません」

食堂の窓は曇っている。

さっきまで射していた陽の光は消えていた。なのに窓の向こうがぼんやりと明るい。

知也はもう一杯コーヒーを買った。両手にだけ温もりを抱え、署の裏口から駐車場へと出る。

空から白いものが落ちてきた。

「雪だったかぁ」

待機しているパトカーの屋根にも地面にも、うっすらと積もりかけている。普段は黒っぽい色彩しかない駐車場だが、白い覆いをまとったせいでほのかな輝きを放っている。出庫したバイクのタイヤ痕が幾筋も交差して黒い幾何学模様を描いていた。

雪が降ると、どうしてこれほど静かになるのか。

一瞬、全ての音が消えてしまったかのような錯覚を覚える。コーヒーをひと口飲んで、ようやく人の声や物音が耳に入ってきた。

「おやま、こんなとこでコーヒータイム？」

裏口から声をかけられ、知也は振り向いた。防寒着を着た用務員のおじさんが、手袋をした手にスコップと箒《ほうき》を握って立っていた。

「あ、どうも」と頭を軽く下げる。

おじさんは大仰に両目を上下させながら、そんな薄着で寒くないの、若い人は違うねぇと言って、駐車場の門を開けて外に出る。常から庁舎の清掃や雑用を熱心にこなす人だが、一体どこに行くのだろうと、なんとなくついて行った。

署の玄関前を通る歩道は幅広で、バスの待合もある。雪が薄く降り積もり、庁舎脇の植え込みには固まりもできていた。人が集うバス停付近は雪が溶けて、泥水がいかにも冷たそうに広がっている。

おじさんが玄関口のスロープや階段を箒で掃き寄せ始めた。

「そんなに積もっていないのにマメですね」と声をかけた。力強い手で、おじさんは雪を隅へと追いやる。

「昼には日が射すらしいからさ。今のうちに寄せておいたら、溶けたとき泥水にならなくていいだろう」

「そうか、なるほどー」

他愛無いことに感心する知也がおかしかったのか、顔を上げてにこりと笑う。

「昨夜の事故は酷かったんだろ？」

「ええ、まあ。小さな子どもさんも巻き込まれて」

「子どもが？　そりゃ気の毒だ。事故のあった県道も昔は、両側に商店が並ぶ狭い砂利道だったんだけどね。わたしが子どものころよく母親と買い物に行ったよ。車が増えて道が広くなったのはいいけど、お陰で事故は各段に増えたよなぁ」

「そうだったんですか。ずっと御津雲に住んでいるんですか？」

「そうさ、生まれも育ちもここ。こんな街の外れでもそれなりに人は多かったよ。結構なお金持ちもいてさ。庭で花見をするからって近所の人を招いたりして、一度、母親と一緒に行ったかな。その一回きりだったけど」

「へえ」

「なんか疲れているね。戸板さんはちょっとの間、寝かせてくれってきたけど、お宅はいいの？」

生返事をしてしまったかと、すぐに笑顔を広げた。

「はい、平気です。カラオケでオールとかしますから、これくらいどうってことないです」

「やっぱ若いねぇ。事故係はおっさんばっかりだから、ここいらで若いのが欲しいなって戸板さんが言ってたが。確かに納得だ」

「そうなんですか」

自分を異動させたのは、もしかしたら係長だったのかな、とふと思った。

ぶるりと上半身に震えが走った。手にあるコーヒーはもうすっかり冷めている。制服の上着を軽く羽織っただけだから、この格好で長くいたら風邪をひく。一瞬、熱が出たなら仕事を休めるかなと、ずるい想像が頭を過《よぎ》った。そこまでネガティブになるほど仕事はしていないだろうと、自分で自分に苦笑するが、その弛《ゆる》めた唇が寒さで凍りそうだ。

「お、たくさん実が生《な》ってるな」

目を上げると、箒を置いて植え込みに入って行くおじさんの姿が見えた。葉にかぶさる雪を丁寧に払い始める。小柄なおじさんの背を少し超えるくらいの樹に赤い細かな実が鈴なりに生っている。枝を揺するようにして雪を落とすと、鮮やかな色がまるで宝石のように現れた。

「へえ、綺麗ですね。なんの木ですか？」

おじさんは振り返って破顔した。「知らないのかい。南天だよ。まあ、夏の木なんだけど、冬になるとこうして赤い実をつけるのよ。お正月飾りに署のカウンターに活《い》けてただろ？」

「そうでしたっけ」

枝や幹は大して頑丈そうに見えないのに、房になった赤い実がそれこそ葉を覆い尽くすほど垂れ下がっている。その重さに耐えているというよりは、なんだか楽しんで見えるのは、屈託のない明るい赤色のせいだろうか。

「知らないついでに、言おうか。トリビアってやつ」

「へえ。なんですか、教えてください」

身を乗り出すように知也が南天に近づくと、おじさんは、嬉《うれ》しそうに胸を反《そ》らした。

「警察署には必ずどっかにこの木があるんだよ」

「南天の木がですか？　なんでですか」

穏やかな、まるで子どもをさとすような目で、知也を見つめ返す。

「難を転じる、といって験《げん》がいいんだ。一般の家の庭にも植えるよ。家相で、良くない方角に植えるといいらしい」と言って植え込みから出てきた。そして、「警察署は難が集まる場所だからねぇ」と、スコップを担いで横断歩道に向かって歩いて行く。

白線の際《きわ》に雪がこびりついていた。

知也は細かな葉の群れと、たわわな赤い実を見つめた。

「南天かぁ」

南天の木の向こうにある窓は、戸板係長の席の後ろにある窓だ。

大きなくしゃみをひとつし、知也は両腕をしっかり組むと小走りで署へと戻って行った。


次の日は朝から冷たい雨が降って、事故の多さを予感させた。

最初に入った事故の一報は、タクシーに乗用車が追突したというものだった。

「さてと、行くか」と浜主任に声をかけられ、共に現場に出向き、実況見分をなした。

事故はよくあるケースで、乗用車が信号で停まったタクシーに追突。タクシーの方は慣れたもので、調書を終えて事故受付番号をもらうと、さっさと仕事に戻って行った。

それからも次々とやってきた。歩行者と自転車による人身事故が入り、知也が対応する。自転車が傘を差しながら走っていて、歩行者に気づかず後ろから衝突。大した怪我ではなかったが、今は、自転車も保険に加入しているから、事故の届け出は必須となる。簡単な案件に思えたが、双方の話に食い違いが出て揉《も》めた。挙句、歩行者が感情的になって、自転車の運転者に食ってかかる一幕もあり、処理を終えるのに午前中いっぱいかかった。

事故の形態は分類できるものだが、事故そのものの態様、当事者の心情言動はそれぞれで、ひとつとして同じようにはいかない。物損、自損など午前中だけでもおよそ十件余りは入ってきただろうか。昼食を食べ損ねないよう、係員は僅かの隙を狙って交代で部屋を出る。

午後からは浜主任と共に、病院に出向くことになった。

スポーツカーの運転者に確認しなければならないことができたのだ。事故現場近くの防犯カメラを精査した限りでは、かなりの速度で走行しているように見えた。ただ県道にあるオービスに引っかかった形跡はないから、たまたま写真を撮られるときにはオーバーしていなかったのだろう。しかしスピードを出していたからこそ、車体が大きく振られて反対車線まで飛び出したのだ。とはいえ、オービスに捉えられていないからスピード違反と断じることはできないし、本人から自供を引き出せればいいが、まず間違いなく否定するだろう。それでも一応、確認するだけはしなくてはならない。

警察署から慶応会病院までは、徒歩で充分行ける距離だ。知也と浜は傘を差して歩き出した。

「他の受傷者の容態はどうなんでしょう」

傘に当たる雨の音が弱くなっているのを感じながら、知也は隣を歩く主任に話しかける。

浜は小さく首を振る。「スポーツカーの運転者以外、誰もまだ意識が戻っていない。あ、そういえば、さっき」

知也は傘を上げて浜の顔を見る。

「お前が昼食に出ているあいだに、あの軽四のご家族が病院に向かったって連絡があったぞ。他県の田舎にいたんで今朝、ようやくこっちに到着したらしい」

浜が、傘の下から意味ありげな視線を向けた。知也は、はい？　と目を開く。

「呑まれるなよ、古安。黙って目を伏せていろよ。頷《うなず》くことも首を振ることもするな。いいな」

「はい」

浜は、知也が事故当事者の家族から感情の礫《つぶて》を浴びて動揺することを心配しているのだ。以前にも一度、叱《しか》られている。あのような真似《まね》はもうしてはならない。事故係の係員は。

スポーツカーの運転者は知也と同じ二十五歳で、フリーターだった。

車は親の名義で、付き合って一年ほどの彼女と旅行に出かけたという。旅先を出るのが遅くなり、深夜に県道に差しかかった。朝までには着くだろうからとお喋りしながらドライブを楽しんでいた。もちろん、スピードなど出していない、隣に大事な彼女を乗せていてそんな無茶な運転はしないと、強い目で言い返した。

浜と知也は視線を交わし、互いに吐息を呑み込む。短い見舞いの言葉を残して病室をあとにした。

他の受傷者の様子を見るべく、病院の廊下を辿《たど》った。

同じ階のナースステーションの近くに、スポーツカーに同乗していた恋人の病室がある。通りがかった看護師を呼び止め、様子を訊いた。ショートカットの少し垂れ気味の目をした二十代くらいの看護師は、落ち着いた声で教えてくれる。

「処置は適切になされていますので、恐らく大丈夫だとは思うんですが、一日経《た》ってもまだ意識が戻らないのが、ちょっと気がかりではあると、ドクターは言ってます」

そして病室を見返ると「今はその女性のお父さんが、つきっ切りで看ておられます」と話した。知也も閉じられた薄いクリーム色の扉に目を向ける。

助手席に乗っていた若い女性の父親とは、事故後、病院の廊下で顔を合わせていた。息せき切って駆けつけてきた、白髪頭の年配の男の姿が脳裏に浮かぶ。確か、奥さんを早くに病気で亡くし、以来、男手ひとつで一人娘を育ててきたと言った。その娘さんが危険な状態にあると知っても、顔色こそ失いはしたが、狼狽《うろた》えることも泣き喚《わめ》くこともなく、知也らの説明を黙って聞いた。他の駆けつけた家族が動揺し騒ぎになる院内で、一人言葉少なに立ち尽くす姿に、気丈な人だと感心したのだった。

浜が、それで、と先を促す。看護師は頷くと、小児病棟は別の棟になります、と案内するように歩き出した。

ナースステーションの隣にICUがある。両親も、同じ階の少し離れた病室にいる。カウンターを回り、大きなガラス窓の前に立った。

大人用のベッドだったから、医療機器を付けた幼子の小ささが余計に目立ち、胸が痛んだ。体のどこも動いている気配がなく、小さな機械音だけが唯一、命の証のように脈打って聞こえる。適温で寒さなど感じない筈なのに、ガラスの冷たさが手に流れ込む。

ちらりと看護師の横顔を見ると、容態は見た通りだというように唇をきつく結んでいる。窓から離れようとしたとき、看護師は「美月《みつき》ちゃんは一昨日、一歳になったばかりなんです。ママのおじいちゃん、おばあちゃんと誕生日のお祝いをした帰りだったそうですよ」と小さく微笑《ほほえ》んだ。

美月は軽四車に乗っていた子どもの名だ。看護師の言葉から、娘夫婦と孫の凶事を聞いてやってきた祖父母と、既に顔を合わせたのだと気づいた。

ナースステーションから浜と共に廊下に出る。看護師に示された奥の病室に目を向けた途端、その扉が開き、なかから揃《そろ》って年配の男女が出てきた。浜が足を止め、知也が何気なく見ていると看護師が、美月ちゃんの、と囁《ささや》いた。

制服姿の知也らに気づいた男性が足早に近づいてくる。女性の方は体調が良くないのか壁に手を突き、虚《うつ》ろな目で背を曲げている。

「おい、あんた、警察だろ。なんでこんなことになったんだ。相手の車はなにをしていたんだ。一体、なにが起きたんだ、なあ、孫がなんでなんで」

知也の方へ手を伸ばしてきた男性の両肩を、浜が撫《な》でるように押さえた。顔を真っ赤にして唾《つば》を飛ばす相手に、浜は低い声で「落ち着いて。さあ、息を吸って、ゆっくり」と繰り返す。案内してくれた看護師が男性の腕を取り、宥《なだ》める声をかけながら知也らから引き離した。騒ぎを聞きつけた他の看護師が、廊下にひざまずく女性の介抱に向かう。

「じゃ、またあとできます」と言いおいて、浜と知也は階段を足早に下りた。祖父母らが落ち着いたら、簡単な聴き取りをしなくてはならない。知也はさっき見た二人の様子から、それが重苦しいものになるだろうと予感しつつ、玄関先で傘を広げた。

「雨、止んでるぞ」

浜に指摘されて慌てて閉じる。

「病室が思った以上に近いな」

「はい？」

「あのオヤジさんの剣幕だと、スポーツカーの運転者に摑《つか》みかかってもおかしくない。孫にもしものことがあれば、更に頭に血が昇るだろうし」

軽四車の家族とスポーツカーの運転者の病室の距離のことだと気づく。棟も違うし階も違うが、それでも同じ病院内ではある。

「そうですね。ましてや、事故に遭ったのが自分達の家にきた帰りだから、余計にいたたまれないでしょう。自棄《やけ》になるかも」

「医療従事者から病室がどこか知れることはないと思うが、念のため、病院を替えた方がいいかもしれんな。まあ、あの様子だとスポーツカーの方は近々退院できるだろう。そうなれば、こっちに引っ張ってこられるが」

スポーツカーの運転者が第一当事者であることは間違いない。過失運転致傷の被疑者として病院から警察へと移動することになる。

「ただ、あの男の雰囲気からすると、弁護士が出てきて、身柄は一旦家に戻される可能性もあるな」

「在宅ですか」

「怪我が完治していなけりゃな」

「大した傷には見えなかったですけど」

浜は知也を見返ると「まあ、俺らが判断することじゃない。さ、帰るぞ」と言い、ジャンパーのポケットに手を入れ、跳ねるようにして水たまりを避けながら歩き出した。

仕事が待ってるぞと、歌うように呟《つぶや》く浜のあとを追いながら、知也はもう一度、病院を振り返った。


夕方の四時では、食堂はまだガランとしている。厨房から夜の準備をする音が聞こえる。自販機のコーヒーを買いにきた知也は、そんな食堂の暗がりに人影を見つけてぎょっとした。

窓の近くのテーブルで戸板係長がトレイを前にしていた。素うどんとカレーライスを交互に口に運ぶのを見て、あ、そうかと思い出す。係長は今夜、当直することになったのだ。一昨日したばかりだが、本来の当直である大矢《おおや》主任の身内に不幸があって、急遽《きゅうきょ》、交替することになったからだ。

係長は知也が挨拶するのに目顔で応え、食事を終えたのか、トレイを持って立ち上がった。曇った窓ガラスから見えない外を窺い、今日も冷えそうだな、とこぼす。白髪混じりの頭だが、確か、係長はまだ四十五歳だ。しかしさすがに疲れた顔をしていた。

事故係の係員は三十代後半から五十代手前の中堅世代ばかりだ。一度事故係に入ると、そのまま同じ路線で異動を繰り返すことが多く、経験豊富なベテランが集まることになる。勤務年数を重ねれば希望部署へ動けることもあるのに、そんな話は聞かない。浜主任などは四十にもなっていない筈だが、常日頃、肩が凝る、背中が痛いなどしょっちゅう愚痴を吐く。それなのに、今年の異動希望調査票はおざなりにしか記入していない様子だ。

知也の視線に気づいたのか、係長は「どうだ」と声をかけてきた。

「はい？　え、どうとは」

「うちの仕事だ。慣れたか」

「いやぁ、まだまだです。浜主任にも感情的になるなって、未だに注意されていますし」

「そうか」と、ふと考えるような目を床に向け、「あいつもそうだったがな」と顎を掌で撫でる。

「浜主任がですか?」

「ああ」と口の片端を僅かに上げる。「休みの日にまで、病院へ容態を見にのこのこ出かけてたなぁ」

「そうなんですか」

すいと係長が目を合わせてきた。

「お前、希望するとこあるのか。刑事とか生安とか」

「え。いや、特には」

たとえあったとしても、今いる部署と別のところだとは言いにくい。係長もわかっているらしく、小さく頷くとポンと知也の肩を叩《たた》いた。

「ま、とにかく今は仕事を覚えることだな。地味な仕事だが、ある意味最前線だ。お前には向いている気がする」

「?」

励まされているということはわかって、頭を下げる。

飯はちゃんと食えよ、と言って係長はトイレへの角を曲がった。見えなくなってから、自分を事故係へ引っ張ったのは係長なのかと尋ねるのに、ちょうどいい機会だったのにな、と思った。

ぬるくなったコーヒーをひと口啜《すす》る。

雨はすっかり上がり、代わりに冷たい風が吹きすさんで唸《うな》るような音を立て始めた。

六時過ぎ、誰一人居残ることなく終業を迎えた。みな珍しい一日だと浮かれた気持ちで帰り仕度を始めた。短い挨拶を交わして、ぱっと散る。

知也は一人、庁舎横の歩道を歩く。事故係の窓から白い灯りが洩れているが、すりガラスなのでなかは見えない。窓の側では南天の実が夜の闇をまとって赤黒く揺れていた。

ふと思い立ち、携帯電話で同期の一人を呼び出した。残業もなく帰宅できるのがもったいない気がして、カラオケに誘ってみようと考えたのだ。警察学校で仲の良かった男で、今も地域課の交番員をしている。今日が当務明けで、きっと暇にしているだろうと思ったからだったが、残念なことに先約があると言われた。

またの機会にと口約束したあと、短く近況報告を交わす。同期は夜間警らの最中、薬物所持の男を見つけたらしい。大したことじゃないと笑いながらも、署長賞をもらったと付け足した。良かったな、と言って電話を切った。

横断歩道の手前で足を止めた。反対側の道へ首を向ける。今日の昼に浜主任と一緒に訪れた病院の白い姿が、夜の闇に浮かび上がって見えた。

同時に軽四車の身内である年配男性の興奮した姿が頭を過《よぎ》る。一歳になったばかりの孫になにかあれば、あの男はきっと大きな悲嘆にくれるだろう。悔悟や怒りで激した気持ちを理性で堰《せ》き止められるだろうか。責任は第一当事者が重い。だが、故意で犯した罪ではない。交通事故は時と場所を選ばず起きる。相手も選ばなければ、悪意という感情さえない。不慮の事故と言われる。

病院の階段を上がると、廊下のなかほどにナースステーションの灯りが見えた。知也は照明を落とした薄暗いなかをゆっくり近づく。こんばんは、と顔を出したら、ちょうど昼間会ったショートヘアの看護師がいて、知也を見つけるとにっと笑いかけてきた。

「仕事帰りですか？」

「はい。昼間はどうも」と頭を下げると、看護師は垂れた目を細めて、「うん」と頷いた。

カウンター越しに、「どんな具合ですか」と訊くと、看護師は側にきて、うーん、と首を垂れるようにして教えてくれる。

「夕方、若い男性と同乗していた女性の意識が戻ってね。お父さん、声を出して泣いてらしたわ」

知也は、へえ、と看護師を見つめ返し、そしてすぐ、女性の父親は気丈な人だ、と思い込んだ浅はかさに気づく。冷静に受け止めているように見えても、心のうちには測り知れないほどの不安と懼《おそ》れが吹き荒れていたのだ。

「あの子は？」

知也の問いに、看護師が小さく首を振った。

「美月ちゃんは、まだ予断を許さない状態」

「そうですか。美月ちゃんの両親の方は？」

「それがね」

どこかの病室から、咳《せき》をする音が聞こえた。一瞬、知也は動きを止める。廊下の奥に顔を向けていた看護師は、ゆっくり知也へ目を返しながら言葉を続けた。

「お父さんの方はまだ意識朦朧《もうろう》なんだけど、お母さんが目を覚ました」

「そうですか。良かった」と笑いかけたが、看護師の表情に知也はすぐに視線を落とした。

「美月ちゃんがICUにいると知って、パニックを起こされたの。すぐに鎮静剤で眠らせたけど」

自分がうっかり膝に抱えたから、一歳の娘が生死を彷徨《さまよ》うことになった。母親にとってそれがどれほどショックなことか。薬で眠らされるほど取り乱したことからも窺い知れる。夫もまだ目を覚まさないなかで、自分一人が助かりかけていることに耐えられるだろうか。明日の朝から、母親の地獄は始まるのだ。それは昼間、怒りに震えていた祖父母にとっても同じだろう。

知也は看護師に礼をいい、通用口から人気《ひとけ》のない病院の玄関へと回った。外は更に気温を下げていた。

雪が落ちてきそうな気配はなく、このまま朝になればまた道が凍るかも知れないと思い、知也は激しい徒労感に見舞われた。

事故の報告を受けて、現場に向かう。話を訊いて、書類を作って送致する。事故係のすることは起きた被害のあと処理だ。事故を防ぐために、なにかをする部署ではない。

空を見て、天気を窺って、どうか事故が少ない数で済みますように、酷い人身事故が起きませんようにと、祈ることしかできない。

『御津雲署の事故件数を減らせ。死亡事故はゼロ。県内ワースト5の汚名を雪《そそ》げ』

署長を通じて、交通課長から発せられる目標だ。祈ることしかできない部署でありながら、事故係にとってもそれは至上命令だ。交通課員は元より、全署員はみなその命を受けて働いている。だが、事故はなくならない。

このまま美月ちゃんが目を覚まさなければ、今年初めての御津雲管内の事故死者となる。だが、死亡事故としてカウントされることはない。腕時計を見て、知也は呻《うめ》く。

「もう死亡事故ではないんだよな」

事故発生から既に四十二時間が経過している。件数という関門はとっくに通り抜けていた。心なしか事故係の係員や交通課長の顔から重苦しさが抜けて見えるのも、そのせいかもしれない。

わかっている。統計の問題だ。死亡事故とは、発生から二十四時間以内に亡くなった場合をいう。たとえ翌日亡くなっても数には入らない。組織である限りは、どんなことも定義して件数に換算しなくてはならない。仕様がないと頭では理解している。ひとつひとつの事故に感情移入していては仕事にならない。事故係で真っ先に教えられたことだ。

知也は、冷たく凍る歩道を歩く。ダウンジャケットのポケットに両手を入れながら、一度も病院を振り返ることなく、駅へと足早に向かった。

翌日は、朝から雪となった。

「ここまで降ると却《かえ》って暖かいっすね」

「全くだ」

頭や肩に積もった雪を払いながら、事故係の面々が順次部屋に入ってくる。全員揃ったが、係長席だけ空いていて、机の上にチョッキやヘルメットが放り出してあった。

「昨夜、スリップ事故が三件、立て続けに起きたらしい」

当直の係長は目の回る忙しさだったろう。まだ、用務員室で眠りこけているらしい。事故係の宿直室は執務室に併設しているから、業務が始まると休むことができない。

だからかと知也は今朝早く、署の玄関前を掃除している用務員のおじさんを見かけたことに得心した。

朝礼前でもあるのに、ずい分、早くから働くなぁと思っていたのだが、用務員室で係長が寝ているのなら署の清掃でも始めているしかない。困った様子など微塵《みじん》も見せず、出勤してきた知也にも、お早う、寒いねと挨拶してくれた。

交通課長がまた眉間に深い皺を寄せながら入ってきた。

「係長は？」

主任が、ちょっとと言葉を濁す。課長は深く詮索《せんさく》せず、昨日の事故件数、とだけ訊く。主任が報告をすると、黙って部屋を出て行った。

本部に報告をしなくてはならない。そして署の玄関前に掲げてある表示板の数字を入れ替える。担当は総務課だ。昨日の管内における事故件数、これまでの累計、死亡事故の件数、県内の事故総数など、数字カードを新しくしてゆく。

件数のことが頭に思い浮かんだのか、係員の一人がつくづくと言う。

「これだけの雪だと車での通勤も減るから、今日はマシだろう」

それぞれがほっとしたように頷いた。

事故係の部屋は、珍しく朝から落ち着いている。その様子を見た浜主任が隣から、悪いが、と声をかけてきた。スポーツカーの運転者から預かった車検証や保険証書などを返すのを忘れたと言う。知也はビニール袋に入っているものを受け取り、なかを確認する。保険証書などに混じって、金融会社からの借用書や督促状が何枚か見えた。確かフリーターをしていた筈だがと目を凝らすと、連帯保証人として同乗していた女性の名前がある。運転していた若い男は今日、退院することになっている。浜が憂《うれ》えた顔で、男が弁護士を通じて在宅での取り調べを求め、認められたと教えてくれる。

知也は制服の上にジャンパーを着込み、署を出た。

傘を差して行ったが、風があるせいか両肩に雪が積もった。自動扉の前で雪を払い落とし、暖かい病院内に入って強張った頬をもみほぐす。受付横にあるエスカレーターで入院病棟に向かいかけた時、悲鳴が聞こえた気がした。擦《す》り合わせていた手を離し、一段飛ばしで駆け上がる。

廊下を駆け抜け、人が覗き込む方向を見定めて走った。

白衣を着たドクターや看護師がナースステーションの近くで固まりになっていた。

看護師が引きつった顔をして駆けてくる。こちらに向かいながら廊下の端を指差した。目を向けると、白髪頭の男が壁際で茫然《ぼうぜん》と立っている。手に果物ナイフがあり、足元に小さな赤い点が散らばっていた。

「ああ、いいとこに」

一瞬、頭が真っ白になりかけたが体が自然と動いて、知也は男に突進した。全身で男の腕にしがみつき、ナイフを取り上げる。男は抵抗することなく、ずるずると身を滑らせ、廊下に尻をついた。幼児の祖父かと思ったが顔が違う。看護師が傍にきて、助手席で事故に遭った女性のお父さんです、と説明してくれた。知也はカクカクと首を振り、乾いた声を絞り出すようにして「一体、なにが」と訊いた。看護師も落ち着いてきたらしく、知也が持つナイフに目を向けながら囁く。

「運転していた男性をそれで刺したの。ステーションで退院の挨拶を済ませたあとに」

ストレッチャーが音を立てて廊下を走り抜けて行った。

知也は携帯電話を取り出し、事故係へ連絡する。血糊《ちのり》の付いたナイフを握った手よりも、なぜか耳に当てている電話を持つ手が震えた。

浜主任の声が強く響いた。「わかった、パトを向かわせる。男はどこか奥の部屋に閉じ込め、警備員と一緒に側についていろ。俺らもすぐ行く」

大きな安堵《あんど》が胸を覆った。それでようやく、足元に座り込む男の姿をまともに見ることができた。緊張と興奮で、顔色は青ざめ全身は強張ったままだが、その目は強い光に濡れて見えた。

警備員と共に男の腕を取り、看護師のあとをついて相談室に向かう。そのとき、ナースステーションの並びの角に、女性の病室があることを思い出した。運転していた男は、退院する前に女性を見舞ったのだろうか。

スポーツカーの助手席は軽四車とまともにぶつかり大破した。その席に座っていたのは若い女性で、運転していた男は恋人だった。運転者は軽傷で、数日の入院で済んだ。

女性は重傷を負ったがなんとか持ち直し、目を覚ました。娘一人、父一人の家庭で、助かった娘の顔を見て父親は号泣したと、看護師は言った。

ところが、その父親が相手の男を果物ナイフで刺したのだ。

運転席でなく、助手席がまともに当たった。父親にしてみれば、納得がいかないかもしれない。だが、それは仕方のないことでもある。運転者の心理だ。ぶつかりそうになって咄嗟《とっさ》にハンドルを切る。どうしたって自分が助かる方に切ってしまう。そうなると助手席がぶつかって、重傷を負うケースがままある。

人は誰でも助かりたい。危急の場合であればなおさらだ。恋人を助けるために、自分の方が車にぶつかるようになどできる筈もない。

病院での刺傷事件だったので、スポーツカーの若い男はすぐに処置がなされ、大した怪我にならずに済んだ。そして父親の方は、やってきたパトカーの乗務員に手錠をかけられ連行された。間もなく、刑事課の捜査員に混じって事故係の戸板係長を始め、主任らが臨場してきた。

事件は刑事課が扱い、取調室における聴取に戸板も立ち会うことになった。

終業時間が過ぎたころ、刑事課で報告書を書き終えた知也が事故係に戻ると、当直員以外の全員の姿が部屋にあった。処理すべき案件は全て終わったらしく、みな私服姿の寛《くつろ》いだ格好でお茶など飲んでいる。知也を見て、労《ねぎら》いの言葉をかけてくれた。

浜に訊かれて、知也は病院での顚末《てんまつ》を細かに伝える。みな黙って、小さく息を吐く。お茶を啜る音だけがした。

「まさか、スポーツカーの方の父親があんなことするとは思っていませんでした。なにか事件を起こすなら、てっきり軽四車の方かと思っていましたから」

知也は報告書を書きながらずっと疑問に思っていたことを口にした。まだ取調中だったので、犯行動機までは聞いていない。

「事故だからなぁ」と一人が呟く。浜もその言葉に頷くようにして「むしろ助かったからだろうな」と言った。

知也が驚いて浜を振り返ると、暗い目で見返してきた。

「目を覚ました娘さんが、泣いているオヤジさんに向かって言ったそうだ」と刑事からちらっと聞いた、と浜が言葉を続けた。

意識を取り戻した女性は父親の安堵する顔を見て、彼は大丈夫か、無事なのかと訊いたのだそうだ。大した怪我ではないと告げると、目に涙をためて良かったと言った。

そして、車でのデートは当分ダメね、と微笑んだらしい。

「父親にしてみれば複雑な思いだったでしょうね」と知也。

「ああ。事故を起こした張本人は軽い怪我でさっさと退院。娘は生死をさ迷って生還したと思ったら、そんな男の身を一番に案じている」

「でも事故だから」

「ああ、事故だからさ」

事故が起きると、大概の人は己に降りかかった災難に困惑する。刑事事件のように正邪が明らかで、責める相手が歴然としていれば、気持ちの向け方に迷いもないだろうが、事故だとそれが不確かだ。

誰かを非難するより、自分を責める度合いが深くなるのが事故の特徴でもある。あのとき無理をしなければ、この道を行かなければ、車に乗らなければ。同乗した女性には、運転する男性に対し、咎める気持ちは一片もなかっただろう。

事故においては加害者であり、同時に被害者でもある。それは加害者でもなく、被害者でないとも言える。当事者と呼ぶ所以《ゆえん》だ。だが、当事者はそうでも関係者は違う。

美月ちゃんの祖父母のように、今回の事件の父親のように。思わぬ方向へと憎しみが向いてしまうこともある。なにがどう作用するか測りしれない。

「父親は気づいたんだ」

開いたドアから戸板が入ってきた。事情聴取が概ね終わったらしい。

「あの親父さん、娘のバッグに旅行のホテル代や食事代のレシート、更には連帯保証をしている借用書が入っているのを見つけたそうだ」

知也は男に返す筈だった保険証書などのなかに同じようなものがあったのを思い出す。

「あの女性、相当貢《みつ》がされていたらしい。そのことを知った父親が、たまたまドアの向こうに笑い声を聞いたんだと」

「笑い声？」

ナースステーションの近くに女性の病室はあった。父親はドアを開けて廊下を窺った。運転していた男は退院するからと、世話になった看護師らに嬉々として挨拶をしていた。そしてそのまま、女性の部屋の前を通り過ぎて行った。ちらりと目を向けることもなく。

そっとドアを閉めた父親は、眠っている娘の傷だらけの顔を見、それから床頭台《しょうとうだい》に置いてあったナイフを握り締めた。

一度は諦めかけた大切な娘が戻ってきた。絶望しかけた気持ちが一転した。娘はこれから存分に生きられる、幸せも摑める、人並みの人生を全うできると思った。

「そんな喜びに満ちていたとき、男の笑い声を聞いた。娘が目を覚ますなり、なによりもまず案じた男の、娘から金をせびることしかしない男の声だ。この男がいる限り、娘は幸せにはなれない、もしかすると今度こそ命を落とす羽目になるかもしれない。なんとかしなくてはと思ったそうだよ」

そう言って戸板は疲れたように自席の椅子に身を沈め、腹の上で両手を組むと静かに目を閉じた。


「お早う」

「あ、お早うございます。結構、積もりましたね」

「積もったねぇ」

昨日から今朝にかけて降った雪が思いの外、積もった。朝になって雲が切れ、陽が差し始めるとたちまち街全体が眩しいほどに輝き出した。用務員のおじさんがいつも以上に防寒着を厚くし、白い息を吐いている。手にあるスコップを見て、署の玄関前はおろか、横断歩道やバス停の周囲までが綺麗に掃き寄せられているのに気づく。余程早くから始めていたようだ。

　頭を下げて通り過ぎようとした時、おじさんは持っていた手ぬぐいで署の玄関横に掲げている表示板を拭い始めた。昨日の事故件数の数字カードは既に修正されていた。県内の事故件数は当然ながら昨日より増えている。死亡事故はなかったらしい。御津雲署の管内では人身事故が一件。そして、掲示板にはないが傷害事件が一件発生している。

「うちの事故件数は今年も増えそうかね」

　知也が数字カードをぼんやり見つめているのに気づいておじさんが声をかけてきた。

　さあどうでしょう、とつい他人事のように呟く。

「戸板さんはこの数字を見るたび、違うんだよなぁってぼやくよ」

「違う？」

「これよ、これ」と言って、死亡者数を示す数字を指差した。「三日後であれ、一年後であれ、事故が元で亡くなったら、それも死亡事故だって。戸板さんのなかでは違う累計数が出ているらしいね」

　へえ、と知也は再び表示板に目をやる。

　管内の死亡事故件数の欄は、今年に入ってからゼロが続いている。戸板係長の目には、そのゼロがゼロには見えていないのだ。

作業を終えたらしく、用務員のおじさんは駐車場の門へと向かった。

知也も歩き出す。そのとき突然、甲高い音が耳に突き刺さった。急ブレーキの音だとわかって、全身が強張った。瞬《まばた》きを忘れ、音のした方を勢い良く振り返る。一台の車が停止線を越えて停まっているのが見えた。雪に滑ることなく、横断歩道の上でなんとかタイヤを沈ませたようだ。知也は目を瞑り、安堵の深い息を吐いた。

いつの間にこれほど敏感な体になっていたのだろう。

知也は自分自身に驚く。事故係で現場を目の当たりにし、当事者の様々な姿を見てきたからか。気楽にドライブしていたころには気づけなかったことを多く経験したからか。

浜主任の言った言葉がせり上がる。

『事故では誰もが被害者の顔をする。怪我をしたらなおさらだ。痛みに顔を歪めているからと必要以上に気を遣うな』

事故をただの不運で済ませず、二度と起こさない戒めへと転じさせなければ意味がない。浜主任の言葉は、それを念頭に置いて処理しろということだ。

だから一件一件、係員は当事者と向き合いながら、話を聞いて地図を引き、事故の一部始終を眼前に示すのだ。なにが起きたのか、なにを起こしたのか、はっきりと知らしめる。平常でない状態の当事者を相手に、こちらは淡々と処理を進めることで、漏らさず記憶に、心に刻みつけてもらう。

もう次は、ない。起こさせはしない。そのために働いている。これは警察官の仕事にほかならない。知也は今、自分がどんなことをしているのかわかった気がした。

赤い実が揺れ、すぐ側の窓が音を立てて開いた。

「やっぱり、古安か。声がしていたから」

昨夜の当直の大矢主任だ。慌てて挨拶しようとすると、すぐに言葉が被さった。

「お前に電話だぞ。慶応会病院の看護師さんからだ」

「え」

「早くしろ。わざわざ連絡してきてくれたんだ。いい知らせだろう、声が明るい」

「あ、はいっ。今」

背筋を起こし、走りかける。すぐに雪に足を取られ、咄嗟に両手を振り回して踏みとどまった。急く気持ちを宥め、力を込めて踏み出すと、視界の端で赤い実が揺れた気がした。

穴

天気予報では雨は夜になってからと言っていたが、午後になって厚い雲が空一面を覆《おお》い始めた。

災害救助の模擬訓練が始まったのが午後三時。それが終わって一旦、場外に集合し、次の訓練のための装備を整える。プロテクターを着け、透明の盾を抱えたとき、ヘルメットの頭頂部になにかが当たった気がした。見上げると大粒の雨が落ちてきて、バイザーの上で勢い良く跳ね返る。

内野《うちの》実咲《みさき》は、手袋を嵌《は》めた手でバイザーを拭《ぬぐ》った。側で何人かが同じように首をひねって、空を窺《うかが》っている。

「雨になったけど、このまま続けます」

小隊長の香取《かとり》富美加《ふみか》警部補が、そう言いながら正面中央に立ち、背筋を伸ばした。実咲ら十名はばらばらと動き回り、すぐに香取に向き合う形で二列横隊を作る。乱れがないか微調整し、歪《ゆが》みがなくなったところで、列の端に一人だけ飛び出るように立つ巡査部長の小杉彩子《こすぎあやこ》が号令を発した。

「小隊長にぃー敬礼っ」

左脇にポリカーボネート製の盾を下げ、右手で挙手敬礼をする。直れ、の号令で下ろす。

このあと演習場の広大な敷地内を隊列走行する予定だ。雲の様子からすれば雨はしばらく止みそうにない。走るのは中止になるかと思ったが、淡い期待はかき消えた。

冬ともなれば山沿いを中心にしばしば雪の降る県だが、最近は積もることは少ない。むしろ雨になることの方が多く、その氷が溶けたような冷たさが体だけでなく心まで凍りつかせる。けれどそんな寒さも完全装備した姿で三分も走れば微塵《みじん》も感じられなくなり、防水加工のされた出動服の下で肌着が嫌な感じに濡《ぬ》れてゆくのがわかる。ヘルメットの内側からこめかみを伝って落ちる汗が、首に巻いたマフラーに吸収される。

今日は、機動隊の合同演習日だ。

一般的に警備警察における機動隊と呼ばれる部隊は男性隊員の専任職であり、出動以外は訓練が仕事だ。上下藍色の出動服が日常的な格好で、出動時にはそこにヘルメット、肘《ひじ》や膝《ひざ》にプロテクターを加えた姿で活動する。

一方、実咲が所属する女性警察官特別機動隊は、各警察署に勤務する女性警察官が兼務し、事案発生のときにのみ招集されるという変則部隊だ。小隊長一名、主任一名、隊員十名の総勢十二名で、任務は弱者の救援介助、デモ警備、広報活動に限られる。訓練も本来の職務に支障がない者、要は集まれる者だけが集まって月に一、二度、一日か半日程度行うにとどまる。

ただ、今回の合同演習だけは別だ。県内にある機動隊の部隊が一堂に会し、警備部長や大隊長の視閲を受けながら演習を行う。上層部に日ごろの訓練の成果を見てもらうという趣旨だから、本来の仕事は二の次で万難を排し、集結しなくてはならない。相当な人数になるため普段の練習地では間に合わないから、自衛隊が使用する演習用の土地を借りて行う。

災害警備や救助活動の訓練演習をひと通り行ったあと、全員完全装備の上、一周五〇〇メートルはあるグラウンドを周回する。それが合同訓練の最終演目だ。機動隊には約六十名の中隊が二個あり、それに女性機動隊が加わって総勢百二十名以上、全員が掛け声を上げながら走る。楕円《だえん》の外側、長辺部分の中央には警備部長を始めとする本部関係者が並び、更にその前で部隊の隊長らが指揮を取っている。視閲台には大隊長が直立していて、部隊を睥睨《へいげい》していた。

女性機動隊は最後尾を走るが、三周目辺りから息が上がってくる。しかも雨足が激しくなってきたからたちまち全身がずぶ濡れとなり、水の重さまで背負う。ポリカーボネート製の盾は軽いのが特長なのに、まるで土のうでも持っているような感覚になる。

実咲も声を発するのが苦しくなって、呼吸だけに集中した。隣を走る後藤翔子《ごとうしょうこ》はまだ余裕があるのか、乱れた息遣いのなかで愚痴を言い始める。学校を卒業したあとまでこんなことしなくちゃいけないなんて、と志願してなった訳でもないから色々不満の言葉が飛び出る。隊員には好きでやっている者が多いのだが、翔子は体格も立派で運動もできるくせに、警察学校時代から術科教練を嫌っていた。所轄《しょかつ》では、体力仕事や面倒な作業は若い者の役目と決まっていて、否も応もなく押しつけられる。

四周目に入るころから、先頭を走る小杉巡査部長の掛け声のリズムがズレてくる。二列縦隊で走る実咲ら十名の女性隊員も、それに合わせるかのように乱れが生じ、隊列にもばらつきが出た。前の男性部隊との距離が開き始める。喉《のど》がひりついて、実咲もこれ以上走ると息ができなくなりそうな気がしてきた。

視閲台近くにいる香取小隊長がそんな様子を見て取り、最も近づいたところで片手を挙げ、先頭を走る小杉に合図を送った。小杉は頷《うなず》き、五周走り終わったところで男性部隊から離れ、楕円の内側部分へと流れて停止する。部隊を横列に直して待機姿勢を取った。

二列横隊に並んだ女性隊員らは直立姿勢を取りながら、呼吸を整える。動きを止めたことでいっそう汗が噴き出て、ヘルメットのあご紐《ひも》から滴《したた》り落ちる。そこに雨が真上から叩《たた》きつけるから、頭が前へと傾げそうになった。そんな様子に気づいた小杉が僅かに顔を向け、「背筋伸ばしてっ」と鋭く叫ぶ。実咲ははっと体を起こし、顔をしっかり正面視閲台へと向けた。

やがて男性隊員の走行が終わり、各部隊が楕円のなかに入って横並びに整列した。女性部隊の隣に第二中隊が並ぶ。男性に比べ、どうしても体力差はあるから、たとえ合同演習でも同じ分量をという訳にはいかない。隊列走行も、小隊長が頃合いを見計らって早々に終了させるのが決まりとなっている。早めに切り上げてもらってはいても、出動服を着て盾を持ち、ヘルメットを被り、胸と両腕両膝にプロテクターを付け、出動靴を履いてのランニングだから、しんどいことこの上ない。

「実咲、実咲」

呼ばれているのに気づいて、目を向けた。隣で翔子が不安そうな表情をしている。

「実咲、過呼吸になっている。口からじゃなく鼻で息して」

言われて、自分だけまだ忙《せわ》しない呼吸を繰り返していることに気づいた。きっと顔色も白くなっているだろう。

うん、という風に頷いて、再び前屈《かが》みになりかけた上半身を立て直した。全員が整列し終わるのを待って、警備部長から訓示がなされる。雨が目に入らない程度に顔を上げ、耳を傾ける。これでひと通りの訓練は終了だ。訓示が終われば解散し、部隊ごとに帰隊する。あと少しだ、と思いながら雨粒を跳ね返すよう目を忙しなく瞬《また》かせた。息苦しさから解放され、安堵《あんど》しかけたときに号令がかかった。

「大隊長に敬礼っ。直れっ。全部隊、解散っ」

待ちに待った指示が飛んで、実咲は全身の力を抜いた。その場で崩れ落ちるように屈み込むと、翔子が「盾、返してきてあげる」と手を差し出した。実咲はヘルメットの下から笑みを見せ、透明な盾を渡す。

備品運搬用のバスに持って行く後ろ姿と入れ違いに、香取が近づいてくるのが見えた。翔子が二人分の盾を運んでいるのに気づいたらしい。

「内野さん、大丈夫？　顔色が悪いようだけど」

実咲は起立し、「はい、大丈夫です。すみません。運動不足で体力が落ちているようです、注意します」と答える。香取は口角を弛《ゆる》めながらもきっちりとした口調で言う。

「まあ、月に一度、訓練があるかないかだから仕様がないんだけど。でも、警察官は基本体力仕事だから、日ごろから鍛錬《たんれん》は怠らないようにね」

「はいっ」

「ところで、内野さんは署に戻るの？　わたしや小杉主任ら何人かは、機動隊に寄ってシャワーを借りることにしているけど」

「いえ、わたしは署が遠くありませんので」

「どこだっけ」

「御津雲《みつくも》です。御津雲署の生安課におります」

「ああ、じゃあ近いわね。途中で下ろすわ」

「はい。よろしくお願いします」

香取は頷いて背を向けた。翔子が戻ってきたので、小隊長らが機動隊でシャワーを借りるらしいことを伝えた。

「あ、じゃ、わたしもそうしよう。え、っていうか、実咲、署に戻るの？　直帰じゃないの？」

「うん。署に戻るけど。翔子はこのまま帰っていいの？」

「モチよ。うちの交通課長が直々に、ご苦労だなぁって、終わったら何時でもいいから帰らせてやれって、係長にいってくれたもん」

「そっか」

「残念。帰りに一緒に打ち上げできると思って楽しみにしてたのに。お互いの署が遠いから、なかなか普段会えないしさ」

「悪い。だよね。仕事で会うのってこの機動隊の訓練の時だけだもんね。今度、早く終わった日とか連絡するから」

「うん」といって、翔子は少しのあいだ実咲の顔を見つめた。なに？　と実咲は訊《き》く。

「実咲、大丈夫？」

「え。なにが」

「いや、なんか今日、調子悪そうじゃん」

「そう？」

「それに瘦《や》せたよね」

「ちょっとね」

「当直明けだった？」

「違うけど」

「そう。凄く疲れているみたいだから」それに、と翔子は顔のあちこちに泥はねを付けたまま、心配そうな目を向ける。「どこの署でもだいたいこういうときは、直帰させてくれるよ。小隊長はともかく、小杉主任だって他の子らだって、たぶんみんなこのまま帰るよ。実咲の上司、厳しいの？」

実咲は、咄嗟《とっさ》に眉間《みけん》に皺《しわ》が寄るのを堪《こら》えられなかった。この訓練に向かう前は、翔子に相談しようと思っていたことだったが、結局、訓練のしんどさに押し流されて話す機会もその気も失《な》くしてしまっていた。雨に冷え、訓練に疲弊した体と心で、改めて一から説明する気力が湧《わ》かない。実咲はタオルで口元を覆うようにして、小さく首を振る。

「生安の仕事にまだ慣れないから、少しでも時間が惜しいんだ。それだけ。今度また、色々聞いてもらうから。電話する」

「うん。待ってる」

「お疲れさまでした」

大型バスを御津雲署の前の通りに停めてもらい、降りて窓から手を振る翔子に応えたあと、バスが角を曲がって見えなくなるまで見送った。

　雨傘代わりにヘルメットを被ったまま駆けて、署の裏口から入る。汚れた出動靴の泥をマットでこそげ取り、ヘルメットから雫《しずく》が垂れないようタオルで拭き取る。荷物を入れたバッグを抱えて廊下を辿《たど》った。

　すぐに何人かの署員とすれ違う。みな実咲の様子を見て驚き、すぐにああ、という顔をして挨拶《あいさつ》をくれた。

「今日、機動隊の視閲だったのか。ご苦労さん、風邪引くなよ」

「うわあ、酷く濡れたわね。早く、更衣室に行ってシャワー浴びて着替えなさい」

「顔に泥が付いてるぞ」

「なに？　あ、女性機動隊？　お宅、兼務だったのか。そりゃ、大変だ」

　ありがとうございます、と頭を下げながら、実咲は足早に階段を駆け上がる。廊下の端の更衣室に入って、すぐに出動服を脱ぎ、シャワーを浴びた。髪を乾かし、制服に着替えて薄く化粧をする。更衣室を出るときに腕時計を見ると、間もなく五時になろうとしていた。

　実咲のいる生活安全課は署の二階にある。同じ階には交通課の指導係もあって、そこには女性警察官も数人いる。前は実咲もそこに所属していた。仕事に不満はなかったが、警察官を志望した動機が生活安全課の少年係として働くことだったから、希望調査票には毎回、そう書き込んでいた。

そんなとき、生安課の防犯係に欠員が出た。当時の交通指導係長が実咲の希望を知っていたことから、生活安全課長にかけ合ってくれ、内部異動が決まった。警察学校を卒業後、地域課で二年務め、交通課にきてまだ一年目の、年齢も二十五になったばかりの実咲が抜擢《ばってき》されたのだ。

一歩、夢に近づけたと思った。

実咲は大学時代、青少年更生保護女性会のボランティアが実施するイベントに手伝いとして参加した。そのとき会ったボランティアの女性から聞いた話、そして直に、更生の途上にある少年少女と会ったことで実咲の気持ちは大きく転換した。やりがいのある仕事を見つけたと思った。更生には色んな関わり方があるが、人に相談したり調べたりして、最終的に警察の生活安全課少年係を目指すことにした。

だから実咲にとっては、初任科教養も所轄の地域も交通もみな生安課へ入るための過程のひとつに過ぎなかった。一生懸命仕事を頑張ればいつか望みの部署に入れると信じていたから、少年係ではないにしても、生安課へ異動できた時は嬉《うれ》しかった。

ただ、交通指導係で大した仕事もしていない実咲が、他の先輩を差し置いて生安課にいくことに気まずい思いもあった。けれどそれは杞憂《きゆう》に過ぎなかった。交通課の上司は、良かったな頑張れよと、笑顔を見せてくれたし、先輩の蝦川《えびかわ》マナ巡査長などは、「よくあんな大変そうなとこいくわね」と同情する表情さえ浮かべた。交通指導係なら女性警官も多いし、仕事も余程でない限り定時に終わる。警察の業務に重いも軽いもないが、刑事や生安など事件次第で昼も夜も関係なく働かされるところは避けたいと、蝦川先輩のように割り切っている人もいる。そのお陰で、交通課から生活安全課へ快く出してもらえたのだから、実咲には有難かった。

生安課の部屋のドアをノックし、押し開けながら「遅くなりました、ただ今戻りました」と誰にともなく挨拶する。

十畳ほどの部屋で、最奥の窓際《さいおうのまどぎわ》にある生安課長の席を頂点に、左右二つの島が分かれて配置されている。入って左手が防犯係、右手が少年係だ。実咲の机は左側のドアに一番近いところだ。

正面の課長席まで進んで、簡単に帰署の報告をする。そして、少年係の三名に挨拶をし、防犯係の島へと向かう。机は四つ。係長席があって、三つの席が固まっている。主任の隣が実咲の席で、はす向かいには男性巡査長が座っている。

「係長、今、戻りました」

防犯の瀬戸《せと》係長は、細長い顔を持ち上げ、眠そうな目で実咲を見、ご苦労さん、と頷いた。そしてすぐにまた顔を伏せ、書類に没頭し始める。実咲は自分の席に鞄《かばん》を置くと、隣でパソコンを叩いている巡査部長の糸田《いとだ》吉雄《よしお》主任に頭を下げ「糸田主任、遅くなってすみません」と声をかけた。

浅黒い顔をした小太りの糸田は、画面に視線を当てたまま、ああ、と呟《つぶや》くように答える。そのままはす向かいに顔を向け、細身で背の高い広末礼司《ひろすえれいじ》に挨拶する。実咲の三年先輩で、柔和な顔立ちの巡査長だ。今やっている案件はなにか尋ねる。先月行った防犯会議の議事録をまとめているというので、実咲は手伝いを買って出、書類を受け取ろうと机越しに手を伸ばした。

「おい、特殊詐欺《さぎ》の犯罪事例を整理したやつできたのか」

隣から低い声が飛んできた。実咲はすぐ糸田に向きを変え「いえ、まだですが、急ぎでしたか」とつい答えてしまった。

四十七歳になる糸田のゴルフ焼けした横顔が険しくなる。

「明々後日から俺の手が塞《ふさ》がってしまうから、遅くとも明日までに見せてもらえないと」

「え。あれは、来月末の防犯協議会で出す資料と聞いていましたので、まだ時間があるかと」

「それは完璧《かんぺき》にできたものの話だろう。何度も手を入れ、修正して作るんだから、素案はすぐに作ってもらわないと。一発で文句のつけようのない資料が作れるって自信があるんなら構わんよ、俺は」

「あ、いえ、すみません。すぐにやります」

実咲は腰を下ろすと同時にパソコンを立ち上げ、引き出しから資料のファイルを取り出す。ページを繰っていると、視線の端に広末が黙って目を伏せるのが見えた。部屋のなかも一瞬、静まり、キーを叩く音や紙の擦れる音だけとなったが、次第にお喋《しゃべ》りする声が出て元の雰囲気へと戻っていった。

資料の下書きができたのは、午後九時前だった。私服に着替えて一階に下りたところで、いきなり声をかけられた。

「あれ、実咲ちゃん、残業？」

蝦川マナが上下ジャージ姿で、食堂の自販機のコーヒーを手に立っている。格好から見て、今日の当直らしい。年齢は三十歳で独身、御津雲の交通指導係に入って六年になる。本人はずっと異動を希望しているのにその気配がない。

「実咲ちゃん、今日、機動隊の演習だったんじゃないの？　それから戻って、今まで仕事？」

「はい。急ぎの案件があったので」

「ふうん。ま、早く帰って、お湯割りでも飲んで寝なさいよ。雨に濡れたんだから風邪、引かないようにね」

「はい。蝦川先輩も当直、頑張ってください」

「ま、ね。当直って嫌なんだけど、仕方ないもんね」

「当直、嫌なんですか？」

　本署の当直でも、御津雲のような郊外署ともなれば事故係以外で夜間に働かされることは、めったにない。そういえば、実咲が交通指導係にいたころから、蝦川は当直を嫌っていたなと思い出す。

「だってなんか怖いんだもん」と蝦川が口をすぼめる。

「はい？　怖い？　なにがですか」

「う、うん。出そうな気がして」

　お化けとか、幽霊のことか。そんな話は聞いたことがない。そう言うと、蝦川は首をすくめる。

「ちょっと昔の話を聞いちゃったから」

実咲が黙っていると、蝦川は慌《あわ》てて「なんでもない。御津雲も古いからさ。色々、あるのよ」と笑う。そして早く帰れ、帰れと背を押した。

挨拶して署の裏口へと向かうと、追いかけるように声がかかった。

「今度、合コン行こうよ。時間ができたら教えて。いいのを見繕っておくから」

笑顔で応えて、裏の駐車場へと出た。

風が吹き抜け、まるで氷の板を押し当てられたような冷気が背中を叩く。ダウンジャケットを着ていてもぞくぞくするのは、本当に風邪を引きかけているのかもしれない。両腕で自分の体を抱きしめる。見上げると星がいつもより多く見え、空気が澄んでいるのがわかる。

掌《てのひら》を広げ、そこに息を吹きかけた。白く変わったのを見て、改めて冬なのだと思う。何気なく、横手にある一階受付を見渡せる窓を見た。カウンターの側に上背のある男性がいて、実咲の方を見ている気がした。気がしただけで、すぐに背を向け視界から消えたから、それが誰だったかはっきりとは言えない。ただ、今日の当直が広末だったことを思い出す。

門を出て、署の近くにある警察の女子寮へと向かう。歩いて十五分程度の距離だが、普段なら使わないバスに乗ろうかと考え、やはり止《よ》して歩き出した。途中のコンビニで夕食を買って帰らないといけない。

住宅街を抜けて、県道交差点角にあるコンビニを目指してとぼとぼ行く。適当な物《そう》菜《ざい》を買って出たが、部屋に置いてある酒類が切れていたことを思い出した。また戻って買い物をする気になれず、がっかりしながら歩き出した。

今の女子寮は、生活安全課に異動が決まって移ったところなので、お酒を貸し借りできるほど親しい人がまだいない。署から一番近い女子寮だったので、遅くなっても大丈夫と希望して変えてもらったのだが、今はその近さが却《かえ》って疎ましく思える。距離があれば、冷たい風に当たって頭を冷やしながら考え、自分なりに決着をつけて、部屋に戻ったときには、それこそ蝦川先輩が言うようにお湯割りでも飲んでバタンキューと寝てしまえる。今は、モヤモヤした気分のまま寮に着いて、そのままお酒を飲んで誤魔化すようにして寝落ちするから、朝はいつも消化不良だ。

大したことではない、そのうちなんとかなる、そう思えばいい。朝起きると、いつもそんな風に言い聞かせる。今は、それしか思い浮かばないのだ。

実咲が防犯係のイロハを教えてもらうべき糸田主任に嫌われるようになったのは、生活安全課に異動してすぐの十月半ばにあった全国地域安全運動が発端だ。

それは交通課主体の全国交通安全運動と並ぶ、生活安全課にとっての一大イベントだった。警察だけでなく、防犯協会、公共団体、地域の事業主、自治会などと協力して街頭や公共施設などで防犯キャンペーンを実施する。加えて、青少年非行防止のための夜間巡視に、風俗店や遊興施設への立入調査、違法賭博《とばく》の検挙など生活安全課が一体となって昼夜関係なく、集中的に取り組む大変な十日間となる。だが、大変だからこそ終わったときの解放感や達成感も大きく、実咲も経験を共有することで晴れて生安課の一員になれる気がしていた。だから瀬戸係長や糸田主任の指導の下、広末巡査長と共に懸命に働いた。

全ての行事を無事に終え、各協力者らに労《ねぎら》いと感謝の言葉を伝えて解散の運びとなった。片付けをしたあと、生安課のメンバーだけで簡単な打ち上げをした。行きつけの居酒屋に連れて行ってもらい、これまでとは違うくだけた雰囲気のなか、仕事のあれこれや署内の噂《うわさ》話などで盛り上がり、和気あいあいと終わったのが、午後九時過ぎ。店の前で別れの挨拶を交わし、一人で通りを歩いていた実咲に、糸田が後ろから駆けてきて声をかけたのだ。

『ちょっと時間あるか？』と言われ、なんですか、と尋ねた。

糸田は赤い顔をして頭に手を当てながら、三十分ほど付き合ってもらえないかと言う。

『いや、協会の連中と今から飲み直す約束しちまってな。運動で世話になったんで、ま、軽く相手する程度なんだが、新人さんもどうぞと頼まれたんだ』

地域安全運動は、一般市民と警察が協力し合う官民一体の啓発活動で、そうすることで日々の地域防犯が成り立つと教えられていた。実際、そういう人達に対し、課長や係長らが気を遣った応対をしているのを目にもしていたし、交通安全運動の経験があるから、似たようなものと実咲なりに理解もしている。ただ、交通課の時にはそういう一般人と飲みに行くということはなかった。

『他の方も行かれるんですか』

係長か、せめて広末でもいるのなら問題ないだろうと思った。糸田は、ううんと口を濁すようにして『瀬戸係長がたぶんな』と呟いた。それならいいかとあとをついて行ったら、ずい分、高そうなクラブへと連れて行かれた。

シャンデリアが垂れる広い店の隅に、柔らかなソファが半円を描くように置いてあり、その真ん中に、運動中に顔を合わせた防犯協会の理事である男が座っている。両隣には綺麗なドレスを着た女性が座り、ガラスのテーブルには実咲でも知っている値の張るブランデーが並んでいた。

ぱっと見た瞬間、協会のメンバーしかいないのがわかってすぐに怖《お》じけた。係長があとからくることを祈りながら、促されるまま理事の近くへと座る。

やがて、係長がきそうにないことに気づき、ようやく課の誰もこんな会をしているのを知らないのではと疑う気持ちが湧いた。だからといっていきなり席を立つ訳にもいかず、それからは適当な相槌《あいづち》を打ちながら、帰るタイミングを必死で探した。理事の男と糸田は、まるで旧知の友のように親しげに会話をし、ブランデーのグラスを交わし合っている。とにかく帰りたい旨を伝えようと実咲はちらちら顔を窺うが、糸田は少しも視線を合わせようとしない。他のメンバーらに話を振られても愛想笑いにもならない固い笑みだけ返し、酒を勧められても頑なに断った。お店の女性が気を遣って、ノンアルコールやフルーツの盛り合わせを置いてくれるが、手を付ける気になれなかった。

理事の男も酒を勧めてくる。断ると、糸田が笑いながら目で飲めと言う。昔ならいざ知らず、今はこういう席での無理強いが許されないことは承知しているだろうにと、遠慮なくむっとした表情を作った。糸田は仕方ないという風に肩を下げ、理事の男になにかを囁《ささや》く。そしてお先にと挨拶をして糸田が立ち上がったのを見て、実咲は心底ホッとした。

バッグを摑《つか》んで素早く出口へ向かうが、糸田がついてこないのを不審に思って振り返ったら、理事からなにかを手渡されているのが見えた。小さな横長の箱のようなものので、なんだろうと思いながらも、そそくさと店を出た。

糸田が、待て待てと手を挙げて追いかけてくる。実咲は、ひとこと文句を言おうと足を止めると、目の前に四角い箱を突き出された。

『なんですか』

『時計だとさ。あの理事の奥さん、宝石店をやっているんだ。売れ残りだからお裾分《すそわ》けだそうだ』

俺ももらったと、さっき目にした横長の箱を取り出して振った。

『そんな。要りません、わたしは結構です。糸田主任、こういうのっていいんですか？ 係長はご存じなんですか？』

糸田は赤い顔をだらしなく弛める。『別に高級ブランド品って訳じゃないんだし。これくらい構わんさ。向こうもこれで俺らと昵懇《じっこん》になった気でいるんだから』

そう思わせることで、防犯に関する行事や施策に色々協力を求めることもできるし、向こうもそれで警察に恩を売った気でいい気持ちになれるのだから、お互いさまだと言う。

『でも』と納得できない顔をしていると、糸田は目をすがめ、いいからと時計の小箱を押しつけた。実咲は拳《こぶし》を作って体ごとよじって離れた。そのせいで時計の箱が落ち、糸田は面白くなさそうな顔で拾う。ちぇっと舌打ちすると、箱の汚れを払ってポケットに入れ、そのまま背を向けた。実咲は不快な気分のまま、ひとり帰路についたのだった。

糸田の考え方には承服できなかったが、実咲も異動してまだひと月も経たない新人だ。一方の糸田は生安の防犯係として働いてきた経験は誰よりも長く、その存在は他の署にも知られている。広末から『糸田主任から習うべきことは山ほどあるよ。俺らにはわからないやり方でも、ベテランの主任が考えてしていることだから黙って聞いていればいい』と聞かされたこともあった。

翌日、そんな広末が糸田と楽しげにお喋りしている姿を見て、昨夜の飲み会や時計のことを相談する気持ちが萎《な》えた。かといって係長に言えば大ごとになることは、生安にきてまだ日の浅い実咲にもわかる。もう二度と、誘われても行かなければいいのだと決め、知らん顔をする糸田に合わせるように、実咲も仕事だけに集中した。

そんな折、ストーカー事件が起きた。

一人暮らしの女子大生が親に付き添われて相談に現れ、糸田と広末が対応した。もちろん、実咲も自席で耳を傾け、メモを取る。御津雲でストーカー案件はそうないので、瀬戸係長だけでなく、課長も少年係も全員が部屋で耳を澄ませていた。

話を聞けば、相手は知らない人間で、今のところ一方的なメール送信や手紙にとどまっており、駅での待ち伏せが数回で、あとをつけ回したり盗み撮りをするまではないようだった。だが、今後どのように発展するかわからないので、急ぎ相手を特定することになった。

糸田は、相手からのメールや手紙のなかに女子大生が出かけた場所についての書き込みがあったことで、盗聴器かGPSを疑った。糸田と広末と実咲が女子大生の自宅マンションに確認に出向いて調べたが室内に問題はなかった。女子大生は軽四輪車をマンションの駐車場に置いており、休日にはよく使うということから隅々まで点検したところ、家電量販店で売っているようなGPS機器が見つかった。

マンションの駐車場の防犯カメラを調べ、それらしい人物が車に近づく姿を見つけた。背中を向けているので詳しい人相はわからない。広末と実咲を署に先に戻らせた糸田は一人でどこかへ行き、帰ってくるとマンションの周囲にある店やパチンコ店の防犯カメラの映像を差し出した。

それからが早かった。パチンコ店の裏にある景品交換所を映すカメラに、同じ服装の男の姿があり、顔もはっきりと見分けられた。パチンコ店で聞き込みをしたり、プリントした写真を持って男の目撃者を捜し回ったりした。間もなく、女子大生に一方的に思いを寄せていた失業中の男が判明した。任意同行をかけ、署で説諭し、一旦は近づかないことを了承させたが、その後も待ち伏せを続けていることがわかり、再び任意同行。映像を見せ、女子大生の車にGPS装置を付けただろうと問い詰めたが頑として認めず、車に興味があってあちこち覗《のぞ》いて見ただけだと言う。そうなるとすぐにストーカー規制法違反で逮捕という訳にはいかない。

糸田は奥の手を考えた。マンションの駐車場の敷地内に関係のない人間が無断で侵入したこと、及びそのときの映像で花壇を踏みつけていることが判明したため管理会社に告訴状を出させたのだ。糸田が主となって男を取り調べ、住居侵入、器物損壊で書類送検した。恐らく罰金程度の罪にしかならないだろうが、そのことを疎明資料とし、裁判所で女子大生には近づかないという仮処分を出してもらった。今後、少しでも男の姿を見かけたらすぐ一一〇番する旨を女子大生に念押しし、しばらくは交番員などによる巡回をするということで一応の解決を見た。

実咲は糸田の実力を目《ま》の当たりにし、広末の話したことはこういうことかと理解した。ただ、なにか釈然としないものが残った。糸田はなぜ、防犯カメラを探しに行くのに広末や実咲を連れて行かなかったのだろうか。

それからひと月ほどして、実咲は広末と共に管内の風俗店を回った。立入調査をする際のやり方を教えられながら、店の規模や施設の状態をチェックするという程度のものだった。パチンコ店もいくつか回った。そのうちわざと外している店があることに気づいて尋ねた。

『そこは糸田主任が担当しているから』と広末。

怪訝《けげん》な表情をしていたのだろう、更に『勝手なことをしたら気を悪くされる。主任に任せて俺らは関わらない方がいい』と言った。広末らしくない突っけんどんな口調で、自分自身に言い聞かせているかのようだった。なんとなく、防犯協会の理事からの接待が思い浮かんだ。

実咲は広末の言葉が気になって当直の夜、こっそりパチンコ店の許可申請のファイルを確認してみた。申請する際に記載したものと、実咲が休日に客としてパチンコ店に入って実際に見た台の型式や数に差異があるのに気づいた。無認可で設備を変更していれば風営法違反となり、更に、台の釘を不正に広げていたりしたら、行政罰だけでなく刑事処分の対象にもなる。決して看過できない事案だ。糸田のパソコンのなかを見れば、もっとはっきりわかるだろうが、さすがにそこまでするのは気が引けた。

他に確かめる方法となると、本人に訊くしかない。実咲は思い切って、届けにない台や機材が置かれているようですがと問うた。糸田は拍子抜けするほどあっさり認めた。むしろ、なにをそんなにいきり立ってんだ、というような顔つきで実咲を見、口元を弛める。

『風俗店てのは、多かれ少なかれ違法なことをしている。それをいちいち目くじら立てて暴《あば》いていたんじゃ警官が何人いても足りゃしない。他の仕事ができなくなる。だから多少は目こぼしする。そのお陰で、連中も俺らの捜査に協力してくれるって訳だ』

以前のストーカー事件のことを言っているのだとわかった。あのとき、多くの店舗からすぐに防犯カメラの映像を提出してもらえたから、ストーカーを特定できた。

『ですが、その替わりに利益を受けるのはどうかと思います』

『利益？』と眉を寄せて睨《にら》むような目をした。そしてすぐに、ああ、と納得する声を上げて『地域安全運動の時に、協会の理事から渡された時計のことか』と笑う。あんなのは利益と言えるほどのもんじゃない、と肩をすくめた。それなら、一体、どれほどのものを受ければ賄賂《わいろ》になるというのだろう。

他にも、風俗店の巡検の書類に糸田一人の確認印しかないものがいくつかあるが、それはどうなのだと尋ねた。本来、確認は二人でするものだ。糸田一人では、違反があったとしても処理したのか説諭したのか判然としない。実咲の言葉に糸田の表情が一変した。眉をぴくぴく痙攣《けいれん》させ、いい加減にしろと唾《つば》を飛ばした。『入ったばかりのお前になにがわかる。ここで一人前になりたいんじゃないのか』

思わず実咲は、一人前になるのに目こぼしやお酒を奢《おご》ってもらう必要があるのですか、と口答えしてしまった。今思えば他に言いようがあっただろうと思うが、その時には感情が先走って頭が回転しなかった。

糸田はすうっと大きく息を吸い込むと、これまでに聞いたことのないような暗くぐもった声で、わかったよと言い、更に『黙って働いていりゃ、生安のひと通りを教えてやったものを』と吐くなり背を向けた。

それ以来、糸田は実咲に対し、いないも同然のような態度を取った。

課長や係長のいる時は露骨なことはしないが、上司がいないと途端に乱暴な口をきき、仕事からはじき出すような真似《まね》を平気でした。

少年係の主任や巡査らは、古参の糸田を恐れてか見て見ぬ振りだし、同じ防犯係の広末に至っては、『早く謝った方がいい。言われたことだけやって、やり過ごしていればいいんだ。そのうち異動もあるし』と囁く始末だった。

最初は実咲も懸命に堪え、自分は間違ったことは言っていないと萎えそうになる気持ちを鼓舞した。それからも資料を汚される、打ち込んだパソコンデータがいつの間にか消えている、そんなことがしょっちゅう起きた。どれもはっきり糸田がやったことだとは証明できないから、黙ってやり直した。そんな実咲を見かねたのか、広末がこっそり手伝ってくれることもあったが、糸田がいるときは知らん顔で目も合わせない。

これくらい大したことではない、そのうちなんとかなると頑張ってみたが、生安課での居心地は増々悪くなるばかりだった。

冬になっても変わらない。機動隊の合同演習の視閲を行ったころは、更に酷くなっていた。

大事な防犯会議の時間を知らされず大勢の前で恥をかいたこともあった。係長から預かった資料が勝手に処分されて、実咲の落ち度だとみなの前で責められたことも。違法に風俗店の営業がなされているという通報があって、内偵調査に出向いたのに張り込み場所に置いていかれたこともあった。一人で電車を乗り継ぎ、署に戻るとみな帰宅したという。当直をしていた少年係の人に聞いたら、糸田主任が実咲は具合が悪くなって早退したと報告していたと聞かされた。

今日一日頑張ろうと思える朝もあれば、起きるなり「無理なのかな」そう独り言を呟く朝もあった。夜、眠ろうと目を閉じると、足元が崩れて下へ下へと落ちてゆく感覚に襲われる。思わず目を覚ますが、体は汗に濡れ、動悸《どうき》が激しく打つ。そんなことを繰り返していたら、あるとき体重が六キロ落ちていることに気づいて、実咲は寮のトイレで激しく吐き戻した。

このままではいけない。今のこの状態を抜け出すためにどうすればいいか、そればかりを考えるようになった。

同期で、同じく女性機動隊のメンバーである後藤翔子に、視閲で会ったときに相談しようと思っていた。具合が悪そうなのを気にかけられたときは、なにもかも話そうと口を開けかけたが、結局、言えなかった。

自分は密告をしようとしている。心のどこかに、そんな引け目があった。同じ警察官で、同じ生活安全課で、しかも相手は誰もが一目置くベテラン主任なのだ。実咲が一体、生安の、防犯の、なにを知っているというのか。やっぱり自分の方が悪いのではという気がしてきた。

この間、先のストーカー事件で被害にあった女子大生が、つつがなく暮らしていると知らせにきてくれた。その感謝に満ちた笑顔を見て、いっそう自分の考えが揺らいだ。事件を解決するための証拠や協力を得るのに、なにを躊躇《ためら》うのか。重箱の隅をつつくような真似をして、困っている被害者を危険にさらす方が余程罪ではないのか。人を救うために警察はあるのだ。広末と同じようにしよう、少々のことは見て見ぬ振りをしよう、そう決心をしても、翌日にはまた迷う。そうやって、実咲はどんどん自分を追いつめていった。

「出動ですか」

午後から署の倉庫で資料整理をし、部屋に戻るなり、係長から言われた。

「ああ。今さっき機動隊から連絡がきた。女性機動隊にも招集がかかったらしい。準備して裏門の外で待機するように。迎えのバスが順次隊員を拾っているそうだ」

「わかりました。なにが起きたんですか」

「どうも山中で迷子が出たらしい。こんな冬の山に家族で出かけていたそうだ。そこで五つになる幼児がいなくなった。機動隊も出動して、ローラーをかけるんだと」

「それではすみませんが、行ってきます」

「ああ、ご苦労さん」

机の上を片付け、糸田主任にも頭を下げる。

「すみません、主任、しばらく席を外します」

糸田はパソコンの画面を見たまま黙っている。実咲ははす向かいの席の広末にも挨拶をし、急いで部屋を出た。

出動服に着替え、出動帽を被り、マフラーを巻く。プロテクターなど必要な備品を鞄に入れて携える。更衣室を出ると一気に階段を駆け下り、裏の駐車場から外へ飛び出した。歩道に立って首を左右に振ったところで、角を曲がってバスが向かってくるのが見えた。

すぐに乗り込み、香取小隊長と小杉主任に挨拶をし、奥の席に腰を下ろす。隣には後藤翔子が座っていて、資料を手渡してくれた。

女性隊員全員のピックアップが終了したところで、最前部に座る香取から説明がなされた。

「本日、午前十一時四十分、大吹山《おおぶきやま》の山中にて、水島郁也《みずしまいくや》、奈央《なお》夫妻の長女、水島真湖《まこ》さん五歳が行方不明となった。水島一家は真湖さんの弟を含め四人家族。大吹山へハイキングに出かけて岩ケ洞《いわほら》と呼ばれる岩石群の側でお昼のお弁当を食べようと準備していたところ、真湖さんの姿が見えないことに気づいた。すぐに付近を捜索したが見つからず、午後零時五十五分、一一〇番通報が入った」

その後、管轄の警察署の署員らが捜索したが発見に至らなかった。付近一帯は巨岩が重なりあっており、隙間や空間があちこちにあるため、大がかりな捜索が必要と判断。すぐに本部へ打診し、機動隊の出動が決定された。

登山道の入り口にある駐車場にバスが停まる。

機動隊の一個中隊が先着しており、三頭の警察犬が活発に動き回っていた。中隊長の下、既に捜索範囲や手順についての指示が始まっているようだ。香取を先頭に下車し、その場で図面を手渡され、説明を受ける。

大吹山には携帯電話の電波が入らないエリアがあるため、無線機が配布される。女性隊員は二名一組で行動するので、実咲と組む翔子が所持することになった。駐車場にテントが張られ、テーブルや無線機やパソコンが置かれ、警備本部が作られる。

小杉から号令が発せられた。

「女性機動隊員整列っ」

実咲らは素早く集合し、二列横隊に並んで香取に向き合う。

「小隊長に敬礼っ。直れっ」

香取は小さく頷き、指示を出す。

「では、これから不明女児の捜索を開始する。女性機動隊員は、岩ケ洞から少し離れた山中を受け持つ。二名一組、声をかけ合いながら、互いの姿を視野に入れつつ、また無線連絡を聞き逃すことのないように周到に捜索すること。そして」

香取は十人の女性隊員をひと渡り見回し、大きな声で告げた。

「我々警察官にとって最も必要とされることは、正しい判断を下すこと。決断し、実行するためには、その前提として間違わないということが大事。大したことないという誤った判断が、後に重大な手がかりの見落としになりかねない。隈なく見、よく観察し、よく考え、判断するように。勝手な思い込みはしてはならない。なにがあろうとも、慌てることなく冷静に、その時その場でもっとも正しいと思われることを選択しなさい、いいわね。では、受傷事故防止に務めながら、捜索開始っ」

一同、大きく返事をして、山のなかへと入った。

正規の登山ルートを外れた場所を捜索するから、歩くのに難儀する。その上、手にある警杖《けいじょう》で枯れ木や草むらをかき分け、女児の手がかりを探しながらのローラー作戦だから、なかなか進まない。葉を落としていても樹々が密集しているため、頭にかかる枝を常に払いつつ歩く。傾斜角度がきつく、少し登っただけで息が上がった。

時折、立ち止まっては真湖の名を呼び、耳を澄ませ、また進む。始めて三十分を過ぎるころには汗だくとなり、なかには警杖を杖替わりにしている者まで出てきた。

それでも最も疑われるべき、巨岩が固まるエリアを男性機動隊員が受け持っているから、まだマシと思わなくてはならない。実咲は行ったことがなかったが、同じ女性隊員から聞いた話では、相当な数の裂け目や空洞が広範囲にあるらしい。岩が重なっていてトンネルのように潜り込めるから、子どもらには格好の遊び場になっている。深さもなく隙間に落ちたとしても即命《いのち》の危険にさらされるものではないようだが。

実咲は空を見上げた。鉛色の雲が広がっている。昼にはあった陽の光もかき消された。既に、行方不明になって三時間が過ぎる。

今年の冬は雪が少ないらしいが、それでもいつ降ってもおかしくないだけの空模様だ。気温も朝から大して上がっていない。このまま夜になれば、かなりの冷え込みが襲うのは間違いない。もし、岩の隙間に迷い込んでいたなら、暖を取ることも叶わず、幼い子どもは夜明けまで耐えられないのではないか。巨岩エリアを捜索する部隊も、きっと焦《あせ》っていることだろう。

そう言うと翔子も不安そうに首を振った。立ち止まって水分補給し、汗を拭う。無線機に耳を傾けるが、特段の連絡は入ってこない。なんとしても見つけようと互いを励まし合い、再び、警杖で草むらを探りながら斜面を歩き始めた。

更に、二時間が過ぎようとしていた。

陽は傾き、大吹山の西側が朱に染まってゆく。反対側では、雲の色が濃くなり、麓《ふもと》を走る道路の街灯が点《とも》り出したのがわかった。

「陽が落ちたら、一旦、警備本部に戻ることになるかな」と同じ方向を眺めていた翔子が言う。

「二次被害に遭う訳にはいかないけど、ぎりぎりまで粘るんじゃない」

「だよね。深夜までには見つかって欲しいよ。気温ヤバイし」

翔子が、捜索の途中でなんども自分の携帯電話でウェザーニュースを確認したという。

「未明には、気温マイナス1℃まで下がるって。山あいは雪になるかもしれない、あれ？」

「なに？」

「駄目だ。もうこの辺だと電波が入らない」

「そう」

翔子は、腰にぶら下げた無線機に目をやり「早く、発見の報告を聞かせてください」と肩口の送話器を手で撫《な》でさする。

「帰隊の命令が出るまで、とにかく捜そう、翔子」

「了解」

それから三十分もしないうちに、まるで天から落ちてきたような闇《やみ》が周囲を覆った。一帯が薄青い膜に染まる。近くにある樹々や人の姿は判別できるが、少し離れるとなにかの影があるとしかわからない。腰に付けた小型の懐中電灯を手に取ろうとしたとき、翔子の上ずった声がした。

「どうしたの」

「見て、これ」

地面に屈み込む翔子の側へ行く。警杖でかき分けた草むらのなかに、白っぽいものが落ちている。翔子が手に取り、「これ手作りじゃないかな」と言った。実咲はすぐに手渡された資料をめくる。

真湖の写真と共に、不明時に着ていた服装の詳細、持ち物の記載もある。そのなかに、母親の手作りの小さなポシェット風のものを肩からはすかいに掛けているというのがあった。色はサーモンピンク。翔子が見つけたものを改めて見ると、小さな袋状のものに細い紐が付いており、それが途中で切れている。かなり汚れてはいるが、長く放置されたような感じはしない。

「もしかしたら」

「色が違う気がするけど、どうだろう」

行方不明になった場所から相当離れているから、正直、違うと思う。それでも。

『勝手な思い込みはしてはならない』

香取の言葉が耳に蘇《よみがえ》る。

「間違っているかもしれないけど、念のため、本部に連絡しよう」と実咲は言った。翔子も「だよね」と頷く。

少し離れたところから、同僚の二人が様子を気にして声をかけてきた。不明女児が持っていたものに似たものが発見されたと叫ぶと、慌てて駆け登ってくる。

無線発報しながら、翔子もその二人の方へと歩いて行く。実咲はとどまって周辺を見回した。五歳の女児が、巨岩エリアから傾斜のきつい道を登ってここまでくるのは無理だろうと思う一方で、もしかしたら近くにいるのではと急《せ》く気持ちで動き回った。樹々の途切れた場所まできて、更に足を踏み出す。

暗くなっていたのもあったが、手がかりらしいものが見つかった興奮から、うっかり警杖で地面をさぐるのを忘れた。草で足が滑ったと思ったら、踏み堪《こら》えようとした反対の足が空を切った。

「あ」という声が出たが、離れた場所で無線に集中している翔子らには聞こえなかっただろう。実咲はそのまま、斜面から転げ落ちた。

なにか固いものにぶつかった瞬間、体が宙に浮いた気がした。そしてすぐに左右から殴られているような衝撃を受け、勢いよく叩きつけられる。

呻《うめ》く声をひとつ吐いて意識を失った。


目を開けると、全身に痛みが走った。真っ暗で目を開けているのかどうかさえもわからなくなる。手を突いて半身をゆっくり起こしながら、何度も瞬きを繰り返す。じっとその体勢のまま、目が慣れるのを待った。やがて物の形が黒く浮かんできた。ぎゃっと、思わず声を上げた。すぐ側でなにかの気配がしたのだ。獣だろうかと一瞬、体が強張る。

弱弱しい泣き声がした。

実咲は驚きと共に、かっと目を見開いた。地面に尻をついて座り込む形に変えると腰を探って懐中電灯を取ろうとした。ない。恐らく、転げ落ちたときに落としたのだろう。慌ててズボンの後ろポケットに入れていた自分の携帯電話を取り出す。幸い、壊れてはいなかった。電灯に替えて、目の前の暗がりに当てた。

子どもが座り込んで、泥だらけの顔を眩しそうにこちらに向けている。

「真湖ちゃん？　水島真湖ちゃんね？」

呼ぶと、微かに頷いた。大きな安堵が実咲の胸を覆う。

「良かった。無事だったのね。どこか怪我していない？　痛いところない？」

真湖に手を伸ばして、破れたズボンの膝に触れると、一瞬、ぴくりと震えたが、すぐに立ち上がって実咲の方へと飛び込んできた。胸の前で抱えると、声を上げて泣き出した。

「大丈夫、もう大丈夫だからね。すぐにママのところに帰れるからね。真湖ちゃん、本当に痛いところない？　おねえさんに教えてくれる？」

しがみついた胸から顔を離し、小さな指で自分の顔と肘を指差す。灯りのなかでよく見ると擦り傷がいくつもあったが、出血は既に止まっているようだった。全身隈なく触ってみたが、打ち身はあるが骨が折れている様子はない。

実咲は大きく息を吐いた。その途端、背中から膝まで電気ショックを浴びたかのような痛みが走った。子どもより、自分のほうが余程重傷のようだ。苦痛に顔を歪めながら、携帯電話の灯りで周囲を照らす。

「なにこれ。深い、井戸？　まさか」

こんな山中に井戸があるなど聞いていないし、想像もつかない。大吹山には巨岩がより集まっている箇所がいくつもあるから、この辺りもそうなのかもしれない。ばらばらの大きさの石が積み重なり、でこぼこしながらも三メートルほどの深さまで縦穴状に隙間が広がっている。実咲は、その出っ張った石に次々と当たりながら落下したという訳だ。擦り傷だけで運良く骨は折れなかったが、目や頭に当たっていたら命にかかわっていたかもしれない。

実咲のいる底は、直径二メートルくらいのスペースがあるが、上に行くほど狭くなっているようだ。それが長い年月で土や草に覆われ、見えなくなったのか。穴の入り口を塞いでいた土が雨などで柔らかくなったところに、タイミング悪く真湖が歩き、崩れて落ちた。そこへ今度は、実咲が滑り落ちたということだろう。

「誰かぁー　内野はここにおりますー　誰かいませんかー　翔子ぉー　小杉主任ー」

壁を支えに立ち上がり、空に向かって大声を出した。

声を上げたあと、しばらく耳を澄ます。それを何度も繰り返し、携帯電話の灯りを上に向けて翳《かざ》した。

応答がない。腕時計を見ると七時を過ぎている。頭上は完全な暗闇が蓋《ふた》をしており、どこまでが穴なのか、どこから外なのか見分けがつかない。

翔子が、女児の手がかりらしいものを発見したのが五時過ぎで、その時点で周囲はもう暗かった。実咲が消えたことはすぐに知れただろう。本部に報告し、実咲の捜索も始まった筈《はず》だ。

それから二時間近く経過しているのに発見されないのは、ここが余程見つかりにくい場所ということかも知れない。足が空を切って、崖のようなところから斜面を滑り落ちたことを思い出す。はぐれた場所から距離があるのだろう。昼間であればその痕《こん》跡《せき》も見つけられただろうが、夜ともなればそれも難しい。

一旦、地面に腰を下ろし、真湖を膝に抱え直す。幼児の肩からは母親の手作りのポシェットがちゃんとぶら下がっていた。翔子が見つけたものは真湖のものではなかったのだ。真湖と実咲の二人、しかも離れたエリアを二手に分かれて捜索となれば、手も足らなくなる。これは時間がかかるかもしれないと思った。

夜が更《ふ》ければ、捜索は一旦打ち切りということもあり得る。氷点下になってもおかしくないこの季節に、ただでさえ冷えている穴の底で朝まで持ち堪《こた》えられるだろうか。大人の実咲はやり過ごせても五歳の女児は。胸にしがみつく真湖を見下ろした。

「真湖ちゃん、ちょっとおねえさん、立ってみるね。ここに座っていてね」

真湖を膝から地面に下ろし、手を突きながら穴の壁を確認する。古い石が土のあいだから飛び出ている感じだ。濡れた苔《こけ》や草が密集していて、石にも苔が付着している。

それでも、不ぞろいの石が互い違いに出ているから、それを足がかりに登れないこともない気がした。携帯電話の灯りは上まで届かないが、高さがおよそ三メートルという目算はさほど外れてはいないだろう。

手足を動かしてみる。動かすたびに痛みが走るが、骨は折れていないから我慢すればいい。試しに一人で登ってみる。出っ張りに指をかけ、足をしっかり乗せ、力を入れて体を持ち上げる。石を二つ、三つ登ったところで、苔に滑った。雨水のせいなのか、元々なのか、どこもしっとり濡れている。手に怪我はないので、もっと力をかけてしがみつけば、三メートルくらいならいける気がする。

「真湖ちゃん、おねえさんが抱っこするから、しっかり摑まれる？」

五歳の少女は、素直に頷く。

抱えてみた。思ったよりは重くない。胸にしがみついてもらい、ベルトでくくれば落とすことはないだろう。その体勢で少しずつ上って行こう。よし、と気合を入れた。

一旦、真湖を地面に下ろし、ズボンのベルトを抜く。真湖を胸に抱きしめ、両手を背中に回し、ベルトで実咲と結びつける。

「これでいい」

壁を支えにしてゆっくり立ち上がる。真湖は抱っこに慣れているのか、両足を実咲の背に、腕を首に回して、ぎゅっとしがみついた。顎《あご》にかかる柔らかな髪を掌で撫でる。

大きく深呼吸する。

真っ暗な空を見上げた。耳を澄ますが、物音ひとつ聞こえない。風も吹いていないのか、草木が揺れる音もしない。まるで誰一人、地上に存在しないかのようだ。

穴。

これが穴に落ちたということかと思う。世界から隔絶され、置いてきぼりにされたような寂しさ。そして誰にも気づかれないという不安。恐怖。糸田のことでは、今の実咲はある意味、穴に落ちたようなものだ。気づけば誰も側にいない。手を差し伸べる人はおらず、庇《かば》ってくれる人もいない。見渡せば自分一人だけ。穴の暗さよりもなお暗い絶望を味わっている。

「おねえちゃん」

真湖の声にはっと意識を戻し、胸にある幼い顔を見つめた。

「家に帰ろうね、真湖ちゃん。ちゃんと連れて行ってあげるから、大丈夫」そう言って、手を石にかける。足を上げ、滑らないよう何度も踏み直す。

真湖が「おねえちゃんは、お巡《まわ》りさんなの？」と訊いた。次の摑む石を探しながら、

「そうよ。こんな格好しているけど、本物のお巡りさん。正真正銘、正義のみ・か・た」と言った途端、踏ん張っていた右足が滑った。咄嗟に真湖の頭を引き寄せ、ずるずると地面に下りた。ほっとした途端、同時になにかがぐんと胸の奥からせり上がって喉を塞ぐのを感じた。

本物のお巡りさん。正真正銘――そうなのか？　正義の味方とは一体、誰のこと？

『いいんだよ。それが糸田主任のやり方なんだから、俺らは余計なこと言わない方がいい』

広末は投げやりな口調で言った。実咲は唖然《あぜん》としたが、ストーカー被害を受けた女子大生の笑顔が脳裏に浮かぶと反発する気持ちはぼやけ、迷いが深まった。実咲はそれからずっと、その場にうずくまっている。

こんな自分は警察官といえるのだろうか。上《うわ》っ面《つら》の正義感だけで糸田に逆らったものの、そのあとはどうしていいかわからず右往左往するばかり。恐れて、悩んで、ただ便器に吐き戻しているだけだ。穴のなかに落とされたのではなく、自ら落ちて行ったのではないか。這《は》い上がる努力もせず、膝を抱えてとどまり続け、我慢の涙を飲み込んでいる。穴のなかから出たいと思いながら、その術を見つけられず、見つけようともしていない。

『正しい判断を』

警察官に最も必要とされることは、正しい判断をなすこと。決断するためには、その前提として間違わないということが大事。

『なにがあろうとも、慌てることなく冷静に、その時その場でもっとも正しいと思われることを選択しなさい』

香取小隊長はそう教示した。

実咲が決断できないのは、正しい判断ができていないからだ。

ちゃんと判断できたなら、やるべきことは自ずと見えてくる。

幼い真湖は実咲がくるまで、たった一人でこの深い穴に取り残されていた。どれほどの我慢と辛さを強いられていたことだろう。

壁を掴む手を離し、穴の底から真上へと目をやる。でこぼこした岩のあいだから空なのか樹々の影なのかわからない闇が覗く。腕のなかにある幼く柔らかな気配を探った。

冷静になってちゃんと、深く考えよう。ここから脱出するための最善の方法はなにか。正しいやり方を選ばなくてはならない。

実咲は巻いたベルトを外して、真湖をそっと地面に下ろした。そして、胡坐《あぐら》をかいて真湖をくるむように抱える。

「わたしがすべきことは、この石の壁をよじ登ることじゃない」

自分の力でこの子を助ける、そんな思い上がった気持ちを勇気と勘違いした。もし、この壁を登ろうとした挙句、滑って落ちて、大怪我となったら取り返しがつかない。今、無事でいる真湖をこのままの姿で親元に返す、それが最も優先すべき任務ではないか。

穴のなかにいても、暗闇に囲まれていても、差し伸べられる手が今はなくとも大丈夫だ。落ち着いて、そして真っすぐな気持ちで考えるのだ。なにをすればいいか。どうすればいいか。正しい回答は自ずと出てくる。実咲は大きく息を吸って吐いて、言葉にした。

「ここで救助を待つ。それが正しい判断。わたしは間違っていない」

そして自分に言い聞かせる。

「必ず見つけてくれる。香取小隊長も小杉主任も、翔子も他の機動隊員も、みんなわたしと真湖ちゃんを捜している。絶対、きてくれる」

両腕を回して、真湖の温かさを味わう。

「もうちょっとだけ、ここにいようね。お巡りさんと一緒だから大丈夫だよ」

腕のなかで小さな頭が揺れた。

どれほど時間が経《た》っただろう。もったいないからと消していた携帯電話の電源を入れ、時刻を確かめる。そのとき、なにか音が聞こえた気がした。

携帯電話を電灯にして、さっと上に向ける。草木が擦れる音なのか、風なのか、微かだが聞こえた。目を瞑《つむ》って集中すると人の声のようにも思える。遠くで呼び合っているような。

実咲は声を張り上げた。真湖を抱いたまま立ち上がり、上に向かって叫ぶ。そして口を閉じ、耳を澄ませる。再び、声を出そうと顔を上げたとき、暗闇に小さな白い光が二つ見えた。なんだろうと首を伸ばしかけた途端、いきなり吠《ほ》えられた。何度も立て続けに吠えられ、穴の底で実咲は思わず首をすくめる。

「そこかっ」

男性の声がし、犬が引っ込んで、代わりに眩しい光が落ちてきた。

「そこにいるのか」

実咲は、はいっ、と答える。

「内野実咲、水島真湖、共におります。両名共、無事ですっ」

すぐに、待ってろ、という返事があった。聞いた途端、安堵に全身が震えた。真湖をぎゅっと抱きしめる。

「おうちに帰ろう。帰ろうね」

穴から出よう——。今度こそ。

実咲を見上げる真湖の顔には、大きな笑みが広がっていた。


十二月に入ると生活安全課に限らず、どこの課も異様なほどに忙しくなる。歳が押し迫ると様々な犯罪が発生するから、刑事課はもちろん、生安課でも防犯指導や取締の強化をしなくてはならない。いわゆる歳末警戒で、通常の業務に加えてそのための打ち合わせや資料作りもあるから、慌ただしい日が続いた。パチンコ店や麻雀店、ゲーセン、キャバクラなどを見回り、窃盗《せっとう》などの指名手配犯のポスターを貼ってもらい、ついでに店内の巡視もする。その結果をパソコンに入力するのだがなかなか片付かない。

女児が大吹山で行方不明になり、深夜、実咲と共に救出された。その後、病院で手当てを受け、一日休んだ後、実咲は署に復帰した。

係長や広末は、大丈夫なのかと案じてくれたが、大した怪我はしていないのでと笑みを浮かべて席に着いた。糸田にも、ご心配をおかけしましたと丁寧に頭を下げて、すぐにパソコンを起動した。怪訝そうな視線を向けられたが、気づかない振りをして仕事を始めた。

本格的に歳末警戒が始まると毎晩遅くなるから、今のうちに少しでも早く帰れるようなら帰れと指示が飛ぶ。実咲の前でそそくさと机の上を片付けた広末が、鞄を持って席を立つ。ちらりと糸田の席に目をやったあと、「まだ仕事あるのか。手伝おうか」と気にしてくれた。

糸田は終業時間を少し過ぎたころ、野暮用がある、と言ってひと足先に帰って行った。いそいそと帰り仕度する様子を見て、またどこかのパチンコ店や商店街の人らと忘年会でもするのだと思った。

案の定、広末が身を乗り出して小声で教えてくれる。この時期にはその手の飲み会が頻繁にあるらしい。手洗いに立ったとき、あとからでもこいと誘われたけど仕事があるからとやんわり断った、と広末は苦笑いした。だから、早く帰ったことは糸田主任には内緒にしてくれよな、と実咲に頼む。ついでのように、「まだ体が本調子じゃないだろう。帰れば」と言う。

実咲は顔を上げて大きく頷くと、「大丈夫です。あと少し片付けてから帰ります。お疲れさまでした」と答えた。広末は実咲の表情を見て、一瞬、戸惑った顔をしたが、すぐに、じゃと手を挙げると部屋を出て行った。

九時を過ぎて課長も他の係員も全員帰宅した。生活安全課の部屋には今、誰もいない。

実咲は席を立って奥の書類棚に向かう。風俗店の許可申請関係の棚だ。そのなかから、糸田が懇意にしていると思われる店舗をピックアップし、ファイルに挟んだ。

数日後、実咲は署の玄関を入るなり、見知らぬスーツ姿の男性に声をかけられた。本部の者だと言われ、一緒に生活安全課の部屋にくるよう手招きされる。男性警官のあとに続いて二階のドアを潜ると、普段と違う光景に驚き、立ち尽くした。

一番遅く出勤する筈の課長が席にいて、机の上で両手を組んでいる。すぐ横では瀬戸係長が茫然と立ち尽くし、少年係の島には昨日の当直だった係員だけが席にいて、落ち着かない視線をあちこちに飛ばしていた。

そして実咲の席のある防犯係の島には今、総務課の見城《けんじょう》係長と総務係員の姿があった。見城は細身の骨ばった五十過ぎの警部補で、今春、御津雲にきたばかりの人だ。

色が黒いので顔色はわからないが、真剣な目つきで糸田の席に座る総務係員に指示を出している。

どうやら糸田のパソコンを立ち上げているらしい。その真後ろには、御津雲の署員ではない気の強そうな感じの四十代くらいの女性が、画面を覗き込んでいる。警察官だということはわかるが、スーツ姿だから階級はわからない。

実咲に声をかけた警察官がその女性に近づいてなにか囁くと、その人は画面から目を離して、思いがけず柔らかな笑みを浮かべた。

「内野実咲巡査ですね」

「はい」とすぐに答える。声を聞いた見城も目を上げ、すぐに手招く。スーツの女性の側に近づくと見城が、「本部監察室の遠見《とおみ》警部だ。特別監査にこられた。意味はわかるな」と口早に告げた。実咲ははっとし、唾を飲み込んだあとしっかり頷く。そして遠見に室内の敬礼をした。

もちろん意味はわかる。実咲が直接、監察室に連絡を入れたのだから。

遠見は、「驚かせたわね。でも、前もって知らせる訳にはいかないから。調査が済むまで待機していて」と言った。はいと返事はしたが、自分の上司である瀬戸が近くにいる。挨拶しない訳にはいかないと思ったが、すぐに見城が、「他の連中は気にしなくていい。ここにいるのが嫌なら更衣室で待っていても構わないぞ」と察したように言ってくれた。実咲は首を振り、後ろに下がって作業を見守ることにする。

いきなりドアが開き、「お早うございますー」といつもののんびりした口調のまま、広末が入ってきた。そして部屋を一瞥《いちべつ》するなり目を剝《む》き、実咲と同じように硬直した。ドア脇にいた監察室の男性に、「早く入ってドアを閉めろ」と小声ながら怒鳴られる。跳ねるようにして広末は部屋の隅に身を寄せると、課長や瀬戸を見たあと、糸田の机の周辺に屯《たむろ》する人々を凝視した。

またドアが開き、今度は副署長が入ってきた。そして課長を手招くと、瀬戸も一緒に小走りにドアへと向かう。

「監察の聴取は会議室で始める。糸田はいるんだな」と副署長が尋ねる。

「はい。早朝、自宅から監察室の係員が同道してきました。今、別室で待たせています」と瀬戸が低く答えた。

「内野はどうする。会議室に入れるかどうか、ちょっと向こうで本人と話をした方がいいんじゃないか」

名が出たので、実咲は前に出ようとした。そこに遠見の毅然《きぜん》とした声が割り込んだ。

「内野巡査とは、我々監察室だけが話をします。聴取に立ち会うかもこちらで相談して決めます。よろしいですね」

副署長と課長はこくこくと頷き、瀬戸は悄然《しょうぜん》と立ち尽くした。

広末は、今のやり取りで察したらしく、顔を青ざめさせる。やがて糸田のパソコンが起動したようで、監察室の係員が総務係員と代わって席に着いた。そして忙しなくマウスを動かし、色々画面を開いては手元の書類に目を落とし、なにかを確認する作業を始めた。それを遠見もじっと見つめる。

誰もなにもいわない。プリンターから紙が打ち出される音だけが室内に響き渡った。

ふと気配を感じて目を上げると、広末がこちらを見ていた。実咲はなにか言おうと口を開けるが、なにも言えずまた閉じた。

「内野巡査」遠見が呼びかける。

はい、と実咲は一歩前に踏み出して直立する。

「あなたの告発で数日間調査をしました。その結果とここにある証拠で、糸田吉雄巡査部長による便宜供与など職務倫理及び服務規程違反は明らかにできるでしょう。だから、必ずしも聴取に立ち会う必要はありません。どうしますか」

実咲は一拍置いて、はっきり述べた。「いいえ、立ち会わせてください。お願いします」

「わかりました」と遠見も大きく頷き返す。

監察室の職員に挟まれるようにして歩き出した。実咲は背を伸ばし、真っすぐ前を向く。胸のうちで、何度も呟きながら。

ドアを出ようとしたところで、ふいに声が発せられた。広末の声だった。

「わたしの資料からも、糸田主任のパチンコ店数社への関与が証明できます。今、出しますので確認してください」

実咲や遠見にかけた言葉ではない。振り向きかけたが、遠見に促され歩き出す。ゆっくり瞬きをし、口のなかで広末に、ありがとうございます、と告げた。

実咲は、己自身の迷いに決着をつけた。もう一度、胸の奥で呟く。

わたしは間違っていない。

署長官舎

今年の三月三十、三十一日が土日になったのは、もちろん偶然だ。ちょうど良かったなと喜んだのは総務係長で、休日に呼び出される係員にしてみれば、曜日の巡り合わせを恨むしかない。

青いバケツに雑巾《ぞうきん》、モップと洗剤を両腕に抱え、御津雲《みつくも》署総務課総務係の丸野《まるの》篤史《あつし》巡査長は用務員室を出た。交通事故捜査係の部屋の前で当直員と出くわす。篤史が白シャツの袖《そで》をまくって、エプロンを着け、バケツを抱えているのを見て目を丸くした。訊《き》かれる前に言う。

「署長官舎の清掃です」

当直員は、ああ、という風に頷《うなず》き、「ご苦労さん」と笑いながら食堂の自販機の方へ歩いて行った。

篤史は裏口から出て署の駐車場を横切り、敷地の角にある二階建ての一軒家に近づく。家はブロック塀で囲まれており、端に勝手口用かと思ってしまうような小さな門がある。官舎への出入り口はこれひとつだけだ。門扉のすぐ側ではパトカー乗務員が、車にホースで水をかけていた。そして事故係員と同じように目を丸くしたが、なにも言わず篤史が門内に入るのを見送った。

休日の当直は、のんびりしている。

もちろん、警察は二十四時間稼働《かどう》しているが、平日のように一般人がひっきりなしにやってくることがないから静かだ。交番勤務や事故係以外は、まあ概ね気楽な状態と言っていい。パトカーの出動だけはいつあるか知れないが、それでも署員の少ない休日は気持ちも弛《ゆる》むらしい。土日の当直になると乗務員は大抵、パトカーの洗車を行う。時間のかかるワックスがけまでして、普段手入れできないところも磨き上げる。

水音を聞きながら、官舎の玄関扉を開けた。なかに入るなり、奥に声をかける。入ってすぐ右手にある六畳のリビングルームから、総務係長の見城昌夫《けんじょうまさお》警部補が頷きながら出てきた。

「五明《ごみょう》署長は、綺麗《きれい》に使ってくれたから助かるな」

篤史からモップを受け取ると、短い廊下を奥へと歩き出す。

「リビングは掃除機をかけて、窓拭《ふ》きさえやればいいだろう。あとはダイニングキッチンと二階だな。キッチンは最後にして、まず、二人で二階を先に片付けようか」

「了解です」

「今、小田原《おだわら》さんに消臭剤を買いに行ってもらっているから、終わったら撒《ま》くのを忘れんようにな」

「はい」

小田原というのは総務課教養係の女性巡査部長だ。小さい署なので、総務課にある二つの係には係長と係員一人ずつしかいない。見城係長と篤史だけでやる筈《はず》だった官舎清掃だが、二人では大変だろうし、予定もないから手伝おうと名乗りをあげてくれた。たとえ綺麗に使っていたとしても、二階建ての一軒家だ。隅々まで清掃となるとそれなりに手間がかかるから、手伝いを申し出てもらえたことに係長ともども大いに喜んだ。

小田原は既婚者だが、子どもはもう高校生で手がかからない。夫も警察官だが、休みとなるとゴルフの打ちっぱなしに行くから自分も暇なのだと笑っていた。

見城が先に狭い階段を上がり、篤史は雑巾と水を張ったバケツを持ってあとに続く。

二階にある部屋は二つ。廊下を挟んで右手に和室、左手の部屋は耐震補強をするときフローリングに替えていた。

築四十年を超えるこの官舎も、そろそろ改築のときを迎えている。

柄のように馴染んでいる壁や天井の染《し》みなど端《はな》から取る気もないし、古びた絨毯《じゅうたん》もヘタに触れば余計に埃《ほこり》が出るだろう。耐震設計になっていなかったので、取りあえず補強はしたが、そんな程度では震度4ですらもたないだろうと誰もが思っていた。

だからといって改築となると、なかなかすぐにとはいかない。予算の多寡《たか》はもとより、他に急ぎお金をかけたい案件が山積みだ。署長一人が暮らす場所など、あと回しにされる。

「だから、まあ、せめて小綺麗にというか、清潔にだけはしておくべきだろう」

見城はもうそろそろ定年を見据える年齢だが、未だ若手なみのアクティブさを持つ。即断即行の人で、細かな気遣いもするし、上司はもとより署員からの信頼も厚い。御津雲に赴任してまだ一年の篤史にしてみれば、直属の上司がそういう人で正直助かっている。

前任署では留置管理課にいたが、総務課長や係長が厳しい人で、休憩時間でも息を抜くことができなかった。御津雲自体が郊外の小さな署だからかもしれないが、一概に署員みな温厚なようだ。そういう所轄《しょかつ》の署長としてくる人も、まあ、なんというか、やはりそんな感じの人が多いらしい。

五明徳昭《のりあき》署長は細かなことを言わない、物静かな人だ。

総務課総務係と言えば、署長の秘書的な役割を担《にな》う部署だし、そこの末端となれば署長車を運転する役目も負う。どの部署の人間よりも多く五明署長と顔を合わせ、頻繁に口をきく立場にある。勤続七年目を迎え、今年三十歳にもなる篤史だが、さすがに相手が署長となると緊張する。

『穏やかな人だよ』

赴任してすぐ、運転手をすることになった篤史の戸惑う様を見て、見城係長はそう言った。見城係長は五明署長とは旧《ふる》い付き合いらしく、署長は赴任の挨拶《あいさつ》で、『最後となる所属で見城さんと一緒になれたのは良かった』と言ったらしい。小田原からそんな話を聞かされていた。

五明署長は御津雲で二年ほど勤め、今年の三月末で定年退職を迎える。

次の署長への引き継ぎは既に終わっている。昨日の二十九日の夕刻に、署長勇退の簡単な送別の式も行った。花束を持って署を出る姿を見城係長は潤《うる》んだ目で見送り、篤史はいつもより緊張した面持ちで、県警本部へ送るためのハンドルを握った。

新しい署長は四月一日付で赴任する。

本当なら掃除や引っ越し作業などは業務の合間に、用務員さんの手を借りて済ますのが通例だが、今回は土日に当たったせいで人員が取れず、総務課員だけですることになった。

階段を上がって短い廊下の右手の部屋に入る。

四畳半の和室で、雀の絵柄の襖《ふすま》が入った押し入れが一間、庁舎に向いた両開きの窓がひとつ、南側には床の間がある。

見城が窓を開け放ち、春を迎えたとはいえまだ冷たさの残る風を招き入れる。水を張ったバケツを廊下に置いて、まずは掃除機をと篤史は襖に近づいた。

「確か、押し入れにありましたよね」

戸を引くとなかは綺麗に片付けられていて、上の段にはなにもなく、下の段に据え置きらしい小タンスと折り畳みのテーブルだけがあり、横に小さな掃除機が置かれていた。

部屋は言うまでもなく、押し入れのなか、窓の桟にさえ塵《ちり》ひとつない。見城が言ったように、さして手間はかかりそうにないと思った。

部屋だけでなく、五明はいつも身綺麗にしていた。制服のワイシャツにもズボンにも、いつもきちんとアイロンがかけられていた。細君がしているのではない。五明の妻は三年前、癌《がん》を患《わずら》い、亡《な》くなった。気づくのが遅く、入院してから三か月ともたなかったらしい。だから妻女は、夫が昇進して署長となった姿を見ることも、署長夫人として官舎に入ることもなかった。当時、五明は県警本部の課長で仕事に追われ、家に戻っても顔を合わせるのは僅かな時間だったらしいから、病に気づけなかったのも仕方がない。

衣服だけでなく、髪も硬めの整髪料で乱れないようまとめ、夜通し勤務したときでも朝にはちゃんと髭《ひげ》を当たっていた。神経質というほどでなく、単に綺麗好きなのだろう。

掃除機のコードを引き出しながら、五明の柔和な四角い顔を思い浮かべる。穏やかというよりは、拘《こだわ》りのない人と言うのが合っているかもしれない。

署長車を運転している時も、必要なこと以外はあまり喋《しゃべ》らなかった。なにを考えているのかわからないという不安が終始あったが、若い時に運転係を経験したことのある見城係長に言わせれば、それは贅沢《ぜいたく》な悩みらしい。見城は多くの署長と仕事をしてきている。なかにはドアの開け閉めの音がうるさいと文句を言うのや、署長会議の帰りに立ち飲み屋やパチンコ店へ寄り道をしたがる人もいた。大昔のことだが、署長車で家族の送り迎えまでさせようとした者もいるらしい。今ならどれも処分ものだから、さすがにそういうのはなくなった。

敷居の隅にノズルを当てながら、そんなことをつらつら思い出していた。他人の住まいにいると、なぜかそこで暮らした人の来し方をなぞってしまう。畳敷きの部屋には家具らしいものはなく、掃除機がけはすぐに終わった。一旦、コンセントを抜き、向かいの洋間に移る。

こちらは六畳間で、署長の書斎となっている。奥の壁際にワーキングデスクとチェア、中央に小さな丸テーブルがあって、隅に折り畳みイスが六脚立てかけてある。署長以下、副署長と五人の課長が集まれるようにと昔から用意されているものだ。ここでは込み入った打ち合わせや秘密裡《ひみつり》に行いたい会議をするらしい。課長以上の集まりなので、見城も篤史もそれに参加したことがないから、詳しくはわからない。

壁に沿ってファイル棚が据えられ、御津雲署及び管内関連の様々な資料が並んでいる。書類は整然としていて、わかりやすいようにラベルも貼られている。それらは全て五明が暇を見つけてしたようだ。ファイルは新しいものに替えられ、タグも鮮やかな色のものが増えている。デスクの上にはパソコンや固定電話、電気スタンドくらい。業務に関するメールなどもここで受け、送信もしていた。

ここはある意味、小さな御津雲署だ。

書斎の掃除もすぐに終えて、再び和室へと戻る。

見城は窓拭きが終わって、今度は畳に雑巾がけをしようとバケツの側に身を屈《かが》めていた。

篤史も掃除機を置いて、雑巾を手にする。膝《ひざ》を突いて奥から拭き始めた。

「おい、畳の目に沿って拭くんだぞ」

「え。あ、はい。なるほど」

「ま、こんな古びた畳じゃ、ちょっと拭いたくらいじゃどうともならんが」

確かにイグサが切れてところどころ飛び出ているし、縁も薄汚れ、縫着糸《ほうちゃくいと》が浮き上がっている。

掃除機の音がなくなると、部屋は静けさに満ちた。庁舎の方からも、今日は当直員しかいないせいか話し声ひとつ聞こえない。そんななかで、男が二人黙々と畳に向き合っているのも妙な具合だ。気づまりのように感じ、篤史は署長のことを話題にした。

「去年の秋の署長会議が終わって、帰る時だったんですけど」

見城の動きが止まり、ちらりと篤史を見やるがすぐにまた手を動かし始めた。耳は篤史へと向いているようだと思ったので話を続ける。

県警本部からの帰り、署長車でいつもの道を走っていた時だ。路地から子どもを乗せたママチャリが出てくるなり、一時停止もせずに車道の左端を走り始めた。署長車で事故を起こすことなど絶対に許されないから、篤史も細心の注意を払っている。咄《とっ》嗟《さ》にスピードを落とし、自転車を先に行かせて事なきを得た。だが、署長はそのまま見過ごせなかったのか、後部座席から、注意しようと言った。

篤史は自転車に追いつくと、軽くクラクションを鳴らして助手席側の窓を下ろし、警察です、と声を張った。署長車は一見すると普通の車に見えるが、内部には赤色灯も備えているし、マイクもある。篤史はそれらを使わず、自転車の母親を呼び止めた。車を降りると、署長も出てきて恐縮した表情を見せる母親に自ら声をかけた。

『道幅が狭い上に交通量の多いところでは、車道でなく歩道を通行して構わないんですよ。自転車がみな必ず車道を走るよう決められた訳ではないんです。ややこしい法律にしてしまって申し訳ない』

それだけ言うと篤史に車を出すように指示した。とくとくと説諭なり注意なりするかと思った篤史にしてみれば拍子抜けだった。ルームミラー越しに、あの母親は守ってくれるでしょうかと話を向けてみた。五明は窓の外を見ながら『守っても守らなくても、あの人の人生だからね。ただ、知らないのなら教えるべきだと思っただけだよ』と言ったのだった。

「そのときは、クールな人だなと思いました」

見城は四つん這《ば》いになりながら、腕を左右に振って丁寧に畳の目を雑巾でなぞっている。つまらない話をしたかなと口を閉じると、ふいに声がした。

「達観というと大袈裟《おおげさ》だが、五明さんは、流れに任せて浮かんでいる船の上に乗っているような雰囲気があったな」

いきなりな言いようで、ちょっと驚いた。

「船ですか」

意味がわからなかったので問い直そうと思ったが、見城はさっさと部屋の半分の畳を拭き終わり、バケツへと近づく。篤史もすぐに作業に戻る。見城はバケツに雑巾を放り入れると、ひと休みという風にその場で胡坐《あぐら》を組んだ。

以前ならこの辺で煙草を吸うところだ。だが今は署内が全面禁煙となって、見城も煙草は止めたと言っていた。畳を拭き終わって立ち上がった時、「丸野」と呼ばれた。

「はい」

「押し入れのなかも拭いておけよ。荷物は全て運び出したから、五明さんのものはなにもない筈だ」

「わかりました」

さっき掃除機を取り出した押し入れだ。襖を開けて上段の板を雑巾で拭き、下段へと身を屈めた。下には折り畳みのテーブルと小タンスがある。床を拭き、小タンスの引き出しを上から順に開けていった。元々置かれていたもので、署長が替わるごとにそのまま引き継がれて使用されている。古びてはいるが材はしっかりしたものらしく、ぱっと見、さほど傷《いた》んでいる風はない。濃い茶に艶《つや》が出て、味のある古民具に見える。引き出しは三段で、上の二つは空っぽで雑巾をかけるほど汚れてもいなかった。一番下の引き出しだけが開け辛く、力を入れてようやくカタカタと乾いた音を立てた。

「うん？」

篤史は引き開けると同時に、手前へ転がって出てきた小さなプラスティックケースを手に取った。指輪ケースくらいのサイズでしっかり封ができるようになっている。透明なケースのなかには真綿のようなものが密に詰め込まれ、その中央に小さな黒い木片のようなものが沈んでいた。キャッチクリップの留め具を外そうとしたが、固くてなかなか押し上げられない。長く閉められたままであったのだろう。大事なものかもしれないと思ったが、署長に問い合わせるにもそれがなにか確認してからの方がいいと漠然と思った。なんとか開けて、そっとその木片を手に取る。持った瞬間、木材でないことが知れた。握ればもろく壊れそうな感触、しかもこの形状は——。

浮かんだと同時に思わず声を上げていた。かろうじて落とさなかったのは、落とせばきっと粉々になってしまうだろうと反射的に感じたからだ。

「どうした」

見城が驚いて立ち上がり、側にきて座り込んでいる篤史の上から掌《てのひら》を覗《のぞ》き込んだ。手の中のものを恐る恐る差し出すと、摘《つ》まんでしげしげと見つめる。じょじょにその顔から笑みが消えていく。

それを自分の掌に置き、見城はなおも指先で転がす。

「骨のようだな。ずい分、小さいし、古いな」

そしてぽつりと、人間のものかもしれん、と付け足した。見城ほど長く勤めていたなら、土中に埋められた白骨遺体のひとつくらい見たことがあるのだろう。

「ほ、骨? 人間の? どうしてそんなものがあるんです」

「うーん」

見城は掌の上でゆらゆら転がしながら、小さく呟《つぶや》いた。

「もしかしたら、娘さんのかな」

「あ」

そうか。慌《あわ》てふためいていた篤史の気持ちがすーっと静まる。

五明は赴任時、奥さんが既に病死していたため、たった一人で官舎に入った。必ずしも家族が一緒に暮らす必要はないから、てっきり子どもは別所帯かと思っていたが、見城が教えてくれた。

『娘さんが一人いたが、小さいころ亡くなっている』

僅か十年しか生きられなかったのだ。

『葬儀に参列させてもらったよ。病名は忘れたが難しい病だったらしくてな』

長い闘病の末、新学年の同級生と親しくなる前に逝ったのだと見城は続けた。クラスの何人かが通夜に参列したが、教師や親に言われてきただけという様子がありありとしていた。哀しみもないまま手だけを合わせられるのが却《かえ》って五明夫妻には辛いのではと、胸が苦しくなったと言った。

そんな話を聞いていたので、子どもの話題はなるべく出さないようにしていた。

「では十歳で亡くなったという娘さんの」

そう思うと、なにやら小さな骨が憐れに思える。尻もちをついていた姿勢を正し、正座して改めて見城の掌を見つめた。

「いや、そうと決まった訳じゃない。第一、こんなところに置き忘れるのがおかしい」

「確かにそうですよね。とても大切なものだろうし、あの署長がこんなうっかりなことをするとは思えません」

「うむ」

「でも見た感じ古い骨のようですし、署長官舎にあるのだからやはり」

「そうだな。娘さんが亡くなって二十年以上は経《た》つ。官舎にある以上、疑わしいのは五明さんだ。丸野、すぐに連絡を取ってくれ」

「はい」

尻ポケットからスマートホンを取り出す。署長の連絡先は総務課員なら全員把握している。

「応答がありません。留守電に入れておきますか？」

見城が首を振ったので、すぐに切った。

「少し時間を置いてかけ直してみろ。もうここにこられることはないとはいえ、一応、身分は三十一日まで御津雲の署長だ。連絡が取れない筈はない。携帯から離れておられるだけだろう」

「わかりました」

見城は掌から欠片《かけら》を摘まんで元のプラスティックケースに戻し、それを大事そうに持って出た。見ていると書斎に入って行く。ワーキングデスクの引き出しにでもしまうのだろう。

篤史は再び、押し入れの雑巾がけを始めた。そして二階の部屋が済んで、階段を下りているとき消臭剤を買いに行っていた小田原が戻ってきた。そのまま消臭剤を受け取り、再び二階に上がる。途中でスマートホンが鳴って応答した。五明署長だった。

思わず、「署長」と声を出す。聞きつけた見城が階段の下にきて見上げ、すぐに手を伸ばしてひらひら振る。

「今、見城係長と替わります」

キッチンの片付けを始めた小田原に聞かれないようにか、見城は階段を上がって和室の部屋に入った。篤史もなんとなくついてゆく。

窓の外を向いて耳に電話を当てている見城の背中がせわしなく揺れる。いきなり声が高くなった。

「え。なんですか。どういうことですか。あれはなんの骨なんです？　署長？　署長？」と戸惑うような声音だ。唖然《あぜん》として見つめていると、見城がスマホを返しながら暗い目を向けた。眉間《みけん》に深い皺《しわ》を寄せ、困惑したような表情をしている。黙って待っていると、小さく肩で息を吐いて、「丸野」と呼ぶ。

「はい」

「ちょっと車を出してくれ」

「あ、はい。わかりました。どちらへ行かれるんですか」

「うむ。五明さんのマンションだ」

「署長の？　署長はご自宅におられるんですか」

「わからんが、当たってみたい」

「？」

とにかく急ぐようなので、篤史は駆けて官舎を出、庁舎に入って総務のデスクに取りついた。署長車でもあるグレーの乗用車の鍵《かぎ》と私服のジャケットを握って駐車場に戻り、奥から車を出す。

官舎の前につけると、見城が奥にいる小田原に声をかけて出てくるところだった。玄関の扉を閉めると素速く助手席側に回って座った。

「道はわたしが言う」

「はい」

「丸野、車を降りるときはエプロンを外せよ」

「は。あ」

ジャケットは持ってきたが、エプロンを着けたままだ。見れば見城はワイシャツに私物のカーディガンを羽織っている。

五明署長の自宅は、御津雲署から車で三十分ほどのマンションの一室だ。奥さんと二人でずっと暮らしていた。署長はその任にあるあいだ官舎住まいとなるが、だいたいの人は持ち家があるから、単身赴任のような形になる。五明も休日にはそのマンションに戻り、部屋の片付けなどをしていた。

篤史は行ったことはないが、見城は署長の奥さんが元気なころにはよく訪れていたらしい。手料理を振る舞われ、酒を飲んで泊まり込んだことも少なくなかったと言っていた。

「署長はなんておっしゃったんですか」

「うん？　ああ」

見城は助手席のシートに深く背を沈め、少し考えるようにフロントガラスの向こうを睨《にら》んだ。

「五明さんらしくなかったな」

ハンドルを握ったまま黙って聞く。

「大変なことになるかもしれない。申し訳ないと頻《しき》りに謝っておられた」

「え。どういうことですか」

思わず横を向く。すぐに、前を向いてしっかり運転しろ、と注意される。

「あの骨はなんですかと訊いたら、もうこのままにはしておけない。わたしが終わらせると」

「なんのことでしょう」

「わからん。今どこにおられるのかと訊いても答えられない」

「あの骨はやはり娘さんの？」

見城は首を振った。

「違うそうだ。五明さんは、あの骨は御津雲の秘密なのだ、と言った」

「秘密？　御津雲の？　なんですかそれ」

「さあな。尋ねようとしたら切られた。それきり繋《つな》がらない。呼び出し音は鳴っているから、出る気がないのだろう」

「そんな。いつもの署長らしくないですね。どうされたんでしょう」

「……」

長い付き合いのある見城にしてみれば、篤史より余程気になる筈だ。だからすぐに、自宅を訪れようと思いついたのだ。篤史に運転させたのは、一人残したら小田原に余計なことを言うのではと案じたからかもしれない。

追及してはいけない気がしたが、どうしても口が開いてしまう。

「署長のおっしゃりようだと、なにか覚悟を決めたような感じがしますが」

大変なこと、申し訳ない、わたしが終わらせる、どの語も不穏な気配しかない。

「うむ。だから気になる。あの人らしくない」

そう言えば、流れに任せて浮かんでいる船に乗っているようだと見城が評していたことを思い出す。そのことを口にすると、見城も小さく頷いた。

「娘さんを亡くされて、あの夫婦は酷く哀しまれた。特に奥さんは気の毒で見ていられなかった。五明さんはまだ仕事があるからいいが、奥さんは一人、誰もいない家で夫を待つだけだからな」

もちろん、不幸に襲われたからといって、その後の二人が無為に生きていたというのではない。夫妻は仲が良かったよと、見城は微笑《ほほえ》んだ。一人娘を失った哀しみは消えることはなかっただろうが、それが二人の結びつきを強めたのか、誰が見ても仲睦《なかむつ》まじい夫婦だった。

「ただ、なんとなくあの夫婦は長生きしたいとか、老後を楽しみたいとか、そんなことは少しも思っていないんじゃないかな、と感じたことはあった」

五明が妻を亡くした時は、さぞやと心配して通夜に駆けつけたが、意外に淡々としているのを見てほっとした、と見城は続けた。

「そんな五明さんを見て、ああ、この夫婦は全てを自然に任せるという、ある種の諦《てい》念《ねん》のなかで生きていたのだなと気づいた」

なるほど。それで流れに任せて浮かんでいる船か、と篤史は合点する。

いつだったか五明さんと飲みに行った際、話しておられたなと、見城は遠い目をする。

『見城さん、一生は長いようでも、終わってみればどんな人生もあっという間だったと思うでしょうねぇ。年を経るということは、なんとも奇妙なものですよ』

マンションに着き、駐車場に車を入れた。篤史はエプロンを外し、ジャケットを羽織った。

十階にある五明の部屋のインターホンを押すが、返事はなかった。予想していたのか、見城はさほど落胆していない。すぐに携帯電話にかけてみるが、呼び出し音はしても応答がない。

見城に言われて篤史は両隣に声をかけてみた。幸い、右隣の主婦が出て、警察バッジを見せると五明のことは知っていたらしく、別段不審にも思われず答えてくれる。

「五明さん、ああ見えてアウトドア派ですから。奥さんがお元気なころは休みには決まって外出されていたし、それもハイキングとか山菜摘みとかでね、わたしもワラビなんかお裾分けしてもらったわ。だいたい朝早く出て、戻るのが夕方近くって感じよ」

「今日は会われましたか？」

主婦はちょっと考えて首を振る。外出したところは見ていないと言った。篤史の胸に妙な考えが過《よぎ》って焦《あせ》る。バカバカしいとすぐに打ち消すが、見ると隣に立つ見城の顔色も悪い。

もしかすると、ぼんやりしている場合ではないかもしれない。見城に言われる前にもう一度、携帯電話を鳴らし、ドアに耳を当てた。篤史は大きく目を見開き、見城を見返した。

「聞こえます。微かに呼び出し音が。携帯はなかにあります。なら、署長も」

見城は頰を引きつらせ、低い声で怒鳴った。

「管理人に連絡し、鍵を持ってきてもらえ」

「はいっ」

廊下を走り、エレベータが遠いと知るとそのまま階段を駆け下りた。管理人室の戸を叩《たた》き、警察だと名乗って鍵と一緒に上がってもらう。

すぐにドアを開け、見城が署長？　と呼ぶ。だが返事はない。

部屋はごく一般的な間取りで、左手にトイレやバスルームが並び、右手にあるのは寝室だろう。篤史は唾《つば》を飲み込み、靴を脱いで「五明署長？」と声をかけながら見城のあとを歩いた。

奥のリビングダイニングに入るが、昼間なのに酷く暗い。厚いカーテンが引かれたままだ。見城に言われてカーテンを開け、ダイニングキッチンのカウンターの下まで覗くが、綺麗に片付いているだけで人気《ひとけ》はない。他の部屋も隅々まで確認する。いない。どうやら外出したらしい。

何度もきたことのある見城は勝手を知るらしく、懸命に行先の手がかりがないか探している。

篤史はリビングの一画にある和室の襖を開けた。中央に四角い卓があり、その上に携帯電話があるのを見て、背中が強張った。振り返ると見城も青い顔をしており、近づいて手に取る。そして、五明さんのだと呟いた。

「係長、これは」篤史は屈んで卓の上にあるものに手を伸ばす。

携帯の下に古びた写真があった。あまりに古いせいかボロボロになる前に、ラミネート加工したようだ。カードのようになっている。セピア色どころか、乾いた土汚れのような色の写真で、四人家族がじっとカメラを見つめて立っていた。夫婦らしき男女は、恐らく三十代くらいか。手前に立つ女の子とそれより小さい男の子。全員が晴れ着を着ているから、正月かなにかの記念に撮ったものだろう。カメラを前に緊張しているように見えた。バックに樹木を描いた壁があって外でないのは間違いないから、写真館みたいなところで撮ったのかもしれない。

「署長のご一家ではないですよね。相当古い感じだ」

写真を渡すと、見城は目を細めて見るが、黙って首を傾げた。

「どうしてこの写真をここに置いておられたのでしょう」

「お前はどう思う」

見城に問われて、篤史は拳《こぶし》を口に当てて考えた。

五明は妙な言葉を残して消えた。携帯電話を自宅に置いたまま。それと一緒にこの写真が置かれているのだから、今、起きている五明のおかしな行動と全く関係がない筈はない。むしろ――。

「署長は、我々がここにくるのを承知で残していかれたのではないでしょうか」

見城が軽く目を開く。

「係長なら、勝手に署長の部屋に入っても咎《とが》められない。むしろ入ってくることを前提にして、携帯をここに置いていかれたのだと思います。だとすれば、この写真を見てもらいたかったということです」

「なるほどな。丸野、なら次はどうすればいい」

「それは」

篤史は見城の手にある写真を見て、口を引き結ぶ。ゆっくり顔を上げて言った。

「まずは五明署長を捜した方がいいんじゃないでしょうか。なにを考えておられるのか、なにをされようとしているのかわかりませんが、署長はもしかしたら」

「もしかしたら？」

「止めてもらいたいと思っておられるのかもしれません。いえ」

なにか行動を起こそうとして、まだ迷っているのかもしれない。だから、わざわざ篤史の電話にかけ直して、見城に意味ありげな言葉を残した。自宅の部屋に携帯電話と写真を置いて。

「わたしもそんな気がする。丸野」

見城がラミネート加工されたセピア色の写真を差し出す。

「持っていろ。そして五明さんを捜せ」

「僕がですか？」

「ああ。わたしはひとまず、あの骨のことを調べる」

「え。どうやって」

「ちょっと前まで科捜研にいた男を知っている。今日は休みかもしれないが、大きな貸しがあるから無理にでも調べさせよう。そして万が一」

篤史も見城と同じことを考え、思わず視線を揺らした。

御津雲署刑事課も土曜日だと誰もいない。だが当直担当がいる。事件が起きれば担当に報告し、内容によっては他の係員を緊急呼び出しすることになる。

「万が一、事件性ありとなれば報告しない訳にはいかない。五明さんが大変なことになると言った以上、その可能性はあると思う」

「そうなった場合、係長がうちの刑事課に知らせるのですか」

「事件なら仕方あるまい。我々はそれが仕事だ。ただし、事情がある程度わかったあと、総務課長と相談してからにする。刑事課へ報告するとしても課長ルートでしてもらう。いいな」

「はい。ですが、あの署長がなんらかの事件に関わっているとはとても思えないです。係長もそんな方ではないと一番良くご存じなんじゃないんですか」

「うむ。だから、丸野に頼む。一刻も早く、五明さんを見つけるんだ」

「え、いや、しかし、僕一人では。捜査経験もないのに」

「わたしがフォローする。すぐに署に戻り、五明さんの知り合いをピックアップしよう。それをお前に連絡するから、問い合わせて五明さんの行きそうな所を探すんだ」

「は、はい」

タクシーで戻るという見城を置いて、篤史は車に乗り込んだ。

まずは、五明の家の墓を訪ねる。五明は娘の命日の墓参りをかかさなかったらしい。妻を亡くしてからは更に頻繁に訪れるようになった。ここからそう遠くないと見城が言うので、先に向かった。

半時間もかからず山裾に広がる墓地に着く。お参りにきたことのある見城に教えてもらった、南の角にある五明家のお墓の前に立った。

真新しい花が供えられている。

「やはり、こられたんだ」

慌てて周辺を捜すが、聞いたことのない鳥の声しかしない。

墓を管理する寺の人に聞き込みをし、近くにある店や行き交う人にも声をかけてみた。篤史が以前、スマホで撮った懇親会での写真を拡大し、五明の顔を見せるが、誰もが首を横に振った。

大きく息を吐いて、薄い雲の広がる空を見上げる。額に滲《にじ》む汗を拳で拭《ぬぐ》った。

「総務の僕が刑事の真似事《まねごと》をしたってうまくゆく筈ないよな。なんだってこんなことになったんだろう。今日は官舎の掃除をするだけだったのに」

今更、愚痴をこぼしても仕方がないと肩で息を吐いた。とにかく五明を見つけないことには署に戻れない、それだけはわかっている。

「お墓に参ったあと、どこへ行かれたのか」

篤史は、車に乗り込む前に見城に連絡を入れた。

五明夫妻が仲人《なこうど》をし、家族ぐるみで親しくしていた警官がいる。

その夫婦の子どもに名前をつけたのも五明だった。見城から知らされ、すぐにナビに住所を入れた。

「先方には連絡を入れている。出先だが待っていてくれるらしい。五明さんが行きそうな場所や、彼と二人でいる時の五明さんの様子がどんなだったか訊いてみてくれ」

その警官と五明は、しばしば一緒に酒を飲み、あれこれ話をする仲らしい。少し前にも、勇退の祝いの席を設けて盛り上がり、酒を飲み過ごしたと、五明は見城に話していた。

郊外にある大型ショッピングモールの広場で、葛野《くずの》という四十代の男性警部補がブルゾンにデニムのズボン姿で待ってくれていた。奥さんと子どもはどこかでお茶を飲んでいると言う。

「五明さんになにかあったのか？」

広場にあるベンチに並んで座るなり、怪訝《けげん》な顔で尋ねてきた。篤史は言葉に詰まりながらも「ちょっと緊急の用件で連絡を取りたいのですが、署長は携帯電話を自宅に置いて出て行かれたみたいで」と答える。葛野は納得していない顔をしたが、篤史をじっと見つめたあと小さく頷いた。同じ警官だ。察してくれたようで、思わず軽く頭を下げる。

そして篤史があれこれ尋ねることにも面倒がらず答えてくれた。だが、最近の五明の様子に気になるところはなく、お墓や自宅以外で行きそうなところにも心当たりがないと言う。がっかりしたのが伝わったのだろう。葛野が申し訳なさそうな顔をするのに、逆に篤史が慌てた。フォローするように「署長とは楠見南《くすみ》でご一緒だったと伺いましたが、当時はどんな感じだったんですか」と話を振ってみる。

「そうだな。五明さんは総務課長で、俺は総務主任だった。管内は落ち着いた住宅街が広がる地域で」と言いかけ、表情を曇らせた。声音を暗くして口早に、楠見南でのことは聞いているか、と訊いた。

なんのことでしょうか、と問うと、葛野は少し躊躇《ためら》ったのち「当時、生安課にいた巡査部長が無理心中した事件があった」と言う。

「その話は聞いたことがあります。相手は確か」

「うむ。薬物に手を出した女子高生だ。およそ二十は歳が違ったかな。更生させようと熱心に対応していたのが恋情に変わり、二人の思いが報われることがないことを悲観し、相手を刺して自分も、という顚末《てんまつ》だったが。実際のところは」

葛野は自分の膝《ひざ》をぽんぽんと拳で叩き、空を見上げた。

「五明さんはその巡査部長を可愛がっていたんだ。ちょっと思い込みの強いところはあるが真面目で気のいいヤツだと。総務課はどこの署も玄関を入った受付の近くにある。だから署員の姿を日に一度は必ず目にする。総務課というのは、署内では事務方の総括であり署長と署員を繋ぐ橋渡しの役もあるから、五明さんは常に署員の顔や態度に目を配っていた。その巡査部長の表情に、段々ささくれだったものが浮かんでいくのに気づいたそうだ」

へえ、と声に出さずに感嘆し、すぐに見城係長も毎日署員の顔色を見ているのかな？　と彼の小さい目を思い浮かべる。

「五明さんが声をかけたのは、ちょうど事件が起きる直前、二人がホテルにいた時だった。携帯電話で話していると、その巡査部長が正直に告白したそうだ」

今、女子高生はホテルの部屋でシャワーを浴びている。これからなんとか薬を止めるよう説得するつもりだと言う。五明は混乱した。どう考えてもおかしい。女子高生を更生させるのにどうしてホテルなのか、またどうして個人で対応するのか。すぐに部屋を出て署に戻れと五明は指示した。だが、巡査部長は拒んだ。五明は懇願するようにしつこく尋ねて、理由をなんとか聞き出した。

「その女子高生の父親が、巡査部長の高校時代の運動部の先輩だった。当時は部活内で苛《いじ》めといっていいほどのしごきがあったらしい。そのせいでか、上下関係が歪《ゆが》んだしがらみになって、もう四十になろうかという男を未だに支配していたんだ。そんな父親から娘をなんとか更生させるよう命令口調で頼まれ、終業後も休みの日も徘徊する女子高生を捜し、個人的に接触し説諭を繰り返していた。そのうち、女子高生にせがまれ関係を持ってしまった。そのことが父親にバレて、更に酷い、いや脅迫と言っていいだろう、激しい責めを受けることになった。女子高生を更生させなければ、関係したことを全て暴露《ばくろ》すると脅され、余計に必死になった」

「それで心中を」

葛野は首を振った。「薬で錯乱状態に陥った女子高生がその巡査部長を刺したんだ。そしてあと追い。現場の様子も解剖所見もそのように見えた」

「それなら、無理心中は女子高生のせい、いや、それはもう殺人でしょう。巡査部長は被害者ですよ」

「うむ。だが、父親が娘のせいにするなら、巡査部長のしたことをマスコミにリークすると言った。巡査部長が職務を逸脱し、個人的にその子の面倒を見ていたことは明らかだ。しかも、女子高生と関係を持ったことが類推できるやり取りが、携帯電話に残っていたんだ」

「そんな」

「それらはある意味事実だった」

「だけど、それは女子高生の父親が、昔の関係をいいように使って脅して、無理にさせたことでしょう」

「余計に悪い。昔の苛めの加害者に警察官が利用されていたなど、それこそ信用問題だ。更には生安課のベテランが女子高生に刺し殺されたというのも問題となる。だから、どうしようもなかった。結果、誰もが知る通り、巡査部長が女子高生に恋愛感情を抱き、心中を選んだ、という結論で納めることにした。いずれにしてもこちらには痛手なんだが、世間がどっちの話をより面白がるか、自明の理《り》だよ」

総務課長であった当時の五明が報告書を書き、マスコミにもそう発表した。

「あのときの五明さんは、それはもう、なんと言うのか……」葛野は額を撫《な》でさすり、続く言葉を呑み込んだ。その後、五明が事件を話題にすることはなかったが、ある時葛野にだけ、僅かに思いを吐露したことがあった。

「真実を明らかにすることが、死んだ部下にとって良いことなのかわからなかった。迷うくらいなら、組織の体面を取れと言われて、仕方なく呑み込んだのだと」

あんな苦しそうな顔をした五明さんを初めて見たと、葛野は続ける。

「そんなことがあったんですか」

「ああ。このことを知る人間は少ないだろう。でもな、今でも思い出すんだ。組織にいる限り、組織を守ることは最大使命のひとつだ、と言ったときの五明さんの目はなんだか、妙に静かだった」

葛野の、なにかを言い聞かせるような呟きに、篤史は答える言葉を持たない。

離れたところで、お父さーん、と呼ぶ声がした。目を上げると、モールの出入口で女性と中学生くらいの女の子がこちらに向かって手を振っているのが見える。

「奥さんとお嬢さんですか」

「ああ。仕様がないな。待っていろと言ったのに」

「五明さんが名付け親だとか」

手を振り返す葛野が、篤史を振り返って微笑んだ。

「真生子《まおこ》と言うんだ。真っすぐ生きて欲しいという願いを込めたとおっしゃってね」

いい名前だ、と思った。篤史はポケットからラミネート加工された写真を取り出し、

「あとひとつだけ。この写真に心当たりはありませんか」と訊いた。葛野は手に取りしげしげと見つめたあと、首を振る。篤史は、さっと背筋を伸ばし、頭を下げた。

「ご協力ありがとうございました。お休みの時に申し訳ありませんでした。これで失礼します」

背を向けると葛野が固い声で告げた。

「なにがあったのか聞かないが、五明さんは決して間違ったことをする人じゃない。もしなにかするとしたなら、それはきっと誰かのためを思ってのことなんだ。それだけは信じてくれ」

「はい」

篤史はもう一度頭を下げて、車を停めている駐車場へと向かった。

乗り込んでシートベルトをかけたところでスマートホンが鳴った。見城係長からで、科捜研の知り合いにさっそく調べてもらったと言う。

「子どもの骨に間違いないそうだ」

なぜか驚く気持ちはなかった。けれどそのあとに続く言葉を聞いて息が止まった。

「恐らく親指だ。それもかなり古い。四、五十年は経っているかもしれないそうだ」

「ご、五十年前？」

なぜそんな古いものが。五十年前なら、五明はまだ小学生くらいだろう。そんな年齢でどう子どもの骨と関われるというのだろう。瞬時にセピア色の写真が思い浮かんだ。篤史はポケットから取り出し、少女と幼い男の子を見つめる。二人の指先に目をやるが、真っすぐ下ろした手に十指はちゃんとあった。

電話の向こうで見城は、うーん、と唸《うな》っている。

「いくら科捜研の元係員でも、休日に調べるには限界がある。更に詳しく知るためには精密な検査をしなくてはならないが、それには時間も機器も必要だ。今日明日では無理らしい。ともかく」

見城が唾を飲み込む気配がした。

「丸野、五明さんを見つけてくれ」

見城は、五明のマンションからアドレス帳や今年の年賀状の束を持ち出したらしい。そのなかから、見城も耳にしたことのある名をピックアップして知らせてくれた。まずは警察官を当たる。署長と親しく交わるクラスの職員なら幹部だろうし、休日でもどういった呼び出しがあるかしれないから、電話に出ないことはまずない。篤史は目ぼしい人間に聞き込みをかけたが、全員が五明の所在に心当たりはないと言った。逆に不審がられて、咄嗟に署長の携帯電話が壊れて、代替品を渡そうにも居所がわからなくてと、余計に不審がられる応対をしてしまう。

見城に報告すると、署長はもう勇退されたも同然だからどうってことなかろうと笑われて、安堵《あんど》する。本官以外となると、五明の縁戚《えんせき》や個人的友人ばかりになる。こちらはさすがに連絡の取れる人と取れない人が出てくる。

ようやく、学生時代の友人だという一人と連絡が取れた時には、既に日は暮れ切っていた。一旦署に戻って、見城にこれまで調べたことを報告する。そして帰る途中に五明のマンションに寄ってみるという見城と別れ、篤史は約束を取り付けた五明の友人との待ち合わせ場所に向かった。

別れ際、幹部に知らせて人手を出した方が良くないかと進言した。見城は軽く頷き、そうだな、と言った。

「このまま連絡が取れないようなら、人を出すしかない。だが」と迷うような表情を浮かべる。今日、明日は休日だ。休みになにをしようと署長であっても自由だし、署でトラブルが起きない限りは、無理に呼び寄せる口実もない。

「たとえなにかしら良くない事実が潜んでいるにしても、こんな漠とした状態では、幹部を説得するのは難しいだろう」

「ですが、万一のことが」と言いかけて止める。見城は長い顎《あご》をさすりながら篤史を見つめ、微かに笑んだ。

「五明さんに限って、と言い切れるものでもない。実際、マンションのなかで携帯電話の呼び出し音を聞いた時は、さすがにドキリとした。だが、冷静になって考えれば、やはりその可能性は低いように思う。長い付き合いのわたしの考えではあるが、あの人はそんな生き方をする人じゃないと今も思っている」

「生き方？　ああ、流れに任せる、ということですか」

ふむ、と見城は頷く。それきり話は進まず、篤史も大袈裟なことをしては自分や見城だけでなく、五明までも立場を失《な》くすかと思い直した。明後日には、署長の任を無事解かれて新たな道を歩き出す人に、そんなみっともない最後で締めさせたくない気持ちも湧《わ》いた。

　一人になってすぐ、篤史はＬＩＮＥを入れた。今夜、仕事が済んだら食事に行こうと恋人の淳奈《じゅんな》と約束をしていたが、この分では遅くなりそうだ。明日連絡する、と書き込むとすぐに既読が付き、短く『わかった』とだけ返ってきた。以前にはあったおどけたスタンプがない。追加のメッセージが入るかと待っていたがなにもこず、篤史はスマートホンをしまう。途端に疲れが湧いて出た。髪をくしゃくしゃとかきむしり、大きなため息をひとつ吐く。そしてとぼとぼと歩き出し、約束した場所へ向かった。

　待ち合わせ場所の居酒屋まで道路を渡ればすぐというところにきて電話が鳴った。淳奈かと慌てて応答すると、アドレス帳から探して聞き込みをかけた一人で、御津雲署の署長経験者である穴倉《あなぐら》という人物だった。以前、どこかの所轄で五明と一緒に働いたことがあり、年賀状のやり取りもしていた。今は、小さな警備会社の顧問に収まっている。

「五明とは連絡が取れたのか」

「え、いやまだですが」

「なんだ、まだわからんのか。どうしてだ」

　どうしてと言われても。黙っていると、穴倉はふと思いついたかのような口振りで、署長官舎は点検したのかと訊く。点検？　篤史は「清掃はしましたが」と中途半端に言葉を切った。穴倉は躊躇うような間を置いて「なにもおかしなことはなかっただろうな」と言った。思わず、はい？　と聞き返すと、いやなんでもないと否定する。そしていきなり乾いた笑い声を上げた。

「どこへ行ったのだろうな。明日までには御津雲の署長であるのに困ったもんだ。だがまあ、大したことではないだろう。勇退して気楽になったから、羽目を外しているに違いない。そのうち戻るだろう。あまり大袈裟にするのも、却ってバツの悪い思いをするんじゃないか」

しまいには、「なにかわかったら連絡してくれ」と一方的に言って切ろうとする。篤史が慌てて礼を言いかけると口早に、「前の署長には訊いたか」と遮る。五明の前任者のことか。篤史がまだですと答えると、尋ねろとも言わず、そうかとだけ残して唐突に電話は切れた。

篤史は首を傾げる。自分から電話をかけておきながら、なんとも歯切れの悪い、要領を得ない内容だ。念のため、見城からもらっていたリストを確認するが、前任者の名は見当たらない。

見城が見落としたとは考えられないから、五明とは特段の付き合いがないと外したのだろう。篤史はスマートホンをしまい、少し速足で店に向かった。

五明徳昭の大学時代の友人だという雨宮久信《あめみやひさのぶ》は、陽気な男だった。

菓子屋を営む実家を継いで長く社長職にあったが、昨年、息子に譲って今は悠々自適の暮らしらしい。酒が好きで、なにかと理由をつけては飲み歩いている。篤史から連絡が入って会おうと言ったのも、半分は酒が飲めると考えてのことだったようだ。

店に入り店員に案内されると、隅の席で既にきこしめした顔をしていた。手がかりは期待できないなと気落ちしながら愛想笑いを浮かべた。そんな篤史に頓着する様子もなく、雨宮はビールジョッキを片手にお喋りをする。

「大学の友人で今も付き合いのあるのは俺くらいのもんだ」

自営業ゆえ融通がきいて、予定がいつ変わるかしれない警察の職にある五明とも、無理なく会うことができていた。

「それでも、最近は無沙汰だな。俺の方が引退して暇になったから飲みに行こうと誘ったんだが、あいつは署長になったからな。それももう退職だろう？　そうなったら、泊りがけで遊びに行かないかと話している」

「そうなんですか。では署長と会われたのはもうずい分、前ですか」

「えーと。うん、そうだ、あれは奥さんの三回忌だった。その時会って、それきり」

それなら去年の話だ。篤史はまだ御津雲にはおらず、五明も署長となってまだ一年。やはり大した情報は得られそうにないと、ビールをあおった。テーブルにある料理に箸《はし》をつけ、夕食替わりに少し付き合ってさっさと寮に帰ろうと考える。ふと見ると、雨宮がジョッキを持った手を止め、赤い目を遠くへやっている。

「そういや、あの時、妙なことがあったな」

「え。その三回忌でですか？」

「ああ。法要は自宅のマンションでしたんだ。簡素なものだったが、一応、署長だろ？　入れ替わり立ち替わり結構な数の人が焼香にきていた」

篤史はジョッキを両手で抱えたまま、雨宮を見つめた。

「もちろん、精進落としみたいなものもなしで、みな焼香を済ませると挨拶もそこそこに辞去したよ。俺は、五明と同窓会の話をしようと思っていたんで、キッチンでビールを飲みながら待っていたんだ。マンションだから狭いだろう？」

「はい」

「気づいたら五明の姿が見えないんだ。妙だな、と思って捜した。そうしたらマンションの外の廊下で誰かと立ち話しているんだ」

「誰かと」

「ああ、それも二、三人はいたかな。なんか五明を取り囲むようにして、あれはまるで」

「まるで？」

「うーん、警察官のお宅に言うのもなんだけど、なんだか脅されているように見えた」

「脅されているですって」

思わず立ち上がりかけ、周囲の目が向いたのに気づいて慌てて座る。雨宮も目をぱちぱちさせて、苦笑いした。

「いや、ちょっと大袈裟だった。声をかけようと近づいた時に、なんだったかな」と頭に手を当てて、しばらく考える。そして、ああ、という風に顔を上げた。

「ぼそぼそ話していたから内容はわからなかったが、一人が口調を強めて、黙っていればいいんだ、というようなことを言ったんだ。それだけが耳に届いて、なんとなく脅されているような印象を持ったんだろう」

「誰ですか、それを言ったのは」

「さあ？」と雨宮は首を傾げたあと、ジョッキをあおった。

「同じ警察官ということは？」と恐る恐る訊いてみる。

「喪服だったし、はっきりと警察官だとは言い切れないけど、なんとなくそんな風に思ったな。ほら、警官って、私服でもなんとなく他の人とは違う雰囲気があるだろう」と屈託なく笑う。

そのあと、雨宮に気づいた五明は廊下を戻り、話していた人物らはエレベータに乗り込んで行ったと言う。

どういうことだろう。いっぺんで酔いが覚めた。

五明が誰かに口止めを強いられていたというのか。去年の話だから今回のことと関係があるかどうかわからない。だが、そうは言っても署長なのだ。署長に対し、脅しまがいの言質《げんち》を吐くなど通常ならあり得ない。五明はなにかトラブルを抱えていたのか。それが今も尾を引いているとは考えられないだろうか。

五明を取り囲んだ数人の男とは誰だろう。まさか、と思いつつも疑いは濃くなるばかりだ。御津雲署の誰かだろうか。胃の奥がきゅっと締めつけられる気がした。

葛野の言葉が思い出される。

『五明さんは決して間違ったことをする人じゃない。もしなにかするとしたなら、それはきっと誰かのためを思ってのことなんだ』

ぼんやりしていたのだろう、雨宮が気遣うように、「なんか余計なこと言ったかな」と囁《ささや》く。慌てて、いえ参考になります、と答えた。それからひとしきり、学生時代の五明のことや雨宮の今の隠棲の話を聞く。

「しかし五明が警官になるって言った時は、俺も含めて仲間連中は驚いたな」

「そうなんですか」

「うん。俺と違って頭は悪くなかったから、大手企業でもいけただろうにと思ったな」

雨宮は、生《なま》、お替わり、と手を挙げ、枝豆を口にしたあと小さく肩を揺らして笑った。

「でもしばらくしてから、あいつらしいなと思い直した」

「警察という仕事を選んだことがですか」

「ああ。大人しそうな顔をしているが、真面目で真っすぐなところがある。熱いと言っていいかもしれない。会うたび、警察という仕事に強い責任感と使命を感じているのがありありとわかった」

篤史は僅かに目を伏せ、だし巻き玉子に箸を伸ばした。そんな人が、今は自ら動くことなく、逆らうことなく、人は人と割り切って流れるように生きている。雨宮も、そのことは気づいていたようだ。

「だが、人ってやつは年を重ねて変わってゆくよな。あいつも、若いころのような一生懸命さが消えて、代わりに世慣れたような、どこか諦念したような素振りを見せるようになった」

いつだったか二人で飲んでいた時だ、と雨宮は遠い目をした。

『雨宮が羨《うらや》ましい』

『どうした五明。警察が嫌になったか』

『そんなことはない。今も警察官を選んで良かったと思っている。ただ』

『ただ?』

『行動するよりも先に考える癖がついた』

『そんなこと当たり前だろう。若造じゃないんだから』

『考えた挙句、面倒はなるべく避ける』

『そうか。ま、それが知恵というものかもしれん』

『ただ、そんな風に考えることが、だんだん嫌でなくなり、案外楽でいいなと思うようになってきた』

そう言って五明は口を閉じ、目を伏せたらしい。雨宮が肩を軽くすくませる。

「俺なんか自営業だから、会社とか組織とかはわからん。だが、そういうもののなかで勤めるということは、色んな変化や失うものがあるのだなと思った覚えがある」

篤史はだし巻き玉子を咀嚼《そしやく》し、そのほのかな甘さを飲み込んだ。


翌朝も、バケツと雑巾を持って官舎へ入った。

一応、まだ清掃の続きだという風に見せかける。日曜日の当直員は、土曜よりも更にのんびりした感がある。駐車場にはパトカーを磨く者もおらず、廊下を歩いていても誰とも行き合わなかった。欠伸《あくび》の音が聞こえそうなほど静かだ。

玄関を入ってすぐのリビングルームで、見城と顔を合わせる。見城はポロシャツにジャケット姿だが、篤史は人と会うことも考え、スーツにネクタイをしてきた。友人に頼んで車の手配もし、今は署の一般駐車場に置いている。

ソファに座って、雨宮から聞いた話をし、穴倉から妙な電話があったことも伝える。見城は頬を撫でさすり、思案顔をした。

「奥さんの三回忌にはわたしも行ったが。誰だろう、気づかなかったな。それと、穴倉さんが前署長の話をしたんだな?」

「はい。それにいやに官舎のことを気にしておられました」

「ふうむ。なんだろうな」見城は腕を組み、「それでどうする」と訊いてきた。

篤史は昨夜考えていたことを告げる。

「前の署長に当たってみようかと思います。確か、室伏厚孝《むろふしあつたか》氏ですよね。二年前に退職され、現在は、大手保険会社の顧問をされ、防犯協会の理事にもなっておられる」

「調べたのか」

「はい。昨夜、寮に戻ってから気になったので。最近のことですからすぐにわかりました」

「よし。お前に任せる。五明さんの居所を知るには、どうもその署長連中が関わるなにかを見つけ出すのが早道かもしれん」

「僕もそう思います」

「室伏さんの連絡先はわたしが調べよう。二年前の退職なら、すぐにわかるだろう」

「お願いできますか。会社か協会に尋ねようかと思ったんですが、係長に相談してからと思いました」

「それでいい。いくら元警察官とはいえ、今は民間で働いておられる。迷惑になることは避けた方がいい。ちょっと待ってろ」

室伏厚孝は、昼前には戻るということだった。

自宅に電話をかけると外出していると言われ、家人に連絡を取ってもらう。二十分ほどして本人からかかってきたのを受けて、見城が面談の申し込みをした。

室伏は急な訪問を迷惑がったが、二年前に署長をした御津雲署の、そこの総務課の係長から直接頼まれては断る訳にはいかんなと、渋々応じてくれた。

「では気が変わらないうちに、すぐに向かいます」と篤史。

「頼んだぞ。へそを曲げると厄介な人だから」

「はい」

篤史は急いで車を出した。

閑静な住宅街の一画にある年季の入った二階家だ。石の門柱には苔《こけ》が生えている。インターホンを押すとすぐに応答があった。

室伏は篤史の顔を見るなり、日曜の午前中はいつもゴルフの打ちっぱなしに行っているのだが、仕方なく早めに引き上げてきたと口をへの字にした。

篤史はすみません、と頭を下げ、確認のため警察バッジを見せる。室伏はじろじろとバッジを見、再び篤史の顔を睨んで、顎を振って上がれと言った。

五明とは全く違うタイプで、丸い体軀《たいく》に丸い顔の割には柔らかさの感じられない雰囲気をまとっていた。刑事畑の人だったからか、小さな目には職を離れて二年にもなるのに、現役のような鋭い冷たさが宿る。

通された六畳の座敷は、庭に面した南向きの大きなガラス戸が明るく、温かい。奥さんに熱い煎茶《せんちゃ》を出してもらって、座布団の上で正座する。襖が閉められた途端、正面から室伏の太い声が飛んできた。

「五明が消えたというのか」

「あ、いえ。そんな大袈裟な話でなく、ちょっと連絡が取れないものですから」

「捜しているということは急ぎの案件が出来《しゅったい》したということだろう。一大事じゃないか」

「いえ、すみません、言葉が足りませんでした。わたしは総務係なのですが、官舎清掃をしていて、ちょっと五明署長に処分を確認したいことができまして、それで捜しているだけでして」

さすがに元署長だけあって、顔色ひとつ変えない。

「わざわざ聞き込みに出向いてまで？　なんだ、その処分を確認したいものとは」

「いや、そんな大したものでは」

「大したものでないのに、確認を取るため捜し回っているのか」

あざけるように口の端が持ち上がったのを見て、篤史の頰は熱くなった。相手は自分より三十年以上キャリアを重ねたベテランだ。ヘタな嘘《うそ》などすぐに見破られる。冷汗が出始めて、さてどうしようかと必死で思考を巡らせていると急に空気が弛んだ。

室伏は立ち上がり、ガラス戸越しに庭を眺め始めた。

「五明とは昔、一度だけ同じ署で働いたことがあった。聞いているか」と振り返る。

「いえ、知りませんでした」

それなら、満更知らない間柄ではなかったのだ。だが、関係者リストにはなかった。つまり、そのとき以来、関係が途絶え、年賀状のやり取りすらしていなかったということになる。そんな思いが表情に出ていたのだろう、室伏は篤史を見て小さく頷いた。

「向こうは期が三つ下で、俺が刑事課強行犯係の係長をしていたころ、主任で異動してきたんだ」

五明が刑事課にいたことは聞いていたが、それほど長くはなかった筈だ。すぐに総務畑に移ったと聞いている。

「俺は翌春には異動したから、一緒にいたのは一年ほどだったが」と言い、「その時のことが根にあって、俺と五明は親しく交わることがなかった。噂《うわさ》でも聞いたことないか？」とまた訊く。

篤史が、いいえ、と首を振ると、室伏は窓の外へ再び向いた。大きな体を揺するようにして息を吐く。

「もう三十年ほど前のことだから構わんだろう。五明にとっては手痛い経験だった筈だ」

篤史は膝を崩すことなく、黙って室伏の背を見つめた。

当時、二十八歳の巡査部長だった五明徳昭は、空きがあったということで強行犯係に入った。前任では知能犯係だったので多少勝手が違っただろうが、所詮《しょせん》同じ刑事課だ。室伏から直接指導を受けたお陰もあって、三か月もすればいっぱしの捜査員になって同僚や部下らともすっかり馴染《なじ》んだ。

ある日、傷害事件が起きた。状況からすれば殺人未遂と取れないこともない。被疑者は借金を断られた若い会社員で、最初から包丁を用意していた節があった。会社の上司である中年男性の胸を突き刺し、逃亡した。現場は住宅街にある一戸建てで、二階にいたという上司の妻が異変に気づいて一階に下りたところ、被疑者が玄関から飛び出すところを目撃した。当時は防犯カメラもあまりなく、ひたすら聞き込みをして捜し回るしかなかった。強行犯係は夜を徹して当たったった。

そんななか、警察犬が妙な動きをした。玄関から犯人の痕跡《こんせき》を追う筈が、駅までのコースをなぞることしかしなかった。それだと犯人の訪問時の臭いなのか、逃亡した際のものなのか判別できない。一応、駅へ逃げたということも考慮に入れ、捜索が始まった。

だが手がかりが全く見つからなかったため、別の視点で考え直すことにした。警察犬の嗅覚を信用してみるということで、被害者の妻の尋問に新たな思惑を加えた。妻は共犯で、被疑者を隠匿《いんとく》しているのではないか。玄関から逃げたというのは虚偽で、被疑者はまだどこか近くに潜伏しているのではないか、というものだ。

その前提で夫婦仲や経済事情など、表向きはあくまで夫妻は被害者というスタンスを取りながら密かに捜査を始めた。五明はそのメンバーを率いていた。

やがて妻に疑惑が生まれた。被疑者と思われる若い社員と妻が個人的に親しくしていたと類推される情報を得たのだ。捜査陣は色めきたった。ひょっとすると妻による殺人教唆《きょうさ》、もしくは共同正犯の可能性がある。ICUに入ったままの被害者からは未だ、なにひとつ証言が得られない以上、五明らは妻の行動確認に集中した。

そして急展開。妻が夫を見舞いに行った病院に、被疑者である若い社員が現れたのだ。妻の側に張りついていた五明らは、男が彼女に近づくのを見て飛び出した。診療時間中の院内だ。患者や見舞客で溢《あふ》れている。刑事らの姿を見た被疑者が慌てて刃物を取り出したものだから、たちまち患者らの悲鳴が上がり、大混乱となった。

「結局、被疑者は逮捕できたが、来院者数人に被害が出た。更には、被害者である夫がＩＣＵのなかで、妻によって刺殺された。とんでもない結末となった」

「やはり妻が犯人だったんですか」

「妻と夫の部下である被疑者は同郷でな。親しく話をしているうち男女の間柄になった。夫婦の関係はとっくに冷めていたらしいが、夫が世間体を気にする人物で離婚には絶対応じようとしなかった。そのため事件当日、思い余った被疑者は愛する女のために別れてくれと直談判しに行ったんだ。包丁は、妻が念のために用意したと言ったが、本当のところ、夫を殺してもいいと考えていたのだろう。修羅場になると踏んでいて案の定、そうなった。妻にしてみれば、願ったりかなったりの展開だった訳だ」

「つまり妻の計画殺人ですか」

「まあ、そう言ってもいいだろうが。俺らが読み切れなかったのは、被疑者と妻が思った以上に深い絆《きずな》で結ばれていたということだ」

「どういうことですか」

「二人は本気だった。病院で被疑者の男が捕らえられたのを見て、妻はもう終わりだと観念した。観念したからこそ、自分も愛する男と同じ罪を犯そうと、自ら夫を手にかけた。俺らはそこまで考えていなかったから、混乱の最中、妻がＩＣＵに飛び込むのを防げなかった」

「しかしそれは」

「ああ。だが、五明にしてみればしくじったと思ったろう。二人の関係に確証を持っていれば、男が妻に危害を加えるとは考えられず、慌てて飛び出す必要もなかった。タイミングを計れたんだ。奥の病棟にでも入ったところで確保に動けば、一般人に怪我はなかった。しかも妻の心情を見誤ったせいで、夫殺害に走るのを止められなかった」

篤史は膝の上で拳を握って、改めて刑事課の仕事の難儀さを思う。

「五明はしょげてたな。てっきり上からお咎めがあると思った。だが、特段の注意も戒告もなかった。むしろ、被疑者二人を逮捕できたのだからと賞まで出そうとしていた。しかし五明は固辞した」

五明さんらしいと篤史は思ったが、話はもっと複雑だった。

早い話が、都合の悪いことには目を瞑《つむ》る、もっと言えばもみ消したのだ。妻と被疑者の関係性に疑いを持っていたことを隠し、逮捕時、妻を捕らえきれなかったことを不測の事態が起きたと誤魔化したのだ。被疑者はあくまで妻を襲おうとしたとし、一般人が巻き添えを被ったことはいかんともしがたく、むしろその被害を最小限にとどめられたのは不幸中の幸いとまで、会見では述べられた。

「五明は納得いかない、自分は処分を受けるべきで、辞職することになっても構わないとまで訴えたが、刑事課長から一喝された」

五明一人の失態では済まされない。組織全体の問題なのだ。お前が処分を受ければ、同僚らも同じ目に遭わさざるを得ない。同僚だけではない、上司も所属長も、この署全体がそしりを受ける。一人だけが泥を被《かぶ》って済むという場所ではないのだ。ここは、そういう場所だということを思い知れ――。

まだ二十代だった五明は憤《いきどお》り、苦悶し、そして唇を嚙《か》んで堪えたのだろう。

篤史の耳には、全く違う事件ながらなぜか、葛野の言葉が蘇《よみがえ》った。

『組織にいる限り、組織を守ることは最大使命のひとつだ、と言った時の五明さんの目はなんだか、妙に静かだった』

総務課長だった時の五明は、大事な部下の事件の真実を闇《やみ》に葬った。苦渋の選択だっただろうが、そこにはもうある種の諦めがあったのではないだろうか。勤めるほどに積み重なる、組織に抗《あらが》えないという無念の気持ちが、五明の目に冷たい静寂を宿らせた。

「御津雲の新署長として引き継ぎにやってきた五明は、あのころとはずい分変わっていたな」と室伏は落ち着いた声で言う。「刑事に嫌気がさし、他の部署に移りたいと強い希望を出したところまでは聞いていたが、その後は一度も顔を合わすことがなかった。久し振りの再会だったが、当時のような血気盛んな様子は微塵《みじん》もなかったな。まあ、年をとったということだろうが」

室伏は丸い体ごと篤史に向きなおり、口元を歪めた。どうやら笑っているらしい。

「いまさら五明がおかしな真似をするとは思えん。あれはもう、組織という清濁の水を一滴漏らさず飲み込んだ男だ。俺と同様にな」

「――わかりました。今日はお時間をいただきありがとうございました。これで失礼します。あ、そうだ、あとこれをご存じないでしょうか」

そう言って篤史は卓に手を突き、立ち上がろうとした。足が痺《しび》れて思うように動かない。なんとか立つが、力が抜けてよろける。室伏がやれやれという顔をしながらも、篤史の肘《ひじ》を取って引っぱり上げようとしてくれた。

室伏の体が近づいたのを見計らって、手に握っていたセピア色の写真を顔の前に突きつけてみた。たるんだ瞼《まぶた》の下の小さな目が微かに開く。その真ん中にある黒目が揺れたのを認めた瞬間、篤史は室伏に肘をひねり上げられ、あっという間に投げ落とされた。思わず、イテェと声が出た。畳の上に転がったまま顔を上げると、室伏の小さな目が細くなって、爬虫類《はちゅうるい》のように感情のない色で突き刺さってきた。怯《ひる》む気持ちを堪え、「ご存じなんですか、この写真の家族のこと」と口早に言い、すぐに姿勢を正す。

「教えてください、これは誰の写真ですか」

室伏の顔は憤怒に染まってゆく。口を固く引き結んだまま、いきなり篤史の二の腕を摑《つか》むと、そのまま畳の上を引きずり、襖を開けた。そして現役時代、多くの被疑者を震え上がらせたであろう凄みのある声で言い放つ。

「貴様、この俺に不意打ちを食わせたつもりか。ずい分、舐《な》められたもんだ。見城の部下でなければ捻《ひね》り潰すところだぞ。用は済んだ筈だ、さっさと帰れっ」

篤史は廊下に放り出され、目の前で襖がぴしゃりと閉じられた。

篤史は生温い風のなかで汗を拭いながら写真を見つめる。

室伏はこの古い写真に見覚えがあるようだった。いや、絶対に知っている。この写真がなんなのか、どうして五明が持っているのかわかっているのだ。となるときっと、あの指の骨のことも。

だが、骨のことを訊いてもきっと答えてはくれないだろう。篤史が処分を確認したいものと言った時、室伏はそれがなにか知りたがった。思い浮かぶものがあったのだ。そしてそれは、あの骨に違いない。五明だけでなく、前署長である室伏も骨の存在を知っていたことになる。

「あ」と声を上げ、立ち止まる。室伏のことを言い出したのは、御津雲署長経験者の穴倉だ。ひょっとして、穴倉も知っているのか。

どういうことだろう。五明を含め署長経験者の三人が知る、写真と子どもの指の骨。一体なんなのだ。もう一度、写真を見る。

「この家族のことを調べる必要があるんじゃないか」篤史はそう一人ごちた。見城係長にスマートホンで報告を入れようと思ったが止めた。なんとなく、調べるべきものが見えてきた気がする。

そうは言っても、とパーキングに停めていた車の前で頭を抱える。この写真一枚でなにがわかるというのだ。写真館のようなところで撮ったものだから、手がかりになる背景もない。こういう時、刑事ならどうするだろう。

聞き込みか。ネットが全盛の昨今でも、捜査は足で稼ぐものだと気を吐く刑事は少なくない。ポケットから一枚の紙を取り出した。署を出る前に、総務の棚にあった御津雲署の歴史を記した冊子をコピーしてきたものだ。歴代の署長の名が連なっている。これを元にして聞き込みをかけよう。

室伏の前任者の名を見て、確か昔は県警本部の生安課にいた人だと思い出した。生安にいる同期に連絡する。刑事課の経験のない篤史には捜査のノウハウがない。地道に人脈を手繰《たぐ》り、人の記憶や好意をねだるだけだ。

同期に連絡はついたが、残念なことに元御津雲署長は勇退後、二年して病死していると教えられた。次に、その前の署長を追うと穴倉だったが、電話の感じでは適当にはぐらかされそうな気配がありありと窺《うかが》えたからパスする。それより前に遡《さかのぼ》るとなると、篤史が警官になる前だから、名前に聞き覚えすらない。

そういう時はと、最初の赴任地で指導係を務めてくれた先輩警官を電話で呼び出す。

「おう、丸野か。久し振りだな。今、どこの部署だっけ？」

出先らしいが、少しなら時間があると言ってくれた。無沙汰を詫《わ》びて本題に入る。

穴倉元署長の前任者のことは知らないようだった。次から次へと御津雲署長経験者の名前を挙げてみる。

「ああ、紀藤《きとう》さんなら知ってる。もう二十年ほど前に勇退されて、そのあと試験場だか安協だかに再雇用されていたと思う。今？」

そんなの知るかと笑われたが、篤史が真面目な口調で頼むと、どうしたなにか問題かと声をひそめた。ともかく連絡を取りたいのだと言うと、警察のイロハを一から教え、私生活でも奥さんの手料理をいつも振る舞ってくれた先輩だ。それ以上のことは訊かず、「わかった、調べてみよう。でも、ちょっと時間がかかるかもしれない。それでもいいか」と請けあってくれた。

そして見城に報告をし、ファミレスを見つけて昼食を摂った。

見城は五明のマンションに出向き、戻ってきた様子がないか確認したと言う。戻ったならすぐに連絡して欲しいというメモは、テーブルの上に置かれたままだったそうだ。

室伏から聞いた話を告げると見城は、まるで電話が切れたかのように押し黙ったあと、ようやく「そうか」とだけ言って話を終えた。

食後のコーヒーを飲み干して、雨宮の言葉を反芻《はんすう》する。

『――真面目で真っすぐなところがある。熱いと言っていいかもしれない。会うたび、警察という仕事に強い責任感と使命を感じているのがありありとわかった』

だが変わった。人は誰でも変わる。いつまでも同じという訳にはいかない。それはある意味、人として生き続けたことの証左なのだ。

テーブルに置いていたスマートホンがバイブした。すぐに応答する。さっきの先輩からだ。

「紀藤さんと一緒に働いたことのある人を見つけた。連絡先も聞いたぞ」

時間がかかるかもしれないと言っていたわりには早い。

「もう見つけてくださったんですか。さすがは先輩だな。ありがとうございます」

「当たり前だ。後輩の難儀に頑張らなくてどうする。いいか、電話番号言うぞ」

「はい。メモします」

手帳に書き込み、もう一度、しっかり礼を言った。

「紀藤さんがどんな状況かはわからんぞ。なんせ勇退されてからずい分、経つからな」

「はい、大丈夫です。先輩、お休みのところすみませんでした」

この先輩も確かもう係長で、年齢は五十近い筈だ。今度、ゆっくりと礼を兼ねて酒を飲みたいと言うと、嬉《うれ》しそうに笑った。そして最後に先輩としてひとくさり。

「丸野は巡査長か。総務なんだろ？ その部署にいるってことは、巡査部長試験に通るのを期待されているってことだ。今年は通れよ」

「は、はい」

「昇任祝いも兼ねて飲もう」

待ち受け画面になったスマートホンをしばらく見て、尻ポケットにしまった。

巡査長という肩書が組織内でどういう位置づけなのかはわかっている。陰では巡査部長になるまでの暫定的《ざんていてき》処遇とも言われている。先輩が言ったように、総務課なら地域課よりも当直が少なく、刑事課や生安課のように張りつめた部署でない分、試験勉強にも集中できるだろう。今年の試験こそは、というのは見城も直接口にはしないが思われている筈だ。篤史自身、独身寮に戻ればすることもないから、テキストや過去問を目で追い、頭に叩き込む姿勢だけは取っている。

だが、肝心のやる気が湧かないから集中力が続かない。その原因はわかっている。

恋人の淳奈との結婚話がうまくいっていないからだ。

大学在学中、同じサークルで知り合って付き合い出した。卒業間近、篤史が警察官になると決まった時、関係がこじれて別れ話が出たこともあったが、そのことを別にすれば、特に問題なく順調な付き合いが続いた。八年目を迎え、そろそろ結婚をと思っていた矢先、篤史が御津雲署に異動となった。そのことを知った淳奈が顔色を変え、突然、距離を置きたいと言い出したのだ。

篤史は納得できず、理由を聞かせて欲しいと懇願した。淳奈は真っ赤に染まった顔に涙をため、ぽつぽつと話してくれた。

淳奈の母親である槇田《まきた》水穂《みずほ》は、十四年前この御津雲署で交通総務係長をしていた。その時、業者との癒着が明らかになり、免職となった。篤史は驚いたことは驚いたが、それがなんだというのか。そんな篤史に向かって淳奈は、母親の罪を暴《あば》くことに自分が手を貸したのだと告げた。

詳しく聞けば、十代の多感な女の子が母親を心配するあまり、別れた父親に相談しただけのことなのだ。ただ、父親の再婚相手が、たまたま監察官として働いていた。淳奈の母の不審な行動が知られ、行動確認された挙句、監察室から聴取されることになった。

淳奈は当時の自分の軽率な行動を今も悔やみ、そんな罪を犯した母親を疎み、別れて若い女と再婚した父親を憎み、手柄を立てた女性監察官を恨んだ。そして、その誰をも心底憎み切る資格のない自分の愚かさをずっと引きずって生きてきたのだ。

だから、母親、父親、父の再婚相手と同じ警察の道に進もうとする篤史とは付き合えないと最初は思いつめた。ただ、同じ警察組織にいるだけなら気にすることもないかと思い直し、篤史との愛情を深めていった。だが、どういう巡り合わせか、結婚を考え始めた矢先、篤史の御津雲署への異動が決まった。

淳奈の母は警察を辞してから介護の仕事を始めた。母親が突然、警察を辞めた理由を知ったのは大学に入るころだったそうだ。二人のあいだで、それが話題になることは一度もなかった。いや、できなかったのだと言った。そして顔を背けるようにして実家を出、一人暮らしを始めて今に至る。

篤史が御津雲にきて一年は経つのに、まだ気にしている。淳奈は篤史が、問題を起こして辞職した警察官の娘と結婚したと噂されるのではと案じているのだ。そんなことはない、大したことじゃないと言っても、淳奈の気持ちは長く拘り続けた分、簡単には氷解しない。篤史がこのまま警察官でいるのが、果たして淳奈の人生にとって良いことなのか。いっそ、警察を離れたらと思ったことも一度ではない。だが、そんな真似をすれば、淳奈は再び自分を責めるだろう。自分の軽率な行動で、また誰かを追いつめ、人生を変えさせてしまう。それが今の淳奈にとってどれほど辛く大きな負担になるのか。考えるだに怖くて、篤史はなにひとつ動けないでいるのだ。

篤史がファミレスから電話をかけた相手は、紀藤伸治郎《しんじろう》の部下として働き、仲人までしてもらった田町《たまち》という人物だった。五明と葛野のような関係なのだろう。警察組織は大きいが狭い。古い体質も根強く残る。上司と部下は仕事をする上で互いを信頼し合い、ときに家族以上に同じ時間を共有する。ことが犯罪に向き合うという危険なものだけに結びつきは強く、それがまた武器にもなる。ただ、辞めたあとまで現役当時と変わらぬ上下関係が存在し続けるという弊害もあった。

最近はそういう風潮も廃《すた》れつつあって、仕事は仕事、私生活は私生活と割り切る若い警官が増えている。どちらがいいとか悪いとかの問題ではないと思う。これも年月を経て変わることなのだ。

「うーん、紀藤さんなあ。五、六年前までは年賀状のやり取りをしていたんだが、返事がこなくなって、それきりになっている」

田町は警部だが、もう勇退が見えている。

「もしや」と恐る恐る訊いてみた。一笑に付される。

「長く会っていなくとも、さすがに亡くなったら知らせはくる。ご家族からこなくても警友会とか、色んな方面から耳に入るもんだ。生きてるよ。あのおっさんはそう簡単にくたばる人じゃない。とはいえ、もう八十は優に超えているなぁ」

「そうですか。それではあの、ご自宅の住所か連絡先を教えてもらう訳にはいかないでしょうか」

「なんだ。そこまでする必要があるのか。なにを紀藤さんに訊きたいんだ」

途端に口調が険しくなる。思わずスマートホンを耳から離して、コップの水をぐいと飲み干す。

「すみません、実は、うちの御津雲署関係で確認したいことができまして」

「確認？　なにを言っている。紀藤さんが署長をしていたのはいつのことだと思っているんだ。そんな昔の確認などすることがあるか。お前、本当に警官か？」

「は、はい、もちろん本官です。勤務先は御津雲署の総務で、署に確認いただいたらわかります」

「ふん、今日は日曜だぞ。昼寝している当直員しかおらんのに、わかるもんか」

「や、そんなことは。大丈夫です、ちゃんと証明してくれますから」

「もういい。そこまではしない。だが、なんのために紀藤さんを捜している。はっきり言え。こっちは休みの日にわざわざ話に付き合っているんだぞ」

「も、申し訳ありません。その、うちの五明が、誰かから脅されているというような話を聞き及んで」

「なんだと。署長がか。そんな大変なことを総務が担当しているって言うのか」

「いえ、まだはっきりしておらず、ちょっと耳に入ったというか、その、噂のような程度の話で、なので未だ確認中というか。ですから、この件を知るのも御津雲署総務の見城総務係長と僕と二人だけでして。えっと、もしお疑いなら、見城係長にご確認いただけないでしょうか」

しどろもどろだ。室伏にしてもこの田町にしても、さすがにベテランだけあって少しでも不審が見えれば、突っ込むことに容赦《ようしゃ》がない。だがこちらも引く訳にいかない。篤史は目を瞑りながら必死で考え、言葉を繋ぐ。

田町は篤史の説明を聞き終わると「ふーん。奥さんの三回忌にか。去年なんだな。で、その五明署長に不穏な態度を取っていた人物のなかに、紀藤さんがいたと思っているのか」と言った。

さっきまでの厳しい口調がちょっと変わった。

「いや、そこまでは。さすがに八十を超えている方なら、いれば印象に残るかと思うのですが。ただ、可能性も否定できないですし。それで、疑いを晴らす意味でも、ご本人に確認を取りたい、そういうことなんです」

なんとか辻褄《つじつま》を合わせられたかと、頭のなかでぐるぐる考える。電話の向こうはしばらく無言だったが、やがて大きな鼻息が聞こえた。

「いいだろう。紀藤さんの自宅を教えよう。電話じゃご家族も不審がられる。お前、制服か」

「あ、いえ私服ですが、スーツを着用しています。バッジも持っています」

「ふん、総務が一人前に刑事の格好か。まあいい、わかった。先方にはわたしから連絡しておく。行ってこい。もし紀藤さんがお元気でおられたら、田町がまたお目にかかりたいと言っていたと伝えてくれ」

「わかりました。ありがとうございましたっ」

ファミレスのテーブルに額がつくほどに頭を下げた。

すぐに上着を摑んで立ち上がり、精算を終えると走って駐車場に向かった。

紀藤伸治郎の家族が、すんなり会わせてくれるとは思えなかった。

田町から連絡がいっているとはいえ、大昔に引退した御津雲署からきたと言う、見たことも聞いたこともない警官だ。玄関払いをされたらどうしようと、ハンドルを握りながら考える。ただ、紀藤より遡っても、もう情報は得られまい。ここは土下座してでも粘るしかないかと、ネクタイを弛めて唾を飲み込んだ。

案に相違して、紀藤の娘さんは、なんの疑いもなく篤史を受け入れてくれた。五十過ぎの恰幅のいい女性で、上がってお茶を飲んで行けとしつこく誘われたが丁重に断る。紀藤は妻に先立たれたあと、娘夫婦の家族と一緒に暮らしていた。

「父は今、ホームなんですよ」

「ホーム、ですか？　ああ、介護施設の」

そうか、そういう年齢だった。やはりこれ以上遡ったとしても、話を聞ける人物に当たる確率は低いということだ。ご本人はどういう状態なのだろう。

篤史の表情を見て察したのか、娘さんはおおらかに笑う。

「心配しなくても大丈夫ですよ。頭はまだしゃんとしてます。ただ、脳梗塞をしてからちょっと体が不自由になりましてね。家で世話をしてあげると言ったんですけど、気兼ねするのが嫌だからと、さっさと自分で施設を見つけて入っちゃったんですよ。まあ、昔からなんでも勝手に決めてしまうようなところがありましたから。母もどれだけそのせいで苦労をさせられたか」

「あの、えっと」

話が長くなりそうで、慌てて口を挟む。

「あらあら、ごめんなさい。急ぐんですよね。それでホームに行かれます？　行っていただけると嬉しいんだけど。きっと喜ぶと思うわ。なんだかんだ言って、やっぱり寂しいみたいなんですよね。人が訪ねてくると気が張るというか、元気になるようで」

ホームの場所を教えてもらうまで、篤史は口を挟むことなく、うんうん頷きながら待った。

自動車道に乗り、北を目指した。教えてもらったホームは、小高い丘の先に押しやられたように建つ、クリーム色をした二階建ての施設だった。

受付で訪問カードに記入していると、誰かに見られているような気配を感じ、手を止める。ロビーの南側にあるガラス戸へと視線を向けた。外には手入れのされた庭が広がり、高さのある樹木が並ぶ。散策できるよう小道が設けられ、奥の林へと延びている。その庭から篤史を見つめ、まるで蝶《ちょう》が飛ぶのを真似ているかのように手を振る、車椅子《いす》に乗った老人がいた。

慌ててロビーを横切り、ガラス戸を開ける。

車椅子の老人は顔を上げ、「入った時から、こいつはサツカンだとわかったぞ」と皺だらけの細い顔を歪ませた。娘さんが事前に施設に連絡を入れ、篤史のことを伝えてくれていたのだ。

言われるまま車椅子を押し、小道を辿《たど》る。芝も草木もようやく芽吹き出した風情だが、広場に出たところで篤史は思わず目を瞠《みは》った。枝ぶりの立派な桜の樹が数本あり、どれも見事な花を咲かせている。見惚れていると手元から、八十はとうに超えている老人とは思えない張りのある声が聞こえた。

「訊きたいことがあるんだろう。わしの話はまた今度ゆっくりということで、とにかく用件を聞こうか。お前もこんな休日に走り回っているんだ、花見をしている暇はなかろう」

老いても警察官だ。話が早くて助かる。

「はい」と返事し、篤史は車椅子の傍らに跪《ひざまず》くと、紀藤伸治郎元御津雲署長の横顔に視線を当てて、これまでの経緯を述べた。

骨のことも告げた。それが五十年ほど前の子どもの骨であることは言わなかったが、紀藤は驚く表情を見せず、詳しく問い直すこともしない。

やはり知っているのだと、篤史は確信した。これで御津雲の署長経験者は大方、骨のことを知っているとわかった。あれは一体なんなのだ。篤史の背を冬の名残のような冷気が走り抜ける。

話し終わっても、紀藤は桜に目を向けたまま押し黙っていた。頬の辺りの皮膚がひくひくと痙攣《けいれん》し、ゆっくり瞼を下ろしたが眠った訳ではないようだ。篤史は車椅子の側で待つ。

頭髪はほとんどない。地肌に薄茶の染みが散らばっているのが見える。昔は立派なガタイであっただろうに、今や当時の体重の半分もないのではないか。

それでもなんだろう、と篤史は思う。この車椅子に座った、どこからみても弱弱しい八十の老人の醸《かも》す雰囲気は他とは違う。ただの老人のようで、ただの老人ではない。髪のない頭も干からびた皮膚も筋張った手も老人そのものなのに、一般人とは違うという奇妙な匂いのようなものが滲み出ている。

六十年ほど前に警察官となり、公僕として四十年以上勤めた。携帯電話もパソコンも防犯カメラもNシステムもない時を経験している。頭で考え、足で捜し回るほかない。その身ひとつで、市民をあらゆる害悪から守らねばならなかった。

かつては、制服のまま家から出勤したと聞く。署に着くまでのあいだに、住民から声をかけられ用事を言われることもあったらしい。迷子を捜してくれ、事故を起こしたから手伝ってくれ、野良犬が出た、切れた電線が垂れて危ないなどなど。署に出勤したら夕方になっていた、という逸話を聞かされたこともある。警察官という公的部分は、私生活とほぼ一体だった。正に二十四時間お巡りさんだ。

ただし、頼られる分、権力を持つ立場であるという認識も強くなる。当時のお巡りさんは市民には怖い存在だった。それもあって、今では考えられないような尊大な態度も当たり前とみなされただろう。被疑者であれ一般人であれ、歯向かう者には有無を言わせない強引な対応をした。

紀藤はそんな時代を経て、変わりゆく組織のなかを生きてきた。最後は御津雲の署長になって警察官としての生を終えた。警察官だった時間は、この老いた男の全身に沁《し》み込んでいる。それはもう頭皮に散らばる染みと同じだ。年を経るほどに醜く、そして歴然と浮かび上がってくる。

紀藤がなにか言った。篤史ははっと視線を上げる。

「頭だけはまだイカれていないから救われるな」と歯のない口を曲げて笑った。そして、否、と短く呟く。

「むしろボケた方がマシなのかもしれんな。年をとると昔のいいことよりも、嫌な悔しい思いをしたことの方がはっきり思い出される。どういう脳の仕組みなんだか」

そう独りごちたあと、篤史へ目を向けた。

「巡査長か。わしが署長のころはお前らのような下っ端と口をきくことはなかったぞ」

「はあ」

紀藤が桜の花へ目を返し、尋ねた。「その五明という男はどんなヤツだ」

篤史は官舎の二階で見城と話したことを繰り返した。そして、葛野や雨宮に会って聞いたこと、ついでに室伏を訪ねたことなども付け足す。畳に転がされた話をしたら、ハハッと声を上げて笑った。

「あのズングリ室伏が、いっちょ前のことを言うか」

「ご存じでしたか」

「あれも昔は――いや、そんな無駄話をしている暇はないな」

お前は、と紀藤は小さな目の奥を光らせた。

「なんで警官なんかしている」

「は？」

いきなりなにを訊くのか、と思った。だが、ここで逆らって機嫌を損ねる訳にはいかない。篤史は短い躊躇いののち、口を開いた。

「僕はとても臆病な子どもでした。小学生の男の子が平気でするような冒険も悪戯《いたずら》も、怖くてできなかった。そのせいで笑われたり、仲間外れにされたりしましたけど、どうやってもその性格は直せませんでした。中学生になったある日、帰り道で中年の女性がひったくりに遭ったのに出くわしたんです。しかも犯人がこちらに向かって駆けてきていて、僕は恐怖で腰を抜かし、地面に座り込みました。あとで失禁していたとわかりました」

ふふっ、と紀藤が口のなかで笑い声を出した。むっとしながらも話を続ける。

「倒れたおばさんが、苦痛に歪んだ顔をしているのが見えました。恐ろしい顔をした犯人がバッグを持って、僕の横を走り抜けて行きました」

「それでどうした」

「僕は――僕は、悲鳴を上げたんです。半分は助けを求めて、半分は怖くてたまらなかったから」

「犯人は捕まったのか」

「はい。近くの工事現場にいた人が気づいて、みんなで追いかけて取り押さえ、警察を呼びました。僕は、おばさんにお礼を言われ、工事現場の人からもよくやったと褒められた。でも」

「たまたまうまくいっただけだからな」

「はい。ですから僕は恥ずかしくて。警察の人にまでお手柄だったねと言われ、とうとう泣いてしまったんです。そうじゃない、僕は怖かっただけなんだと」

「それで？」

「そうしたら警官が、そんなこと当たり前だよ、と笑ったんです。お巡りさんだっていつも怖いさ、怖いと思いながらやっているんだ。中学生の君が悲鳴を上げるのは、ちっとも臆病なことじゃないと言ってくれました」

ふう、と小さく息を吐く。

「誰かのために戦ったり、なにかのために命をかけるなんて簡単にできることじゃない。怖いという気持ちがあるからこそ、人の気持ちもわかるし、その人の哀しみを感じることができて頑張れるんだとも。その警官は、最後に言いました」

君みたいな人間が一番、警察官に向いているのかもしれないよ、と。

「それで、目指したのか」

「ずっと思い続けていた訳ではありませんが、そう言われたことで、自分の臆病さと向き合うことができた気はします」

「丸野、だったな」

「はい」

「お前が聞きたがっていることには、答えられないと言ったらどうする」

「……」

篤史は車椅子の前に回って、目線を合わせた。紀藤の小さな目をしっかり見つめる。

「御津雲署に隠されているものを知ることに、はっきり言って怖いという気持ちがあります。ここまで調べてきて、その気持ちは強くなっています。ですが、このままにしておいてはいけないという思いもあります」

「なぜだ。所詮、お前は所轄の総務、ただの巡査長だろうが」

「そうです。でも、僕は五明署長の部下です。今、署長がなにかに悩んで困っているのなら、僕は動かなくてはなりません。もし誰かに脅され、意図せぬことに巻き込まれているとしたなら、たとえ所轄の総務のただの巡査長であっても、捜し出して力にならないといけないと思っています。それに」

「それに？」

「五明署長でなくても、そうすべきだと思っています。誰かが困っているのなら、助けなくてはいけない。僕は警察官です」

だからお願いします、と頭を下げた。膝をついたまま、あとずさり、両手を突いて土下座しようとしたが、先に紀藤が口を開いた。

「五明が脅されているようだと言ったな」

「え。ああ、はい」慌てて顔を上げる。

紀藤は疲れたように首を左右に振った。「どうやら長い時間を経て、そこまで歪んでしまったらしい。エスカレートしてゆくことは十分、考えられた筈なのにな」

もう、限界なのだろう、と呟いた。そう聞こえた気がした。

「丸野」

「はい」

紀藤が目を光らせる。篤史はすぐに片膝を立て、拳をその上に置いて力を入れた。

「あの骨は」

紀藤は、なぜか辛そうな表情を浮かばせた。

「あの骨はな、引き継ぎなんだよ」

ちょうど五十年前のことだ。

御津雲署管内で誘拐事件が起きた。攫《さら》われたのは大手商店の一人娘。鰹節の仲卸などで儲《もう》け、近所でも羽振りのいい家というので有名だった。大きな二階建て屋敷に広い庭、小さなプールまであった。正月には親戚や従業員を招いて餅《もち》つきをし、酒を振る舞い、獅子舞を呼んだ。桃の節句には、庭の桃の樹の下に茣蓙《ござ》を敷き、近所の子どもらを呼んでご馳走《ちそう》を広げた。夏には蛍《ほたる》を愛で、盆踊り大会を催した。秋には、冬には、と様々な行事を近隣と楽しんだ。それをありがたいと思うか、金持ちの見せびらかしと思うかは人それぞれだ。

高度成長期の時代で、みな必死で這い上がろうとしていた。よりいい暮らしをしたいと誰もが望み、家族のために懸命に働いた。うまく波に乗れず、貧しいまま鬱屈《うっくつ》を抱える者もいる。自分の働きが悪いのなら仕方がないが、病気になるなど自分のせいでもないのに不幸になって行くことに絶望し、その暗い気持ちを、明るい世界を妬むことで紛らわせていた人間も少なくなかっただろう。

誘拐犯はそんな人間の一人だった。

「誘拐……では、もしかしてこの写真は？」

紀藤は目をすがめ、篤史が差し出したラミネート加工された一家の記念写真を見つめた。

「母親の前にいる子だ。美智花《みちか》という名だったらしい。当時、十歳だ。隣にいるのは弟だろう」

御津雲署は特別態勢を敷いた。

犯人から、身代金を運ぶのは美智花の母親と指定された。だが、母親はショックを受けて寝込んでしまった。当時は女性警官などいない。巡視員という交通専門員はいたが、御津雲にいるのは僅かで、しかも母親より年上の中年女性ばかりだった。

仕方なく、捜査員の誰かの妻を母親に仕立てることにした。だがどの捜査員も二の足を踏んだ。万が一、うまくできなかったら、しくじったらという気持ちが先行し、みななかなか名乗りを上げる者が出なかった。父親の店の従業員にも声をかけたが、みな尻込みした。

話を聞いた当時の御津雲署の署長は、それならと手を挙げた。妻女は歳が合わないが、娘がいる。二十代後半なので、三十過ぎの美智花の母ともそれほど離れていないし、なにより背格好が似ていたから、いいだろうと捜査陣も決めた。

署長の娘は既に嫁いでいたが、父親に呼び出され説得された。自身にも美智花の年齢に近い娘がいた。同じ母親として、警察官の娘として見捨てることはできないと心を決め、代役を引き受けた。

だが、結局それが仇《あだ》となった。

犯人の指定した身代金の受け渡し場所へと向かう。署長の娘は、犯人が美智花の母親と顔見知りの場合を考えスカーフで頭を覆《おお》い、終始俯《うつむ》くようにしていた。

間もなく受け渡しの時間。

場所は、両側に小さな店がいくつも並んだ人通りのある道だった。子どもが二人、ふざけながら駆けてゆく。たまたま一人が署長の娘の近くで転んだ。署長の娘は気になったが助け起こす訳にもいかず、顔をいっそう俯けて見て見ぬ振りをした。子どもは怪我をしたのか、火がついたように泣き出す。連れの子どもが様子に驚き、署長の娘に助けを求めるつもりでバッグを摑んで注意を引こうとした。署長の娘はびっくりして、子どもの手を振りほどこうとした。その拍子にその子まで転んで、泣き出した。さすがに放っておけなくなって、署長の娘は抱え起こそうと動いてしまった。

思いがけない騒ぎになって、捜査陣も戸惑ったことだろう。人目につくのは困る。そうかと言って飛び出す訳にもいかないから様子を見ていた。その場はすぐに収まったが、それから数時間経っても、誘拐犯は身代金の受け取りに現れなかった。

三日後、河川敷で美智花の遺体が発見された。

捜査陣の懸命の働きで、犯人は間もなく逮捕された。やはり近所に住む男の仕業で、美智花の両親の顔は熟知していた。署長の娘が転んだ子どもを起こそうとした際、頭を覆ったスカーフが僅かにずれ、犯人はそれを見逃さなかったのだ。身代金の受け渡しに現れたのが美智花の母親でないことがわかって、警察の介入を確信した。そして見せしめに子どもを――。

「酷いことにな、その子の指が切り落とされていたんだと」

身代金の支払いを渋った場合には、指を送りつけようと考えていたのだ。父親のせいでこうなったという意味で、右手の親指だった。だが、父親がすぐに応じたので、切った指を使うことはなかった。

指のない遺体を見て母親は卒倒し、父親は泣きながら暴れ回った。犯人を罵《のの》しり、警察を責め、受け渡しに向かった署長の娘のせいだと詰《なじ》った。

篤史は声を失くしたまま、じっと桜に目を当てる。

当時としては精いっぱいの対応だっただろう。協力を申し出た署長や署長の娘に罪はない。だが、可愛い娘を失った父親にしてみれば、全てが失敗だった。そう、失敗だったのだ。御津雲署の失態以外の、なにものでもないのだ。

「ずい分、探したそうだ」

「はい？」訊き洩らしそうになって、篤史は慌てて紀藤に目を向ける。

どこを探しても、切り落とされた親指を見つけられなかった。犯人もその辺に捨てたとしか言わない。河川敷から犯人の住まい、監禁場所まであらゆるところを探した。機動隊にも応援を頼み、ローラー作戦で虱潰《しらみつぶ》しに探したが見つけられなかった。

美智花は親指がないまま、荼毘《だび》に付された。

「あの、署長の娘さんは？」

「ん？　ああ。気の毒したよ。善意で受け渡し役を引き受けたのに、まるで自分のせいで美智花ちゃんが殺されたかのように言われて、ショックで寝込んだらしい。マスコミにも叩かれ、本人だけでなく家族まで相当ダメージを受けた筈だ。お陰で心身共に回復するまで、ずい分と長い時間がかかったと聞いた。署長も責任を取る形で辞めたそうだしな。娘さんは周囲の励ましや慰めもあって、どうにか自分の家族の元へ戻れたと聞く」

そんな矢先のことだった。あれほど探しても見つからなかった美智花の親指が見つかった。

近所の生物学好きの中学生が、当時、河川敷だかどっかで拾って、あろうことかホルマリン漬けにして飾っていたらしい。その子の友人らの話が伝わって、御津雲署員の耳に届いた。慌てて回収し、鑑定した結果、美智花のものだと断定された。

「親に返すべきものだ」

そう進言する捜査員の方が多かっただろう。美智花の一家はとっくに引っ越して、深い傷を抱えながらも、見知らぬ土地で新しい暮らしを始めていた。美智花の母親も、寝たり起きたりを繰り返しつつ、親子三人水入らずの静かな時間を送っていると聞いていた。

そんな家族に再び、あの悪夢を思い出させるような真似をすることが、果たして良いことなのか。意見は分かれ、当時の署長や刑事課長も頭を抱えたらしい。

それが思いがけない形で決着をみた。

親指が見つかったことを、事件当時の署長に知らせる者がいた。これで事件が終結したという意味を込め、厚意で教えたのだろうが、間の悪いことに、その場に署長の娘がいたらしい。それから数日はなんともなかった。

紀藤は深い息を吐いた。

車椅子の背に力がかかる。全身から憂《うれ》いの気配が立ち上がる。もう五十年も前の話であるのに、紀藤はまるで昨日のことのように、いや自分に関わることのように感じている。そんな気がした。

「女性の、いや母親の思いというのは、底知れなく深いものだな」

署長の娘が御津雲署に侵入し、その指を奪った。気づいて取り押さえようとした捜査員に向かって、半狂乱になって泣き叫んだという。

「指を処分しようとしたんだ。これが親に戻されたなら、あの悲惨な事件が蘇り、一家を苦しめ、そして自分の身へ再び返ってくる、とそう思ったらしい。娘さんにも同じ年ごろの子どもがいる。あのときと同様の騒ぎになって、いやいっそう興味本位でマスコミなどが書き立て、世間から責められたなら、自分は今度こそ狂ってしまう。平穏な生活など二度と戻らない。自分だけでなく、子どもまでこの先、どうやって生きて行けばいいのか。どんどん悪い方へと自らを追い込み、挙句、警察署への侵入という思いもよらない行動へと走らせた。署内のことは、官舎にいる父親を訪ねたりしていたから、熟知しているしな」

皮肉な話だ、と紀藤は口元だけを歪めた。

署長の娘は親指を握ったまま、捜査員の説得にも応じず、放そうとしなかった。そしてあろうことか、その指を飲み込もうとしたのだという。さすがに押さえ込まれ、指は回収された。

呼び出された元署長は娘をかき抱き、見る影もなくやせ細った体を折って、その場で両手を突いた。

「もう、これ以上は勘弁してくれと、泣きながら頭を下げたとか」

その光景を目《ま》の当たりにした捜査員らは誰一人、指を美智花の親に返すべきだとは言えなかった。

「じゃあ、それ以来」

紀藤は頷く。柔らかな風が吹いて、桜の花びらが数枚、目の前にこぼれ落ちた。

「どういう経緯なのかはわからん。ともかく、御津雲署の秘匿《ひとく》事項となった。指は丁寧に処理され、代々あの署長官舎の部屋の奥にしまわれ、署長が代わるたびに引き継がれることとなった」

「な……」

「まあ、戒めみたいなもんだろう。大きな失態を犯し、その余波で多くの人々の人生を狂わせた。二度と、このようなことがあってはならん、というような。当時のお偉いさん方は、なんでも形にしたがったからな」

「いや、しかし」

「言いたいことはわかっとる」紀藤が素早く言葉を挟んだ。「なんだって、そんな妙な真似をしたのか、わしにもわからん。なにより、なんでそれを引き継ぎ事項にせねばならんのか、さっぱりわからん。が、それが御津雲署長として引き継ぐべきものだと言われたなら、そうするしかない」

「誰も——、誰も、そのことをなんとかしようとは思わなかったんですか」

紀藤の声が尖《とが》る。

「なんとかって、なんだ」

「わしらは署長として、あの官舎で暮らす。せいぜい二年がいいとこだ。そのあいだにすべきことは山ほどある。御津雲のため、やりたいことが沢山ある。管内が平穏であるように、署員が職務を全うできるように。たったそれだけのことが、どれほど厄介で難しいことか。署長官舎は庁舎の敷地内にある。なにかあればすぐに対応するためだ。全身全霊で務め、一秒とて警察官であることから離れられないこともわかっている。ただ、仕事に懸命になればなるほど、大昔に終わった事件のことで、今さら御津雲署を混乱させる訳にはいかないと、強く思いもするんだ」

このまま次に引き継ぎ、ことなかれで行く。

「おい」

「は、はい」

「その五明というヤツは、娘さんを十歳で亡くしたと言ったな」

「あ」

「あの指は、長く保存できるよう専用の入れ物に入れ、大事にしまわれていた筈だ。引き出しのなかに無造作に置かれていたのは妙だ。それはつまり、あえてお前らが見つけるよう仕向けたということだろう。五明がなにかを企《たくら》んだということだ」

「企むって」

ふん、と紀藤は鼻息を吐いて桜の花へと目を向けた。

「見城とかいう総務係長が、その五明を称して、流れの上に漂う船に乗っている人物と言ったのだろう？　そんな男が動き出したというのだから、やはりそれは署長であるからだろうよ」

どういう意味かわからず、篤史は口を半開きにしたまま動かずにいた。

「わからんのか」

　尋ね返そうか迷っているうちに、紀藤が先に言った。

「お前はどうする」

「は、はい？」

「五明は恐らく、全てを話しに行ったのだろう」

「話しにって。え？　あの指のことをですか？　誰にです」

「バカか。家族に決まってる。もう、美智花ちゃんの親は存命ではないだろうが、弟がいる。生きていれば六十前じゃないか」

「五明署長が、指のことを伝えに行ったと言われるのですか」

「それしか考えられん。五明は、船に乗っていたが降りるときを知って、流れを変えるための棹《さお》を水底にさそうとしているのだろう。美智花ちゃんの親族に会って、頭を下げに行ったんじゃないか。愚か者のすることだがな」

　五明がちょうど五十年目に動いたか、などと紀藤は無神経に戯《ざ》れごとを言う。篤史は萎《しな》びた頭を睨みつけ、目まぐるしく考える。もし本当に、紀藤が言うような告白を五明がしたとなれば、遺族は元よりマスコミも大騒ぎする。大スキャンダルになるのではないか。室伏や紀藤、それ以外の署長経験者らも断罪されるだろう。職務を全うし、署長として警察官人生を送り終えた人らが責めを負う。本人だけならまだいい。だが、彼らの家族や署長の下で働いた多くの警察官はどうなるんだ。そして今いる御津雲署員は。

どうすべきか。篤史の逡巡《しゅんじゅん》を吹き払うかのような突風が襲った。目を刺す風圧を二の腕を上げて塞ぐ。上着が空気を孕《はら》んで膨らみ、髪が乱れて膝を突く上半身が揺れた。薄桃色の花びらが、狂ったように舞い踊る。

樹々を揺する風音のなかに、若い女の声を聞いた。

『わたしのしたことは少しも悪くないと、父も篤史も言うけど、わたしのせいで母の人生が狂ったことは間違いないのよ』

淳奈の途方に暮れたような顔が現れた。

『いいとか、悪いとかの話じゃなく、起こしてしまった事実に、わたし、どう向き合っていけばいいの？　してしまったことは消えない。元に戻すこともできない。わたしの気持ちは、自分でもどうにもできないのよ』

篤史は礫《つぶて》のように襲ってくる花びらを避けるように、きつく目を瞑った。

スマートホンの向こうからは、なにひとつ音がしなかった。

一分か二分か、ようやく聞こえたのは、長い吐息のような声だった。

「わたしもそう思う」

見城は続けた。「五明署長は、その女の子の親族の元へ行かれたのだろう。紀藤さんのおっしゃる通りだという気がする」

昨日から姿を消したまま、今も戻らない。それは、五明さん自身、まだ迷っているということじゃないかな、と見城は続けた。

「どうしたらいいでしょう」

五明を追って止めるのか。止めてどうする。このまま再び、御津雲署の秘匿事項として引き継いでゆくのか。

見城も迷っていた。篤史に指示を出せず、沈黙したままだ。その重苦しさに耐え切れず、篤史は口を開いた。

「とにかく、署長を追います」

見城からはなんの返答もなかった。だが、行くべき住所を尋ねると少し待つように言われた。当時の捜査資料なども署長官舎の書斎の棚のどこかにある筈だった。十分もかからず折り返しが入る。

見城が、美智花に連なる親族の資料を読み上げてくれる。やはり、弟に当たる人物は生存していて、ここから車で一時間ほどの場所に住んでいるとわかった。資料は、つい最近の状況を示していた。五明がきちんと追っていたということか。ナビに住所を入れ、最短ルートを探して車を走らせた。郊外の小さな街で、細い道を辿る。家の近くに着くとコインパーキングを見つけ、車を停めた。ネクタイを締め直し、背広の汚れをはたいて歩き出す。

街は春に満ちていて、住宅の生垣から花が匂い立ち、樹木が青々とした顔を出している。休みのせいか、一帯は静けさに包まれている。家の奥から小さな声が流れてきて、遠くに母親と一緒に連れだって歩く子どもの姿があった。

五明がマンションを出たのが昨日の朝なら、とっくに美智花の弟と面会し終わっている可能性はある。だがもしかすると、という気持ちで周囲に目を凝《こ》らす。迷い、恐れ、立ち止まっている可能性もある。訪ね切れず、周辺にいるかもしれない。

角を曲がれば、すぐそこだ。手前に公園があった。桜の樹が数本あって、満開のときを迎えている。紀藤が入所しているホームにあったものよりずっと立派で、その下でシートを広げている家族があった。

春休みのさなかの日曜だ。一家で出かけている可能性は高い。美智花の弟は今年、五十六歳。結婚し、二女に恵まれ、長女の方には子どもがいる。孫だ。まだ小さいので家族みんなで遠出はできないだろうから、娘夫婦らと家で過ごしているか、外出するにしても近場じゃないだろうか。たとえば目の前の公園など。

そういう都合のいい想像をしながら、なんとなく公園のなかに入って周囲を見渡した。そろそろ夕刻も迫ろうかという時間にも拘《かか》わらず、桜の樹の下で花見をする家族は少なくなく、そのひとつひとつを注視する。若い夫婦ばかりで、六十前後の人間はいなかった。桜の樹から目を離し、出入口へ向かおうとした時、声をかけられた。

驚いて立ち止まると、年配の夫婦がスーパーの買い物袋を提げて篤史を見つめている。

「間違っていたら申し訳ないが、御津雲署の方ですか」

篤史は口を開けたまま、身を固くした。その戸惑いようを可笑しく思ったのか、夫婦は同じような笑みを浮かべた。

「いや、五明さんが、もしかしたら誰か訪ねてくるかもしれないと、そうおっしゃっていたんでね」

「こんなにきびきびした歩き方をするスーツ姿の青年は、田舎の小さな町にはいませんものね」と奥さんらしい女性が茶化したように上目遣いで見る。

「田舎は関係ないだろう。ようは訓練と気持ちの持ち方だ」

男性は妻に向けて笑い、そしてその口元を引き締めると、再び篤史を見つめた。

「五明さんなら、少し前に帰られましたよ」

篤史はまだ言葉を発せられなかった。一体、なにをどう言えばいいというのだろう。

男性は美智花の弟で、健一《けんいち》だと名乗り、妻ともども軽く頭を下げた。ひと休みしようか、と夫婦は顔を見合わせ、公園の奥のベンチへ近づく。篤史が座る訳にはいかない。二人は並んで座り、穏やかな公園の景色をひと渡り眺め回す。篤史はじっと待った。

健一は、資料によれば電鉄会社に勤務している。事務方ということなので今日は通常の週休なのだろう。白髪がちらほら目立ち始め、四角い顎で目と鼻が大きい。中肉中背で、年相応の落ち着きがある。隣に座る健一の妻は同い年の筈だが、声のトーンや話し方が低く落ち着いて聞こえるので、夫より年長に感じられる。

健一は荷物を横に置くと膝の上で両手を組み、視線を地面へと落とした。

「嫌な話を聞かされました」

よりにもよって、こんな美しい季節の気持ちのいい日にね、と切り出す。

「五十年経つんですね。五明さんに言われて気づきました。それほど、わたしにとってはもう遠い出来事ではあったんですよ。なにせ、当時は、まだ六つでしたから。小学校に上がったばかりで、なのにすぐに引っ越すことになって。せっかく友達もできたのにと思った気がします。そんなことは覚えているのに、事件で家中が大騒ぎになっていたことは記憶のなかから抜け落ちてしまっている。姉がいなくなったことも、どういう訳かよく覚えていない。気がついたら、いつも側にいる人がいない。それだけだった気がします」

こんな薄情な弟なのに、五明さんから話を聞いた途端、頭に血が昇りましたよ。今まで生きたなかで、これほど腹が立ったことは一度たりともなかったと思えるほどにね、と健一は歪んだ顔を隠すように俯いた。

「事件以来、母は寝たり起きたりで、父は口数が少なくなって家のなかはいつもしんとしていた。あの大きな屋敷を出たことや、入ったばかりの学校を変わることになったこと、あと――、いつも賑やかに催していた季節ごとの行事が一切なくなったことなどが、わたしに残る記憶の断片でしょうか」

そう言って顔を上げ、遠くに目をやった。

「中学生になって間もなく、詳細を知りました。母はわたしが高校に入るころに亡くなって、父も商売がうまくいかないまま、結局、大学を卒業する間際に亡くなりました」

そのことは、見城が読み上げてくれた資料から知ってはいた。この一家は、大変な日々を過ごさねばならなかったのだ。

もちろん、誘拐犯のせいではあるのだが、無事に美智花を救い出せなかった警察も同罪だ。犯人は死刑判決を受けたが、刑務所内で病死していた。被害者家族の恨みは、たとえ犯人が消えても、なくなりはしない。怒りも悲しみも。病に罹《かか》ったせいで体内にその菌が残り、なにかが起きるたび発症するように、当時と同じ熱量を持って、激しい感情の奔流は噴き上がるのだ。

健一の顔は平静を保っているように見えるが、その口元に時折、痙攣が走る。篤史は目を伏せる。妻が、夫の手の甲をポンポンと打った。

それを合図にするかのように、健一の肩がひくっと揺れ、再び口を開いた。

「わたしは、指の骨は返してもらわなくてもいいと五明さんに言いました。そのまま、引き継ぎ事項にしてくれと言ったんです。この先もずっと」

篤史は目を瞠る。そうか、と思う。

遺族にしてみれば、永遠に御津雲の失態として引き継がれてゆくことの方が、気持ちが収まるのかもしれない。スキャンダルとなって警察を弾劾《だんがい》できたとしても、それはしばらくのあいだのことで、また別の大きな事案が起きればすぐにニュース性は失われる。そして人々の記憶から忘れ去られる。

「その指の骨を目につくところに置いてもらって、事件を風化させることなく、ずっと語り継いでくれ、そう返答しました」

忘れられないためには、引き継いでもらうのが一番だと。

だが、五明は土下座をして、それだけは勘弁して欲しいと頼んだようだ。

「当時の署長の娘さんは、気の毒でした。あの事件で多くの人が不幸になりました。だからこそ、もう二度とそんな哀しいことが起きないよう、戒めとしてもらいたいと思ったのですが」ひと呼吸置いて、健一は「家内が」と、隣へ視線を振った。妻は小さく頷くと、細い指をさすりながら穏やかな笑みを浮かべた。

「母親なら、娘の指は返して欲しいと思う筈です。たとえ五十年経っていようとも百年経っていようとも。わたしならお墓に入れて、五体満足の姿にしてあげたいわ、そう言いましたの」

健一が自分の頭を掌で打ち、しまったというような表情を作った。

「母の気持ちを一番に考えるべきでした。たぶん、五明さんもそう考えられたのだろうと思いますよ。ただ、自分からそれを言うべきではないと思われたようで」

そして、五明さんにご家族は？　と目を上げた。篤史は躊躇いながらも、夭逝《ようせい》した娘の話をした。健一の妻が手で口元を覆う。健一も、そうでしたか、と目の色を沈ませた。

わぁーっと甲高い声が上がった。桜の樹の下でふざけ合う子どもら。走り回って、転げて、それを見て笑う父親、慌てる母親。子どもは抱き起こされ、再び声を上げて走り出す。

健一がじょじょに、篤史を見る目に力を込めた。

「五明さんは、署長だけの戒めでなく、全ての警察官の戒めにするとおっしゃられた。自分が帰ったあとにくる若い警察官が、このことをずっと覚えているでしょう。今回のことが公になれば、それはきっと警察のなかで語り継がれることでしょう。同じような事件が起きるたび、肝に銘じる捜査員も出てくる筈です。そう言われて、わたしは決めました」

夫妻は立ち上がり、スーパーの袋を健一が握って歩き出した。角のところで篤史を振り返ると、さようなら、と揃って頭を下げる。そして告げた。

「明日にでも、知り合いの弁護士さんと相談して、美智花姉さんの指の返却を求めることにします。では」

五明は間もなく戻る筈だとスマホで伝えると、見城係長は「ご苦労だった」とまず言った。そして篤史の話を全て聞き終わると、「取りあえず、こっちに戻れ」とだけ指示して電話を切った。

篤史は車を走らせながら、フロントガラスの向こうの空を見る。雲は赤く染まり、山の端にはもう濃い闇の気配が漂っている。並走する車のなかに行楽帰りらしい家族が見えた。後部座席で眠りこける幼い子どもの姿があった。窓を開けて走り続ける篤史の胸は風を浴びながらも凪《な》いでいた。

五明はどういうつもりで、健一夫妻を訪ねて頭を下げたのだろうか。夕陽の眩《まぶ》しさに目を細め、篤史は五明の書斎を思い浮かべた。

書類棚はいつも綺麗に整頓され、全てにラベルが貼られ、誰が手に取ってもすぐわかるようにしてあった。その棚のひと隅に、美智花の事件に係わる資料が置かれているのだ。

五明は、遺族が今どこで、どのように生きているかを調べて、新たな資料として加え続けていた。それはいつか全てを明らかにしようと考えていたからではないか。一体、いつからそのようなことを始めたのだろう。

そんな様子を察した誰かが、奥さんの三回忌に訪ねて、念を押した。いや、沈黙を守れ、さもないと大変なことになるぞと、脅しまがいのセリフを吐いたのだ。五明を取り囲むようにして説得していたのは、やはり御津雲の署長経験者達だったのか。

五明も一度は考え直したかもしれない。けれど、やはり全てを明らかにしようと決断した。そしてそれは最後の日、つまり署長の身分でありながら週明けには勇退して一般人となる日に行おうと決めた。もう次には引き継がないという思いと共に。

車椅子の紀藤元署長は、篤史の話を聞いて、五明署長がなにをしようとしているのかすぐに思い至った。わかるということは、すなわち自分もそう考えていたからにほかならない。引き継ぎを受けた代々の署長は、誰しも一度は思ったのだ。もうこんなことは止めにしよう。全てを明らかにし、美智花の遺族に謝罪しよう。だがそうなれば、警察組織全体を揺るがし、国民の信頼を損なわせることになる。署長ひとりが責任を取って済む話ではない。

代々、引き継がれてきたものの正体を見たような気がして、篤史の体は冷えた。

再び、五明の顔が浮かんだ。署長として務めた二年、組織の一員としてつつがなく終えようとしていた五明徳昭は、なにを思ったのか。なぜ今、流れに背くような真似をしたのか。妻も子もなく、独りだからか。名誉など歯牙《しが》にもかけない人だからか。

『組織にいる限り、組織を守ることは最大使命のひとつだ』

五明自身、過去の苦い事件をそう結んで、己を納得させたではないか。誰よりもそういう人物であっただろうに。

最後の奉仕なのか。それとも、償いなのか。

署に着くころには、すっかり陽が落ちていた。駐車場を照らす場内灯のなか、磨きあげられた姿を誇るようにパトカーが整然と並んでいる。汚れた様子がないのは、今日は出動もなく平穏な一日であったことを告げている。そんなパトカーを見るたび、総務課の篤史ですらほっとする。

見上げる庁舎のいくつかの窓から明かりが漏れている。当直員の声も微かに流れてくる。

足早に横切り、署長官舎の門を開けた。

玄関の小窓から灯りが見えていたから、見城はここで篤史を待っている筈だ。ドアを開けると同時に声をかけた。階段の上から返事が聞こえて、篤史は靴を脱ぐとすぐに駆け上がる。開け放った和室に姿が見えず、洋間のドアを叩いた。

「入れ」

室内の電気は消えており、奥のワーキングデスクのスタンドの灯りだけが点いている。見城が椅子に座って両肘をついているのが見えた。デスクの上には、あの骨の入った小箱がある。横には、美智花ちゃん事件の捜査資料と思われるファイルもあった。

「ご苦労だったな」

篤史は室内の敬礼をして奥に進む。部屋の真ん中にある小さなテーブルの側まできて、そこにパイプ椅子がひとつ広げて置かれているのに気づいた。見城がわざわざ篤史のために用意する筈はない。そこに誰かが座っていたのだ。

「ひとまず座れ。疲れただろう」

見城はこちらが戸惑うほどの静謐《せいひつ》さを纏《まと》って、ゆっくりと喋る。

「悪いな。コーヒーの一杯でも飲ませてやりたいが、今の官舎にそんな気の利《き》いたものはもうない」

官舎に残っているのは家電類や家具だけで、食材は全て運び出していた。

「いえ、大丈夫です」

篤史はパイプ椅子に腰を下ろす。スタンドの光だけだから係長の顔は暗く、表情が窺えない。ふっと笑ったような息が聞こえた。

「予想以上の手際だったな、丸野」

「はい？」

「紀藤さんのところまで行くことは考えていなかった。せいぜい室伏さんか、その次くらいまでだろうと予想していた」

褒めてくれているらしいが、篤史にはむしろ嘲《あざけ》られているように感じられる。

「どうして、僕にこの役目を負わせたんですか」

「お前は警察官に向いている。この一年、わたしなりに見てきたつもりだ」

ずい分、買いかぶられたなと篤史は小さく息を吐く。吐いたあと、今度は大きく息を吸い込んで、背筋を伸ばした。

「僕は、係長の期待通りに動けたのでしょうか」

見城の顎が上下に揺れたように見えた。

「ああ。お前を選んだのは間違っていなかった」と力強く言う。「思った以上だった。たった二日で健一さんのところまで辿り着いたのだからな。報告を聞きながら、もし五明さんに追いついたらどうしようかと、ちょっと気を揉《も》んだくらいだ」

篤史はその言葉を聞き、視線を小さなテーブルへと落とした。

美智花の弟である健一とその妻は、篤史を見ても驚かなかった。篤史がくることを五明から聞かされていたからだ。篤史が、五明を追って健一夫妻を訪ねる。そうなれば当然、五明がしたこと、健一夫妻の思いを、直に知ることになる。

ああそうか、と気づいた。ついさっきまで、このパイプ椅子に座っていたのは見城係長だ。そして、今、見城が座っているワーキングデスクには五明署長が座っていたのだ。見城と五明は最初から打ち合わせて、今回のことをなした。

「お二人が仕組んだことなんですね？」

「うん。この役をお前にしようと決めたのはわたしだが、五明さんも同じ意見だった。昨日、署長車で自転車に乗った母親に注意をした話をしただろう？」

「え？　あ、はい」

「その時、お前は赤色灯もマイクも使わなかったと聞いた。突然、そんなことをすれば母親を驚かせることになり、万が一でも転倒したなら、子どもにまで怪我をさせると考えた。違うか？」

確かにそうだ、と篤史は目を瞬《しばたた》かせる。

「五明さんは感心しておられたよ。そこまで考える警察官はそういない。警察にとって、赤色灯やサイレンを鳴らすことは強権力を誇示するのに格好の代物だ。だが、お前はそれを使わなかった。これからの警察にはそういう人間が必要だと、五明さんは考えられたようだ。そして、そんな気遣いのできるお前なら――」

五明を追い、いずれは御津雲署署長官舎に隠された謎に辿り着くだろうと思った。そういうことなのか。篤史の考えを察したらしい、見城が軽く頷く。

「真実を誰かが知って、憶えておく必要があった。今回の件が公になれば、もちろん記録として組織には残るだろう。だが、書面やデータで伝えられることには限界がある。緊張感を携えて見つけ出し、その結果手に入れた生の声を浴びてこそ、深く身に沁み、心に刻まれる。誰か一人でもその経験をして、まざまざと語ってくれる者が欲しかった。五明さんは元より、わたしとて先が知れている。だから、丸野篤史巡査長を選んだ。お前を欺《あざむ》いたことは謝る」

見城が小さく頭を振った。篤史は肩の力を抜いて掌で顔を拭う。終わってしまったことは仕様がない。小さな苛《いら》立《だ》ちを呑み込み、デスクの小箱に目をやった。

となると、見城係長も指の骨のことを知っていたことになる。いつからだろう。

篤史が疑問に思ったことに気づいたのか、係長は小箱を手に取り「五明さんが赴任してすぐ、教えてくれた。この部屋でな」と言う。

「聞かされて、なんと愚かなことをと思ったよ。隠せば隠すほどに傷が深まることを、署長という立場に就くほどまで長く警察に奉職した者がわからない筈はなかろうに」

係長は小箱を撫でる。

「そしてすぐに、ああ、署長だからかと思い直した」

篤史は暗闇に慣れた目で、見城をじっと見た。同時にその向こうにある室伏や紀藤、そして五明署長の顔を見ていた。見城の座っている椅子には、更にもっと多くの署長が座ってきたのだ。

帰りの車のなかで篤史が重苦しく考えたことを、見城もやはり考えたに違いない。

署長の使命と怯懦《きょうだ》。

「この五十年、誰一人、この小箱を官舎から出そうとはしなかった。外に出せば多くの災厄が広がり、署長である自分だけでなく歴代の署長までも巻き込み、そして御津雲署自体の名誉や信頼まで貶《おとし》める。この御津雲をそんな忌まわしい署にしてはならない」

誰だって、組織に弓引く署長になって終わりたくはなかろうしな、と見城がハハハと乾いた笑いを放つ。篤史は笑わなかったが、「僕ならすぐに出したでしょう。一介の巡査長ですから」と言った。見城も、わたしもだと頷く。そうして小箱をスタンドの灯りのなかに置き、両手を組んだ。

「お前が会った室伏さんも紀藤さんも、みな立派な人だ。もちろん、五明さんもだ」

だが、署長になってしまった。もう係長でも巡査長でもない、一城の主なのだ。

「五明さんは特にそんな思いの強い人となっていた」

流れに任せて浮かぶ船の上に乗っている人――。

そうならざるを得なかったのだと、見城は庇《かば》うように言った。篤史は首を傾げる。だったら、なぜそんな五明がこんな真似をしたのだろう。それが違和感としてくすぶっている。

視線を感じて目を上げると、係長の姿が暗闇のなかに浮かぶ。白目の部分だけが光っているように見えた。真っすぐ、篤史に視線を注いでいる気がした。

篤史の頭に突然、ある疑惑が一閃《いっせん》した。唾を飲み込むと、言葉を選び、ゆっくりと問いかける。

「五明署長になにがあったのですか。いえ、なにをしたのですか、見城係長」

指の骨のことを知っているのは、五明を別にすれば見城しかいない。五明から知らされ、相談されたのはこの見城一人だ。

スタンドの灯りの下には係長の固く組み合わされた両手と小箱があった。

「……五明さんとは、本当に旧い付き合いでな。色々世話になった。わたしが独り者の時は、食べるものが不自由だろうと何度も家に招いてくれ、奥さんの手料理を振る舞ってもらった。うまかった。まるで田舎の亡くなった母親のこしらえる飯のようだった」

光のなかにある手の甲の血管が、青く浮かび上がってゆく。篤史はそれをじっと見つめた。見城が言う。

「奥さんは綺麗な人で、朗らかで、底なしの優しさがある人だった。声をかけられ、笑顔を向けられただけで、どんな疲れも吹き飛んだものだ。若かったわたしの愚痴や悩みも聞いてくれ、背中を撫でるように励まし、癒してくれた。素直で明るい娘さんを慈《いつく》しみ、家庭を守ることが自分の全てだと信じていた人だった。だが、そんな奥さんも一人娘を亡くしてから変わった。いや、それは単なる切っかけかもしれない。だが、それを切っかけにしたのは五明さん自身だった」

五明夫妻は娘を失った哀しみを抱えながらも、それでも前を向いて生きていた。生きようとしていた。

やがて五明は組織の悪弊に翻弄され、地位が上がるほどに失意を感じることも多くなった。もちろん、そんなことは誰にでもあることだが、五明は自身を強くして歯向かうよりも、諦念を覚えて楽に生きる方へ舵《かじ》を切った。

「五明さん一人がそう思うのは構わない。それもひとつの生き方だし、誰に責められるものでもない。だが」

そんな生き方が奥さんに影響しない訳はない。

「愛児を失って、二人だけの暮らしとなったんだ。夫がそういう生き方をするならば、自分も同じように生きよう、そう思ったに違いないんだ、あの人は」

篤史は、昨日聞いた見城の言葉を蘇らせる。

『あの夫婦は長生きしたいとか、老後を楽しみたいとか、そんなことは少しも思っていないんじゃないかな』

そのときの声音がどんなだったか、篤史は思い出せない。

「奥さんは自分の病に気づいていた。早く治療すれば治るかもしれないこともわかっていた筈だ。なのに、日ごと増す痛みに堪え続け、自ら動くことをしなかった。あの人をそんな風にしたのは五明さんだ」

見城の声が震える。

篤史は息を呑んだ。デスクの奥の暗がりに浮かぶ係長の姿は一ミリも動かない。ただ、机の上で合わされた両手に力がこもり、震える指の圧で甲が白く変わる。口調はどんどん激しさを帯びてゆく。

「あくまでもわたしの想像だが、それほど大きくは間違っていないと思う。夫婦だからといって同じように生きる必要はない。だが、奥さんは五明さんの意思に添い、同じ生き方をすることを選んだ。そうなったのには、やはり娘さんの死が大きかっただろう。二人で守るべき命を守れなかった。共通の罪悪感を抱えてしまったことで、奥さんは五明さんの人生から、その生き方から自分一人離れて、違う道を生きることができなくなった」

「だから？」

「……」

「だから、係長は五明署長を説得したんですか。今、あの骨のことを公にしようと、五明署長の手で蓋《ふた》を開けるべきだと？」

見城は首を振り、吐息を漏らした。

「いくらわたしでも、これほどの事案をどうにかしようなどと簡単には口にできない。わたしがしたのは、それまで秘していたことを伝えただけだ」

五明の妻が入院しているのを、見城が一人で見舞った時だ。

「奥さんは、少しも死ぬことを恐れていなかった。むしろ安堵しているようにさえ見えた。これでようやく、あの子の側に行ける、一人で逝かせたことを謝ってこれまでしてあげられなかったことをしてあげようと思っている。そして、嬉しそうに笑ったんだ。わたしは五明さんに黙っているつもりだったそのことを伝え、こう言った。今のあなたを奥さんは一体、どう思うだろうか、と」

「それで五明署長は？」

見城は両手を引き寄せると、背を預けて椅子を揺らした。軋《きし》む音が暗闇を伝う。デスクの上で、透明の小箱だけが浮き上がっていた。

「五明さんはしばらく目を瞑ったのち、真っ赤に染まった目で——笑ったよ」

これまで見たことのない冷たい怒気が五明の全身を覆っているのを見て、見城は慄《おのの》いたと言う。

「病に抗うことなく運命のままに一生を終えることを妻は、娘に対する償い、もしくは罰だと思っていたのだろうか、と訊かれた。わたしはそこまではさすがに言えなかった。そして五明さんは、『わたしの科《とが》は、妻にそんな生き方をさせたことだ。なら、わたしが被るべき罰はなんだろうな』と呟かれた」

「署長の罰」

「うむ」

『見城さん、わたしはこれまで警察組織を守るため、何度も己の正義に蓋をしてきた。目を背け、口を塞ぎ、意に染まぬことを何度もしてきた。そんな務めも、ここにきてようやく終わる。警察幹部という宿痾《しゅくあ》から解放されるんだ。だけどね、その時になってわたしに残ったものは、なんだろうかと考えたよ。見城さん、わたしにはなにもないんだ。妻も娘もおらず、わたしはただ独りになるだけなのだと知った』

見城は、五明が語ったことをゆっくり丁寧に繰り返した。

『もういい、もうたくさんだ。最後くらい五明徳昭として終わりたい』

「ほどなく、決心をされたよ。最後の始末として、己を殺して生きてきた罰として、全てを明らかにしようと。そのために協力してくれと言われた」

わたしは一も二もなく頷いた、と見城は両眼を強くこする。

暇を見て、五明と見城はどうするかを相談し、あれこれ調べ始めた。そのことを御津雲署長経験者に気づかれ、なにをしているんだと問い詰められたときは、さすがに慌てたと薄く笑う。

小さな音がして、スタンドの灯りが消えた。

六畳の書斎は真っ暗になった。呼吸する音も聞こえない静寂のなか、やがて見城の声がした。

「丸野、ご苦労だった。帰っていいぞ」

篤史は強張った体をほぐすようにして腰を浮かした。パイプ椅子を折り畳んで元の位置に戻す。ドアノブに手をかけたとき名を呼ばれて、動きを止めた。

「警察、続けろよ」

え？　と振り返ることなく、次の言葉を聞く。

「なにか悩んでいるように見えた。警察官としての進退にまで及んでいるのではないかと、気になっていた」

誰かの言葉がふいに立ち上がる。

『総務課長だった五明さんは、常に署員の顔や態度に目を配っていた』

署内を行き交う人々の顔を見るだけで気づけるのなら、すぐ側にいる部下の動静など手に取るようにわかっただろう。見城も総務課の仕事に就いて、もう長い。

篤史は恋人の淳奈とのことで、どうすべきかずっと悩んでいた。もちろん、誰にも相談はしていなかったし、仕事中にそんな気配は微塵も見せていないつもりだった。心配事などないように振る舞っていた姿が、余計に五明と見城には不安材料として映っていたということか。篤史は苦笑いするしかない。

「どんな悩みか知らないが、必ずうまい決着を見つけろ。お前にならできる筈だ」

篤史は頷くことをせず、俯いたままドアを開けた。

閉じる前に廊下から室内の敬礼を送る。見城の低い声が、しっかりと届いた。

「これからも、よろしく頼む」

篤史は一気に階段を駆け下り、玄関の戸を開け、外に出る。門扉を閉めたところで、荒い息を整えようと深呼吸を繰り返した。

夜気には、春らしいぼんやりした温もりがあった。

駐車場の真ん中まで行って、そっと振り返る。署長官舎が闇よりも濃い色をしてうずくまっていた。玄関の小窓から心もとない光が見え、無機質な静けさが包んでいる。

街中に見かける一般住宅と少しも変わらない。ただ、警察署の敷地内にあるというだけだ。署の深奥にあって、ありふれた家の姿をしてひっそり佇《たたず》む。その奇妙さに今になって気づいた。あそこは一体、なんなのだろう。

寒気が走った気がして、思わず左腕をこすった。

「おう」

いきなり声がして、篤史はぎょっと振り返る。

庁舎の裏口の短い階段に上着も着ず、シャツのボタンも外した格好の当直員がいた。

「お前、今日当直だったか？」と不思議そうに篤史のスーツ姿を見やる。

「……いえ、官舎掃除で。もう帰るところです」

あ、そうか、と当直員が篤史の横に並び、官舎を見上げた。

「明日から新しい署長だったな。四月だもんな」

篤史の顔色の悪さを休日出勤の疲れのせいだと思ったのか、夕飯を食べて帰ったらどうだ、と当直員は誘う。

「今、当番が外に弁当を買いに行くから、一緒に頼め。どうせ、寮に帰ったたって似たような飯になるんだろ」

屈託のない顔を見ていると、それもいいかなと思い始める。

仕事の合間の食事は、いつなんどき出動が入るかしれないからゆっくり楽しむことはできない。それでも、だからこそ、その短い不確かな時間を存分に味わい、そうすることでエネルギーを蓄《たくわ》え、あらゆる事態に備えるのだ。ベテランであればあるほど、その切り換えが上手く、休憩時間の重要性をちゃんと弁《わきま》えている。

篤史は短い躊躇いのあと、控えめな笑みを浮かべた。

「いえ、やっぱり今日はこのまま帰ります」

遠慮の言葉が口をついた途端、一人の女性の顔が浮かんだ。

「ちょっと、その、一緒に食べたい人がいるので」

電話をして淳奈を呼び出そう。胸の底からふいにせり上がってくるものがあった。おいしい食事と少しの酒を飲んだら、話し合おう。篤史の思いと願いをきちんと伝え、淳奈の心の声をちゃんと聞き、そして二人で一生懸命考えるのだ。

当直員が笑った。

「お。彼女か。いいねぇ、若いってのは。なら、早く帰れ帰れ。休みの日に仕事してんじゃねぇ」と追い払うように手を振り回す。

篤史は笑いながら、当直員を置いて裏口へと向かった。階段に足をかけたとき、戸惑うほど真摯《しんし》な声が背にかかった。

「明日から、また頑張ろうな」

篤史はすぐに振り返った。

当直員がふざけて無帽の頭に挙手の敬礼をしている。篤史は直立し、頭を深く下げた。その拍子に白い小さなものが、体からはらりと離れたのに気づいた。

どこで付けた一片だろうか。そう思いながら、篤史はその花びらが落ちてゆくのをずっと目で追い続けた。

解説　人間の物語

あさのあつこ

複雑だな。

『巡査たちに敬礼を』を読み終えた直後、そんな想《おも》いが胸内《むなうち》を走った。

とても複雑な物語だと、感じたのだ。読み終えて数日経《た》った今、自分の内を整理する。興奮を冷まし、冷静な読者の視点を動かし、気になった箇所を何度も読み返す。

すると、気がついた。これは複雑なのではない。深いのだ、と。

『巡査たちに敬礼を』は、御津雲《みつくも》署という架空の警察署を舞台にした、巡査たちの物語だ。と書けば、十人中八人（あさの推測）は「じゃあ、これは警察小説だな」と思うだろう。わたしも思った。警察小説は今やミステリーの一大ジャンルだ。数々の傑作を生みだし、数多《あまた》のファン、読者を持つ。

この本の作者、松嶋智左の〝女副署長〟シリーズも、その傑作の一つに挙げられるだろう。女性警視、田《た》添《ぞえ》杏美《あずみ》の人物造形とその活躍は、読む者、触れる者を80パーセント（あさの推測）の確率で、作品世界に引きずり込んでしまう（これは、わたしの勝手な思い込みに過ぎないだろうが、読み手の一割から二割は、胸にナイフが突き刺さった、ずぶ濡《ぬ》れの死体とかが出てきた時点で内容に関わりなく本を閉じてしまうのではと……え？　やはり、勝手な思い込みでしょうか。すみません）。引きずり込まれた世界は、事件と謎《なぞ》と警察官たちの人としての葛藤《かっとう》や感情が渦巻いている。その渦巻きの底から、謎の答えや事件の解決が、ゆっくりと浮き上がってくるのだ。そして、全《すべ》てが終わった後に、人が生きていくことへの悲哀と救いが仄《ほの》かな光を放つ。傑作と呼ばれる所以《ゆえん》だろうか。

〝女副署長〟シリーズは紛れもない警察小説だった。しかし、『巡査たちに敬礼を』は、どうなのだろう？　これを警察小説というジャンルに括《くく》り付けていいのか。わたしは、ひどく戸惑い、首を傾《かし》げ、悩んだ。いや、べつに、わたしが何をどうジャンル分けしようが、世の中に一ミリも影響を及ぼすものではないのだが。

ただ、作者名とタイトルから、これは、松嶋智左の新たな警察小説かと思い込んで読み始め、読み始めたら止まらなくなり、一気に読み終えた者としては、とんでもない、どんでん返しをくらった気分なのだ。

ストーリー上でのどんでん返しだけではない。

『巡査たちに敬礼を』は六篇の連作でできている。その一つ一つのラストに、さすがのどんでん返しが仕掛けられていて、読者は一話ごとに逆さまにぶん投げられた心地にはなる。なるけれど、わたしの感じた（そして、あなたが感じるだろう）それは、作品を包み込む色合いに起因している。多種、多様、そして多彩なのだ。〝警察小説〟という一ジャンル、一色に収まりきらないし、染まりきらない。

舞台は所轄《しょかつ》警察署や警察学校だ。胸にナイフの刺さった死体も出てくる。謎解きの快感もたっぷり詰まっている……と、こう書き出しただけで警察小説の要素は満載ではないか。しかも、元警察官の作者ならではの、署内や学校内の細やかでリアルな描写は、警察とはほとんど縁のない読者の想像をしっかりと支えてくれる。朝の交通課の空気、警察学校教官の声の響き、女性機動隊員の荒い息の音、署長官舎の古畳の湿り気、そんなものがこちらの肌に直《じか》に伝わってくるのだ。これは、元警察官という経歴のみに依《よ》るのではなく、作家松嶋智左の力量が為《な》せる業だ。自分が熟知していることを何一つ知らない相手に伝える、しかも、説明ではなく描写で、目には見えない空気感までを含めて伝える。生半可な表現力ではできない。過剰であっても不足であっても、作品は空疎《くうそ》になり、生々しさを失う。そんな薄っぺらな物語を最後まで読み通してくれる親切な読者などほとんどいない（身内ぐらい？）。

松嶋智左は、その壁を軽々と越えて（かどうかはわからない。この一行、この言葉、この句読点等々、拘《こだわ》りぬいた文章だと感じた）、警察官たちの日々を確かな手《て》応《ごた》えとして、描き出した。

描写がリアルで力強いものであればあるだけ、警察という身近でありながら縁遠い（ほとんどの人にとって）世界がくっきりと鮮やかに屹立《きつりつ》する。

ただ『巡査たちに敬礼を』の世界は鮮やかになればなるほど、〝警察小説〟の枠から外れていくような気がするのだ。もとより、わたしには小説のジャンルを定義づけられる力も知識もない。だから、極めて感覚的な話になる。

前述したとおり、この物語を読み終わって、複雑だと感じた。そして、複雑ではない、深いのだと思い直した。さらにそして、その深さは人の深さ、人が生きていく日々の深さに繋《つな》がっていく、とも思った。

あれ、これって、わたしの日常に繋がってない？

読みながらそう感じてしまう箇所に、幾つも幾つも出逢《であ》ったのだ。

六篇の作品には、それぞれ核となる人物がいる。その人たちは微妙にリンクしながら、微妙にずれながら物語の紡《つむ》ぎ手となっていく。誰もが警察官だ。でも、警察官である前に一人の人間としての素顔が浮かびあがる。

事件解決のおもしろさよりも、警察組織の特異性よりも、犯人、犯行の意外性よりもまず、警察官という職業を選んだ一人一人が確かな肉体と感情を持って、迫ってくるのだ。ヒーローもヒロインもいない。英雄もいない。一人としていない。ある者は未熟、ある者は愚か、ある者は悩み続け、ある者は迷いから抜け出せない。人間関係に躓《つまず》き、自分を信じられず、他人を羨《うらや》み、妬《ねた》む。仕事への誇りを持ちながら、仕事に疲れ果てている。

まさに、わたしの日々だ。

御津雲署の面々の物語は、間違いなくわたしに繋がり、結び付いている。そう感じるのは、おそらく、わたしだけではないはずだ。

「拝命」は若い警察学校生、陣内真天《じんないまそら》と井園颯《いぞのはやて》が主人公だ。高校卒業と共に入校した二人は、ここで教養や鍛錬の厳しい授業を経験する。

「真天はなんで警官になろうと思った？」

寮で同室の颯が真天に問うのだが、逆に「颯はどうなんだ」と返される。その答えがあまりに平凡で秀逸であることに、少なからず心を打たれた。強い正義感だとか、高い志ではなく、平凡な少年の平凡な想いが吐露される。決してヒーローにはなりえないだろう少年たちの想いを作者は丹念にすくいとり、短い告白として表した。秀逸だ。この場面だけで、二人の少年は個をもちえた。警察官ではない、この世にただ一人の陣内真天と井園颯となった。

グラウンドで見つかった死体の謎、真犯人を捜し当てようとする二人の行動、はらはらする展開、意外な終結。上質な短篇なのは間違いないが、ストーリーのうねり云々《うんぬん》よりも、若くて、向こう見ずで、世間知らずの二人が一つの事件を通して、人の世の危うさを知り、まっとうに生きていくことの困難さに啞然《あぜん》とし、人が人である限り付きまとう憂《うれ》いに触れ、それでも、まずは真《ま》っ直《す》ぐに前に進もうとする、その姿にわたしは心惹《こころひ》かれた。最後、卒業式の後、それぞれの配属先に向かう二人に、渡部《わたべ》教官が送った言葉と敬礼は、大人であり人生の先輩である渡部からの精一杯のエールであり、わたし自身の声でもあった。

真天、颯、生きて生きて生きぬいて。その生を全うして、と。

二つの燃焼する青春に出逢えた。平凡で特別な少年たちを知った。心底から感じられる一篇だ。次の一作、「南天」の中で、思いがけず陣内巡査に再会したときは、ああ、懸命に働いているんだと胸底が熱くなった。これはもう、母親とまでは言わないが、親戚《しんせき》のおばちゃんの心境だ。「うちの親戚のあの子、お巡りさんとして、ほんとがんばっているんですよ」と、だれかれなく自慢したい心持ちになる。

ただ、「南天」は哀《かな》しい物語だった。一つの交通事故が引き起こした悲劇は、大怪《おおけ》我《が》をした幼子の命が危ういという展開だけでなく、その後ろにある人と人との関係の哀しさとやりきれなさを炙《あぶ》り出していく。それでも、最後に仄かな希望を灯してみせる作者の心意気、その見事さに唸《うな》るしかなかった。

再会と言えば、一話目の「障り」の中の少女淳奈《じゅんな》と、最後の一篇「署長官舎」で、また出逢えた。いや、実際に姿を見たわけではないが、成人した彼女の今と未来に触れられたのだ。心憎い演出ではないか。「署長官舎」を読みながら、篤史《あつし》という御津雲署総務係の青年の律儀《りちぎ》で丁寧で共感力のある生き方に引き込まれ、彼と共に謎を追っていく。そうしながら、篤史をどんどん好きになっていく。篤史も平凡だ。突出したところなど、どこにもない。けれど、たまらなく魅力的だった。そこに淳奈が関わってくるのなら、二人ともどうか幸せにと、祈らずにはいられなくなる。

少年や青年たちだけではない。女性たちもまた、弱くて、強くて、哀れで、凛《りん》としている。

罪を犯した者も、失敗に打ちひしがれた者もいる。未来に向かって顔をあげる者も、今を楽しく生きたいと望む者も、過去に縛られてしゃがみ込む者もいる。野心も嫉妬《しっと》も愛も憎悪《ぞうお》も優しさも、一人の女性の内に流れ込んで、人間ドラマとなっていくのだ。

そう、『巡査たちに敬礼を』は、ジャンルとは無縁の人間ドラマなのだ。人間だけが生み出せるドラマがここにある。

だからこそ、人の心に届くのではないだろうか。

いつかまた、御津雲署の新たな面々と出逢えることを、心から楽しみに待ちたい。

（令和五年十二月、作家）

初出
障り　「小説新潮」２０１８年９月号
鯱　「小説新潮」２０１９年９月号
拝命　「小説新潮」２０２０年２月号
南天　「小説新潮」２０２０年９月号
穴　「小説新潮」２０２１年９月号
署長官舎　「小説新潮」２０２２年２月号・３月号
刊行にあたり、加筆・修正を施しています。

巡査《じゅんさ》たちに敬礼《けいれい》を

新潮文庫 ま－58－4

令和六年三月一日発行

著者 松《まつ》嶋《しま》智《ち》左《さ》

発行者 佐藤隆信

発行所 株式会社 新潮社

郵便番号 一六二―八七一一
東京都新宿区矢来町七一
電話 編集部(〇三)三二六六―五四四〇
読者係(〇三)三二六六―五一一一
https://www.shinchosha.co.jp

価格はカバーに表示してあります。

乱丁・落丁本は、ご面倒ですが小社読者係宛ご送付ください。送料小社負担にてお取替えいたします。

印刷・株式会社三秀舎　製本・株式会社植木製本所

ISBN978-4-10-102074-7 C0193